天祢 涼

探偵ファミリーズ

実業之日本社

実業之日本社文庫

目次

探偵ファミリーズ

第一話　俺の妹があんなことに！

1

「ようこそ、チロリアンハウスへ！」

玄関のドアを開けるなり、大家の大家《おおや》さんはあたしに言った。ややこしいが、不動産屋を回っていると声をかけられ、「大家さん」という名前の男性が「大家」をやっている物件に連れてこられたのだ。

もともとは古きよき大家族が住む二階建ての日本家屋だったものを、「シェアハウス」を始めるため大々的にリフォーム。オーストリア西部のチロル州にでもありそうな、山小屋風の建物に建て替えたそうだ。

一つ屋根の下で、各個室に他人同士が住み、リビングやキッチン、お風呂、トイレなどを共同利用して生活する賃貸住宅、それがシェアハウスだ。

そういうものがあることは知っていたけれど、自分が内見する日が来るなんて。

「どうです？　すばらしいでしょう？」

「ええ、ほんとに」

　木のぬくもりが感じられる内装は、清潔感が漂っていた。個室は、畳敷きの和風のものから、洋間、親子で暮らせそうな広めなものまでよりどりみどり。設備も最新鋭。

　外から見た印象より天井が低かったり、廊下が短かったりするのは「ちょっとした設計ミス」らしいけれど、そんなの全然気にならない。なにより気に入ったのは、

「こんなに立派なのに、本当に家賃はこれだけでいいんですか？」

　右手の指で金額を示しながら訊《たず》ねる。この辺りの家賃相場の半額以下だ。

　中肉中背の体軀にグレーのスーツをきっちり着こなした大家さんは、真ん丸の顔に、にっこり笑みを浮かべて頷《うなず》く。

「ご覧のとおりいまは入居者ゼロで、二階の片隅で私が一人ひっそり暮らしているだけ。一日でも早く、どなたかに入居してほしいですから」

「入居者が増えても、その人たちと無理に交流しなくてもいいんですよね」

「もちろん。五月女《そうとめ》さんの自由です」

「あたしにとって理想の環境だ」

　あたしは大家さんに負けないくらい、にっこり笑って、

「でも、これだけ安いからには裏があるんでしょ？」

「そんなもの、あろうはずが、な、なかろうとですよ」

「それでごまかしてるつもり？」

「ご、ごまかしてなんてないでごわす」

「ごまかしてるだろうが。さっさと言えよ……あ、いえ、ははは」

思わず出てしまった巻き舌を、笑い声でごまかす。大家さんの怯《おび》えた顔には気づかないふりをして、

「ほかにいい物件は見つからないし、家賃が安いのは魅力だから、よっぽど無茶な条件じゃないかぎり呑《の》みますよ。正直に話してください」

笑顔で促すと、大家さんはようやく話し出した。

レンタル家族に協力してほしい、と。

レンタル家族とは、天涯孤独な人や、事情があって家族と疎遠になっている人などのために「家族のふりをする人材」を派遣するサービスだという。「世間体があるので、冠婚葬祭に親族として出席してほしい」「さみしいので話し相手になってほしい」など、依頼内容はさまざま。

「なんだって、そんなサービスをやってるんです？」

「社会貢献に決まってるではありませんか！」

大家さんは、真ん丸の顔を決意で輝かせた……って、社会貢献？

「少子高齢化、晩婚化、ひとり親家庭の増加……さまざまな要因で、現代社会における家族の形は激変しています。しかるに、政府が思い描く標準家族モデルは――」

そこから先は話のスケールが大きくなりすぎて聞き流したけど、要は「家族がほしくて困っている人を助けてあげたい」ということらしい。

「頻繁に依頼があるわけではないし、忙しいときは断ってもらって構いません。格安家賃の見返りとして、どうでしょう？」

親と喧嘩《けんか》別れしたあたしが、こんな話を持ちかけられるなんて。でも、家賃が格安になるなら……。

演技は、お手の物だし。

「わかりました、やります」

「本当ですか！」

大家さんは、喜ぶというより、ほっとした様子だった。

「では早速、仕事をお願いします」

「気が早すぎ。まだ入居もしてないんですよ、あたし」

「うっかり依頼を受けてしまったけど派遣する人材がいなくて、心底困ってるんです」

「うっかりしすぎでしょ。とにかく受けません」

「最初の二ヵ月家賃は半額にしますから、どうか！」

二ヵ月家賃半額!?

「詳しい話を聞かせてもらいましょうか」

依頼人は「漫月《まんげつ》」というペンネームの漫画家。顔、本名だけでなく、年齢や出身地など、プロフィールはすべて非公表の覆面作家だ。アシスタントを使わず、すべて一人で、丁寧に速く描き上げることから、「孤高の天才漫画家」として知られている。

彼の「妹」になること。それが依頼内容だった。

「なんでそんな人が、妹をほしがるんです？」

「新作の参考にしたいのだそうです。ちょっと前に、十年続いた『フォーチュン・ファミリー』の連載が終わったばかりなのに精力的ですよねえ。豪邸に住む家族が疑心暗鬼に陥って殺し合う凄惨《せいさん》な一夜を十年かけて描いた漫画なのですが、知りません？　数がかぎられた登場人物の心理を徹底的に掘り下げて、カルト的な人気を誇ったんですよ」

全然幸運《フォーチュン》なファミリーじゃないし、豪邸に「数がかぎられた登場人物」が何人住んでいたのか知らないけれど、一夜を描くのに十年もかかったスローすぎる漫画、興味がない。

レンタル期間は一週間。漫月さんは昼近くまで寝ているので、家に行くのは十二時。それからあたしがご飯をつくり、午後一時に朝食兼昼食。漫月さんの仕事を手伝いつつ、三時半にお茶。終わったら、また仕事を手伝ったり、一緒に買い物したりして、七時に夕食。基本は九時に終了、場合により、最大十一時まで延長。

延長料金を含め、レンタル料金は同業他社の半額と、かなりお得らしい。

あたしへのスキンシップは一切禁止。指一本でも触れた時点で契約終了となり、多額の違約金（これは同業他社の倍以上）が発生する。

炊事洗濯は嫌いじゃないし、漫画家の仕事を間近で見られるのはおもしろいかも。そう思ったから「やりましょう」と引き受けた。

これが、間違いの始まりだったのだ。


三日後。チロリアンハウスへの引っ越しを急いで終わらせたあたしは、漫月さんの家を訪れた。

玄関に現れた漫月さんは、長い前髪に無精ヒゲ、こけたほおが印象的だった。着ているのは紺色の着流し。漫画家というより、早死にした文豪のような人だ。わずかに垂れた細い目は、薄暗く光って見える。

年齢は、たぶん四十歳前後。大家さんと同じくらいだ。

「大家さんに言われてまいりました、五月女リオと申します。今日から一週間、よろしくお願いします」

丁寧に挨拶して頭を下げたのに、

「ちっ!」

なぜか舌打《う》ちされてしまった。

「その吊り目は、まあ、我慢してやる。が、仕事をしている自覚がない。この家に一歩足を踏み入れた瞬間から、妹は始まっているんだ。俺のことを呼んでみろ」

「始まるものなの、妹って?」

「いいから呼べ」

「ま……漫月さん?」

「バカか、貴様は。兄をペンネームで呼ぶ妹がどこにいる」

「じゃあ、兄さん?」

「いま一つ心に響かん。ほかの呼び方をしてみろ」

お兄ちゃん。兄貴。お兄さま。兄者《あにじゃ》。兄《あん》ちゃん。兄上。兄君。お兄ちゃま。

二度と口にすることはない単語を含め、さんざん試された挙げ句、呼び方は「お兄ちゃん」で落ち着いた。服装は、ラフな格好が好きなのに、お嬢さまっぽい、ひらひらした服を着ることに。敬語は一切使わず、一人称は「あたし」じゃなく、「リオ」にすることも決定。

「二十歳《はたち》にもなって自分を下の名前で呼ぶのは、ちょっと……」

「文句は言わせせん。絶対に必要なんだ。妹萌《も》えにはな」

　人によって定義は異なるが、アニメや漫画などのキャラクターに対してファンが抱く「かわいい！」「胸きゅん！」「結婚したい！」といった感情全般を表す言葉、それが「萌え」である。中でも「妹萌え」は、そうした感情を「妹」キャラクターに対して抱くこと――漫月さんは静かだが熱い口調で、そう説明してくれた。

「どうして漫月さ……お兄ちゃんは、そんなものを体験したいの？」

「次の作品が、かわいい妹と暮らす兄がドキドキな毎日を送るラブコメだからだ」

『フォーチュン・ファミリー』と、路線が違いすぎる。

　こうしてあたしは「幼いころに両親が離婚したせいで、最近までお互いの存在を知らなくて一緒に暮らし始めたばかりで、まだ兄との距離の取り方がわからない、ちょっと気が強い妹」という「設定」のもと、漫月さんの妹をすることになった。

　これだけでも充分バカバカしいが、食事はさらにひどい。

「お兄ちゃーん、ご飯できたよ。まだお仕事？」

「ああ。先に食べてくれ」

「なによ、リオが一生懸命つくったのに」

　ふてくされた顔でエプロンをきつく握りしめる――これを毎食前にやらされるのだ（しかも結局、漫月さんも一緒に食べる）。

新作のアドバイスを求められたので真剣に考えると、「真っ当な答えなど期待してない。俺がかわいいと思う顔をして悩めばいい」と叱《しか》られる。理不尽をこらえて謝ると、「もっと目を潤ませるなり、甘えた声を出すなりしろ」といらいらされる。

漫画のためとはいえ、現実にフィクションを求めすぎだ。嫌気が差してそう言ったら、「『妹』という存在はオタクのみなさんに大人気だが、兄妹愛が強くなったという話は、ついぞ聞いたことがない。つまりフィクションとしての『妹』が求められているだけであって、現実の『妹』などどうでもいいのだ」

わかるような、わからないような答えが返ってきた。

こんなストレスに充《み》ち満ちた日々をすごしてきたけれど、今日で六日目。

明日さえ乗り切れば、こんな毎日ともさよならだ。


夜九時。

「では、また明日。最終日も頼むぞ」

「わかってるって。明日でお兄ちゃんとお別れだけど、全然さみしくないんだからね」

素っ気なく言って玄関ドアを閉める。この態度も仕事の一環。「本当はさみしいのに、強がってさみしくないふりをする」という妹が好みの男性がいるそうだ。

理解できない。

門をくぐって外に出ると、ひんやりした空気が肌に染み込んできた。この数日は、夏とは思えない、梅雨《つゆ》に逆戻りしたような長雨が続いている。チロリアンハウスまで歩いて二十分程度。傘をさして家路につく。

レンタル家族がこんなに疲れるとは思わなかった。これからは絶対に断ろう――。

「どんなにがんばっても、ちょっと色っぽい中学生にしか見えない、そこのあなた」

後ろから、暗い声が聞こえてきた。特徴を的確にとらえているので、あたしを呼んだことは間違いない。むっとしながら振り返る。

立っていたのは、暗闇から抜け出てきたような女だった。

長袖のシャツも長いスカートもハイヒールも、手にしたバッグも傘もすべて黒。腰まである長い髪も黒。なんだか魔女っぽい。

わずかに垂れた細い目が、ちょっと漫月さんに似ていた。

警戒するあたしに、魔女っぽい女は暗い声で言う。

「漫月先生のお宅から出てきたわよね？　レンタル妹をやっているのでしょう？」

どうして覆面作家の漫月さんのことを知ってるの？　しかも、レンタル妹のことまで。

気になったけれど、大家さんから「依頼人のプライバシーを守るため、レンタル家族のことは他言無用」と釘《くぎ》を刺されている。無視して速足で歩くあたしを、女は追いかけてくる。脚の長さが違うので、あっという間に追いつかれてしまった。

「あなたのような小娘が、先生のように高貴な美しさを持った方のレンタル妹をできるなんて、身に余る光栄ね。でも私と違って、あなたごときが先生から信頼されているとは思えないわ。これをご覧なさい」

真横からスマホが差し出された。右下と左下にボタンのようなアイコンが表示されていて、画面全体がなにかのコントローラーみたいになっている。なんだろう、これ?

「見たことないという顔をしてるわね。先生が、あなたを信頼していない証拠だわ」

「どういうこと?」

「漫月先生のレンタル妹になるということがどういうことか、ちゃんとわかってる?」

女はあたしの質問には答えず、自分の質問をぶつけてくる。

「先生はあなたをモデルにキャラクターを描くのよ。そのキャラクターは、ときにはいやらしいことをさせられたり、ひどい目に遭わされたりする。絵が抜群にうまいから、知ってる人が見たら一発であなたをモデルにしてることがわかる。それでもいいの?」

「別に」と言おうとしたのに、言葉が喉に引っかかった。

なにも言えないでいると、女は勝ち誇った顔をしてあたしを見下ろした。

「どうやら、そこまでの覚悟はないようね。でも私は平気。先生のためならどんなことでもできる。それが私とあなたの、決定的な違いなのよ」

恥ずかしいわけじゃない。でも……。

女は暗い声で笑い、くるりと踵《きびす》を返した。そのまま颯爽《さっそう》と立ち去る——寸前、ハイヒールを履いた足首がぐきりと傾いて、

「ぎゃん」

前のめりに、派手に転んだ。バッグにしまいかけていたスマホが手から滑り落ちて、水飛沫《しぶき》と派手な音を立てて地面にぶつかる。

「だ、大丈夫ですか？」

慌てて駆け寄るあたしを、女は睨《にら》み上げる。顔面が水浸しで、滅茶苦茶こわい。

「見ーたーわーね」

「目の前で転ばれたんです、見えないわけがない」

「言い訳は見苦しいわ」

女は身勝手に怒って立ち上がると、スマホを拾い上げて顔をしかめた。

次いで暗い目であたしを睨むと、今度こそ去っていく。

結局、何者だったんだ？　あのコントローラーみたいなのは、一体なに？

2

その日の夜。まだ入居者が自分だけなので自由に使えるチロリアンハウスのリビング

で、あたしは悶々《もんもん》としていた。

深く考えてなかったけれど、漫月さんは当然、あたしをモデルに妹のキャラクターを描くんだろう。心配しすぎだ。もう何年も経《た》っているじゃないか。あのころと違ってショートカットだし、大人になったあたしなんて知られていないから、漫月さんの漫画を見たところで、あたしと結びつける人なんているはずがない。

でも万が一、覚えている人がいたとしたら……そこから漫月さんのモデルになったことを知って、いまのあたしにたどりついて……。

――これ、『伴《ばん》リオ』じゃない？　漫画のモデルになってるんだったら、やっぱり噂《うわさ》どおり……。

首をぶんぶんと横に振る。気を紛らわせるために、スマホを手に取った。メールやSNSをチェックしてからニュースサイトを眺めていると、ちょうど今日の夕方、漫月さんのインタビュー記事がアップされていた。

曰《いわ》く、ネタを考えるときは、誰とも会話しない日々が続く。曰く、人と会う機会が少ないからこそ、身なりやファッションにはいつも気を配っている。最近凝っているのは香水……。

あたしをレンタル妹にしておいて、よくもまあ。しかも、あの前髪と無精ヒゲで、なにが香水だ。覆面作家だからって、自分を飾るにもほどがある。

「お疲れのようですねえ、リオちゃん」

大家さんが、ダイニングテーブルに食事を並べ始める。「五月女さん」と呼ばれたのは最初の一、二日で、すぐに「リオちゃん」と呼ばれるようになった。

スーツを着ていたのも初日だけで、普段の服装はカジュアルなジャケットとスラックス。入居希望者と初めて接するときだけ、威厳を見せるために正装しているそうだ。ただし、いまの服装は、真っ白なコック帽にコックコート。理由は「こういう格好をしている人がつくった方が、ご飯がおいしく感じられるでしょう?」。

見た目を大事にする人だ。

入居してからというもの、「レンタル家族で疲れているでしょうから」と、大家さんが材料費持ちで食事をつくってくれている。味は、レストランを開いた方がいいんじゃないですか?　とアドバイスしたくなるほどおいしい。

今夜はハヤシライス。牛肉やタマネギが、デミグラスソースの赤茶色に輝いている。

「いただきます」

「召し上がれ。それで、今日はどうでした?」

この六日間、夜食をとりながら一日の報告をするのが日課になっている。初日に「妹萌えのことは知っていましたが、教えたら断られると思って黙っていたのです」と大家さんに言われて、「社会貢献を目指してるくせに発想がせこいんだよ!」とグーパンチしそうになったのが、遠い昔のことのようだ。

　相変わらずバカバカしい設定の妹をさせられている話をした後、帰り際、妙な女に絡まれたことも伝えておく。

「魔女っぽい女ですか。何者かはわかりませんが、レンタル妹のことを知っているとなると、漫月先生にも教えておいた方がよいでしょうね。

　ところで、『フォーチュン・ファミリー』は読みました？」

「読んでないし、その気もありません。十年連載してて一晩しか時間が経たないなんて展開がスローすぎるし、あんまり残酷なのは、ちょっと」

「そこがいいのに。特に最後の半年は、残り二人になった兄と妹の息詰まる攻防戦が描かれ、人物を斜め上から描いたり、俯瞰《ふかん》図を多用したりといった独特の構図を取り入れて話題になったんですよ。読んでないことを知ったら、漫月先生が気を悪くしませんかねえ。『これは俺の代表作になる』と、相当気合いを入れて描いたそうですから」

「いまのところ、そういう話になってないから大丈夫。このまま雨が降り続いてくれれば、最終日もこれまでと似たような一日になります」

「雨は、明日の昼前には上がるそうですよ」

　ということは予定どおり決行されるな――花火大会。

「まあ、なにかあったら連絡してください」

いつものように、大家さんは言った。

雨は明け方から小降りになり、昼前には青空が広がった。でも記録的な冷夏に変わりはなく、気温は下がったままだ。

十二時。あたしは、漫月さんの家を訪れた。

蔦《つた》がきれいに這《は》った、赤茶色の洋館だ。二階建てで、間取りは５ＬＤＫ。この広い家に、漫月さんは一人で暮らしている。

合鍵を渡されているので、勝手に開けて中に入る。もちろん「お邪魔します」ではいけない。既に仕事は……いや、妹は始まっているのだ。

「お兄ちゃん、ただいまー」

今日で最後だから、と自分に言い聞かせて、砂糖菓子にハチミツをかけたような甘ったるい声で言う。

「お帰り、リオ」

漫月さんの声は、二階の仕事部屋から聞こえてきた。今日は「早起き」したらしい。

仕事部屋は、階段を上がってすぐのところにある。広さは八畳ほど。ドアと正対する壁に大きな窓。右手に漫月さんの作業机、左手に大きな本棚。どちらもスチール製で、全体的に寒々とした印象だ。

「お仕事中?」

作業机で背中を丸める漫月さんに訊ねる。ちなみに漫月さんは、基本は紙に漫画を描くけれど、背景や一部のキャラクター、仕上げなどはパソコンやペンタブレットを使って描いている。いまは紙に向かって、ペンを走らせている真っ最中だ。

「明日の編集者へのプレゼンに備えて、妹キャラのイラストを描いている。ちょうどできたところだ。萌子《もえこ》ちゃんと命名したよ」

漫月さんが紙を掲げる。それを見た瞬間、思わず息を呑んだ。

右手の人差し指を口許《くちもと》に当ててウインクし、左手で短いスカートの裾を広げる女の子のイラストだった。目がやたら大きくて子どもっぽいけれど、こういう絵柄が好きな人がいることは、まあ、わかる。光と影が丹念に描き込まれ、鮮やかな色彩が鏤《ちりば》められた見事な「作品」でもある。

問題は、萌子ちゃんの顔だった。

ちょっと吊り目で、鼻筋の通った顔立ち。笑ったときにできるえくぼの形。

大幅にデフォルメされているものの、見る人が見れば一発で、あたしだとわかる。

「どうした?」

漫月さんの声で我に返った。

「上手です……上手だね、お兄ちゃん」

敬語をつぶして微笑《ほほえ》むと、漫月さんは、長い前髪を得意げにかき上げた。

「数日かけて描いた、一点もののイラストだ。リオが不器用なりに、妹萌えを経験させてくれたおかげだよ。よいレンタル妹に巡り合えた」

最後の一言で、昨日の魔女っぽい女のことを思い出した。その話をする前に、

「俺の本物の妹は、まるでかわいげがないからな」

「妹さんがいるの？」

「デビューしてからこの方、十五年近く連絡一つ取っていないがな。妹だけではない、ほかの家族ともだ。奴《やつ》らは、俺が漫画家になったことも知らんのさ。俺も、奴らがいまどうしているか知らんしな——そんなに驚いた顔をするな。鬱陶《うっとう》しいから、距離を置いているだけだ」

家族に対して、ここまで冷淡になれるものだろうか。

「この家を建てたのは、いつだっけ？」

「なにを言ってるんだ、リオ。十一年前に決まっているだろう」

一般常識みたいに言われても困る。

十一年前ということは、家族と連絡を絶ってから四年後。なのに、こんな大きな家を建てたということは……。

「さあ、飯をつくってくれ。俺はもう一仕事する」

漫月さんはそう言って、机に向き直った。

お昼ご飯の席で、やっと魔女っぽい女の話をする。でも漫月さんはどうでもよさそうに「放っておけ」と言っただけだった。

午後七時十五分。夕食を軽く済ませ、花火大会に出かける準備を始める。正式名称はF市花火大会。四十年の歴史を持つ、この街の夏の風物詩で、毎年一万発の花火が盛大に打ち上げられるという。

三日前、これに行くと聞かされたとき、こんな会話を交わした。

「毎年行ってるの?」

「火薬と金属の粉末が上空で騒音を上げて破裂する、それだけの現象を楽しむ趣味などない。『浴衣《ゆかた》を着た妹が花火を見てうっとりする』というシチュエーションを体験したいから、仕方なく行くんだ」

もはや、なにも言う気になれない。

金魚柄の浴衣に着替える。子どもっぽすぎて嫌だが、漫月さんのご指定だ。あたしに着せるため、わざわざ買ったのだという。アサガオの髪飾り、漆塗りの桐下駄《きりげた》、赤い巾着袋も同様。

そこまでして「妹萌え」を経験したいなんて。

「俺は一階の戸締まりをするから、二階を頼む。部屋のドアは開けておいていいが、窓はしっかり施錠してくれ」

出かける前は、いつもこうすることが習慣。二階に上がり、寝室や喫煙室、物置に至るまで、窓という窓の鍵を閉める。

最後に仕事部屋へ。ほかの漫画家のことは知らないけれど、漫月さんの仕事部屋は片づいている方だと思う。原稿の下書き——「ネーム」というらしい——や、ラフスケッチをするときに使う裏紙は机の隅に整然と重ねられているし、資料は本棚にきっちり収まっている。

窓の鍵を閉めて仕事部屋を出ようとしたところで、机の前のコルクボードが目に入った。萌子ちゃんのイラストが、画鋲《がびょう》でとめられている。見れば見るほど、あたしにそっくりだ。特に吊り目のところが……いまさら気にしても仕方がない。でも……。

無理やり目を逸《そ》らす寸前、一葉の写真が置かれていることに気づいた。随分と古い。写っているのは、中年の男女二人と、若い男性が二人、女性が一人。

若い男性のうちの一人が、いまより若いものの、間違いなく漫月さんだった。

ほかの四人は、みんな漫月さんと同じように、わずかに垂れた細い目をしている。家族写真？　若い女性は、漫月さんが言っていた「かわいげがない」妹だろうか。妊娠中らしく、お腹《なか》が膨らんでいる。もしかして、と目を凝らしてみたが、魔女っぽい女とは別人だった。あの女の正体がますますわからなくなる。

それはそれとして。

こんな写真を持っているのだから、やっぱり漫月さんは、口で言うほど家族に冷淡じゃないんだ。ううん、冷淡になれるはずがない。だって家族は、この世に一つしかないんだから。

あたしだって、ママやパパと仲よくできるなら、そうしたかった——。

漫月さんは、あたしと同じ。なら、萌子ちゃんの顔を変えてもらえるかも。「家族に似せた方がいいですよ」とさりげなくアドバイスすれば……問題は、漫月さんがすなおに家族への気持ちを認めるかどうか……。

話の切り出し方を考えながら、一階に下りた。


打ち上げ場所に設置された特設会場には、市の内外から二十万人近い観客が集まる。でも漫月さんが向かったのは、家から三十メートルほどのところにある土手だった。ここからでも充分に花火を楽しめる、穴場のスポットだそうだ。

漫月さんと並んで歩く。着飾ったあたしと違って、漫月さんはいつもの紺色の着流し。無精ヒゲも剃《そ》っていない。

「正直、最初にリオを見たときは不安だった。俺が描きたい萌え妹とは違って、きつい性格に見えたんだ」

「えー、リオはそんな子じゃないよー、お兄ちゃん」

動揺を隠して微笑んでいる最中、土手から言い争う声が聞こえてきた。

「そういうことは法律で禁止されてるんですよ」

「ちょっとだけだから構わない。あっちに行ってろ」

若い男性が、おじさんに注意しているみたいだ。おじさんの手には、プロペラが四つついた、円盤状の飛行機がある。

「ドローンか」

漫月さんが呟《つぶや》く。

ドローンとは、コンピューターやリモコンなどで操作する、無人の航空機のことだ。昔は軍事目的で使われていたが、小型化、低価格化が進み、個人が趣味で使うようにもなった。気軽に空撮できるので、インターネットに動画をアップする人も増えている。

大方、おじさんはドローンを飛ばして花火を撮影するつもりなんだろう。日没後や人混みで飛ばすのは法律違反なのに。こういうところは若者の方が、意外とルールを守ろうとすると思う。

「もし落ちたら、怪我人《けがにん》が……」

「落ちないから問題ない」

でも若者は気が弱いようで、おじさんに押され気味だ。仕方のないおじさんだな、と思ったときには、もう、

「この看板に『花火大会の開催中、近辺でのドローンなどの小型飛行機の使用は一切禁止します』と書いてますすよ」

あたしは二人の傍《そば》に立って、白い看板を指差していた。できるだけ丁寧な口調を心がけたのに、おじさんは「……すみません」と小声で言うなり逃げていく。若者の方も「助かりました」と、あたしと目を合わせずに言って、どこかに行ってしまった。

なに、あの態度?

「リオ。君、ちょっとこわいぞ」

漫月さんが、後ろからおそるおそる声をかけてくる。それで気づいた。

あたしの右手が、地面から引き抜かれた看板を握りしめていることに。

漫月さんによると。

あたしは舌打ちするなり、それはそれはおそろしい目をして若者たちに迫り、傍にあった看板を引っこ抜いた。そして殺気を迸《ほとばし》らせ看板を指差し、丁寧だが低い声でおじさんを脅した……らしい。

「君、もしかしてヤンキーとか、そういう類いの人種なのか?」

「えー、リオはそんな子じゃないよー、お兄ちゃん」

さっきよりもずっとかわいらしい声で言って、慌てて看板を地面に突き刺した。

土手に着くと、適当な場所に並んで腰を下ろした。ちょうどいい時間だったらしく、すぐに花火が始まる。夜空に、赤、黄、橙《だいだい》、紫の光の帯が、次から次へと広がっていく。何種類もの花火を連続で打ち上げていく花火——スターマインだ。

——きれい。

スターマインが終わると、束《つか》の間《ま》、静寂と夜が戻った。しかしすぐに、大玉の花火が単発で打ち上げられる。一発目の余韻に浸る間もなく二発目。続いて三発目……。

どれだけ花火に見とれていただろう。ふと気がつくと、漫月さんは土手の下の方に移動し、タブレットPCを取り出していた。外でもインターネットに接続できる機種だと言っていたから、メールのチェックでもしているんだろうか。でも手には、タブレットPC用のペンが握りしめられている。漫月さんは、あたしが見ていることに気づくと、ペンで花火を見るよう指した。

なんなんだ、一体?

何度か見たけど、漫月さんはずっとペンを動かしていて、花火が終わるまで隣に戻ってこなかった。

午後八時半。夜空に、花火終了の号砲が鳴り響く。

「今年もすごかった」「来年もまた連れてきてね」などと感想を言い合いながら、人々が帰っていく。その流れに乗って、漫月さんが戻ってきた。

「なかなか萌え萌えだったな」

「なにしてたの、お兄ちゃん?」

答えの代わりに、タブレットPCが向けられる。ディスプレイに映っていたのは、土手に腰を下ろして空を見上げる、浴衣を着た女性のラフイラストだった。萌子ちゃんと同じく、目が大きすぎるし、金魚柄の浴衣のせいで、余計に子どもっぽく見える。

それでも、あたしであることは一目でわかった。

「花火を見る姿があまりにもかわいかったので、描かずにはいられなかった」

この短時間で。さすが、描くのが速いだけのことはある。

「リオを見ていると、どんどんアイデアが湧いてくる。今日で終わりなのが残念だが、新作の成功は間違いない」

できれば顔を変えてほしい。でも漫月さんは、仕事の出来栄えに満足する、職人の顔をしている……。

「どうした?」

「――リオも、お兄ちゃんの役に立ててうれしいよ!」

とびきりの笑顔で、葛藤《かっとう》をごまかした。

漫月邸に戻って門の前に立った瞬間、異変に気づいた。

門から玄関までのアプローチは、土が剝《む》き出《だ》しになっている。本当は煉瓦《れんが》が敷かれているが、いまは修復中。でも連日の雨で、工事が延び延びになっているのだ。

ぬかるんだその土に、漫月さんの草履《ぞうり》でもあたしの下駄でもない、ハイヒールの跡が刻まれていた。門から玄関までの一方向しかついていない。

つまりハイヒールの主《ぬし》は、まだ家の中にいるということ。

漫月さんと顔を見合わせ、ハイヒールの跡を踏まないようにしながら玄関まで行く。ドアを開けた途端、柑橘《かんきつ》系の香水が鼻腔《びくう》を突いてきた。三和土《たたき》には、黒いハイヒールが自己主張するように鎮座している。

「お帰りなさいませ、漫月先生」

リビングから、全身黒ずくめの女が、ゆらりと出てくる。

昨日の、魔女っぽい女だった。その姿が視界に入った途端、香水のにおいが一層強くなる。発生源はこの人か。

その瞬間、違和感を覚えた。なんだろう？　でも、いまはそれより、

「漫月さ……お兄ちゃん、この人は誰？」

迷ったけれど、まだ仕事中なので、恥ずかしいのを我慢して呼び方は変えない。漫月さんは、心底嫌そうに、

「彼女は梶谷香《かじたにかおり》。君の前に、レンタル妹をしていた女性だ。大家さんとは別の業者に頼んでね」

前任者がいたのか。

「二度と俺の前に現れるな、と言ったはずだ。なぜ、ここにいる?」

「漫月先生が呼んでくださったんじゃありませんか。メールをいただいたとき、小躍りしてしまいました」

魔女っぽい女こと香さんは、小躍りしたとは思えない暗い声音で言って、バッグからA4用紙を一枚取り出す。それには、こうプリントアウトされていた。

〈今日、花火大会が終わる前に俺の家に来い。二人の今後について話し合おう。リビングで待っていてくれ。漫月〉

「こんなメールを送った覚えはない」

「恥ずかしがらないでください。先生はまだお帰りじゃなかったけれど、こっそりつくっておいた合鍵で入らせてもらいました」

さらりと言ってるが、それは犯罪だ。

漫月さんが髪をかきむしる。

「とりあえずトイレに行って、さっきのイラストをパソコンにバックアップしてくる。リオは、香をリビングに連れていけ。不法侵入については、後でじっくり話そう」

あたしの返事を待たず、トイレに行く漫月さん。香さんは「ちょうどいいわね。あなたとも話をしたいと思っていたの」と言いながら、リビングに入っていく。

リビングには、革張りのソファがL字形に配置されている。香さんはそれに腰を下ろすことなく、偉そうに腕組みをした。

「リオさん、と先生に呼ばれていたわね。私と先生がどういう関係か、知りたくてたまらないでしょう。さっき先生が言ったとおり、私はあなたの前にレンタル妹をしていたの。でも、ただのレンタル妹じゃない。先生を愛してしまったレンタル妹よ」

「はあ、そうですか」

生返事には無頓着《むとんちゃく》に、香さんは続ける。

「あんなに高貴な美しさを持ち、かつ、知的ですてきな藝術家《げいじゅつか》、ほかにいないもの。だから告白したわ。でも断られた。先生は、漫画を描くことを優先したかったの」

「そう言われたんですか」

「表向きは『妹の一線を越えた貴様に用はない。クビだ』と追い払われたわ。でも、先生は恥ずかしかったのよ。私にはわかるの」

「あたしにもわかる。あんたがストーカーだってことが」

「嫉妬も大概になさい。買い物先で待ち伏せしたり、アポなしで訪ねたりする度に、先生が照れ隠しで嫌な顔をするのがうらやましいのでしょう」

「それを照れ隠しだと思っちゃうのがストーカーなんだって」

「でも、このメールはどう?」

プリントアウトしたメールが掲げられる。

「漫月さんが送ったんじゃないんでしょ」

「先生以外で、私にこんなメールを送る人がいるとは思えないわ」

それは、まあ……。

「先生は恥ずかしくて私を追い払って、代わりにあなたをレンタルした。でも私の存在の大きさに気づいて、メールを送ってきたのだわ。私と結婚して、幸せな家庭を築きたいのよ……うふふふ」

ストーカーの妄想だけれど、「幸せな家庭」は、たぶん築きたがっている。

そうでなかったら、あんな家族写真を持っているはずがない。

階段を上がる音が聞こえてくる。トイレから出た漫月さんが、二階に行ったようだ。

それから十秒もしないうちに、階段を駆け下りる音が響いてきた。リビングのドアが開かれる。顔を覗《のぞ》かせた漫月さんが、あたしを手招きする。そちらに近づくと、いきなり腕をつかまれ引きずり出された。指一本でも触れた時点で契約終了のはずだけど、抗議の声を上げる前に、「香はここで待っているんだ」と一方的に言って、リビングのドアを閉めてしまう。そのまま、あたしは二階に連れていかれた。

「どうしたの？」

漫月さんは答えず、仕事部屋に入った。続いて足を踏み入れた瞬間、「あっ！」と声を上げてしまう。

出かける前は整然としていた室内に、ネームと裏紙が散乱していた。でも最も驚いたのは、そこじゃない。コルクボードに画鋲でとめられた萌子ちゃん。その鼻と口の間に……ああ、信じられないことに……。

マジックらしきもので、黒い横線が幾重にも描かれている。

どう見ても、これは――。

「俺の妹に、ヒゲを描かれてしまった……」

漫月さんは、茫然《ぼうぜん》と呟いた。

3

「確認だが、出かける前に戸締まりした時点では、萌子ちゃんは無事だったんだな」

「もちろんだよ、お兄ちゃん」

「では、香の仕業で間違いない。外には俺たちとあいつの足跡以外ないから、ほかに侵入者はいない。動機は、振られた腹いせ。部屋を荒らして、たまたま目についた萌子ちゃんにヒゲを描いたんだ」

「でも、どうして香さんは、すぐに自分が犯人だとわかるようなことをしたのかな?」

「バカだからだ」

身も蓋《ふた》もない答えだった。

リビングに戻る。ドアを開けた途端、またもや香水のにおいが鼻腔を突いてきた。一度染みついたら簡単には落ちそうにない、強烈なにおいだ。

香さんは、ソファに座っていた。

「お帰りなさい、先生。なにかあったのですか?」

漫月さんは怒りを孕《はら》んだ声で、仕事部屋の惨状と、萌子ちゃんに起こった「悲劇」を語る。香さんは、右手をほおに当てて眉をひそめた。

「まあ。なんてひどいことを」

「君がやったくせに、よくも。明日のプレゼンをどうしてくれるんだ」

「落ち着いてください、先生。事件が起こったのは、二階の仕事部屋なのですよね。でしたら、私は無実です。今日は一度も、あの部屋に行ってませんから」

「見え透いた嘘《うそ》つかないでよ」

あきれるあたしに、香さんは唇の端をゆっくりと吊り上げる。

「では訊くけど、仕事部屋で——もっと言えば二階で、香水のにおいがしたかしら？」

思い返してみる。そういえば、しなかった。あれだけ部屋が荒らされているなら、それなりの時間いたことになるから、少しくらい残り香があるはずなのに。

つまり香さんは、仕事部屋に入っていない？

「気づいたみたいね。私が仕事部屋に行ったなら、この香水のにおいが漂っているはず。でも、しなかったでしょう。だから犯人ではないの」

「換気したのだろう」

「いいえ、先生。身支度が遅れてしまって、私がこの家に着いたのは花火大会が終わる少し前。午後八時二十八分です。先生たちが帰ってきたのが、八時三十五分ごろ。換気している時間はありませんでした」

あたしたちが帰宅した時間は、確かにそれくらいだ。でも、

「あなたが八時二十八分に来たなんて証明はできないでしょ」

「これでできるわ」

香さんが財布から取り出したのは、タクシーの領収書だった。今日の日付と「ＰＭ8：28」という時刻が書かれている。

「タクシー会社に確認してもらってもいいですよ。香水のにおいがきつすぎてドライバ

ーが嫌な顔をしていたから、私のことを覚えているはず」

「においがきついって自覚はあるんだ……あれ？」

タクシーで乗りつけてきた時点で、香さんは香水をつけていた。だったら、

「落書きして一階に戻ってから、香水をつけたわけでもない？」

「そういうことよ。そもそも香水は家に置いてきたの。いまは持っていないわ。ほら」

バッグが開けられる。中身は、財布とハンカチ、ティッシュ、メイク用の小さなパレット、口紅だけだった。ほかのところに隠し持っている様子もない。香水だけじゃなくて、怪しげな道具も一切ない。

「これでわかったでしょう、私が無実だということが」

花火が始まる前、仕事部屋に異状はなかった。その後でこの家に入ったのは、足跡から、あたし、香さん、漫月さんの三人しかいないことは確定。あたしは犯人じゃないから、あとは漫月さんしかいない。帰宅後、一人で仕事部屋に入ったときにやったのか？

でも、すぐ階段を下りてきたから、なにかをする時間はなかったはず……。

「せっかく私を罠《わな》に嵌《は》めようとしたのに残念だったわね、リオさん」

え？

「出かけるときはいつも、一階の戸締まりを先生が、二階の戸締まりを私がやるのが習慣だった。花火大会に行く前も、あなたが二階の戸締まりをしたのでしょう？」

「そうだよ。でも部屋はきれいだったし、萌子ちゃんにヒゲもなかった」

「証拠はあるのかしら？」

言葉に詰まる。

「あなたは私の美しさを嫉《ねた》み、罠に嵌めるため、先生を装って私にメールを送った。アドレスは、先生のスマホかなにかを見たのでしょう。花火大会に行く前、戸締まりするふりをして部屋を荒らし、萌子ちゃんに落書き。帰ってきたら、私を犯人と指摘するつもりだった。

ところが、私がにおいのきつい香水をつけてきてしまった。そのせいで仕事部屋に行っていないことが証明され、犯人だと指摘できなくなってしまったのよ。悪いことはできないものね。ふふふ」

「そんなはずない。あたしはあなたのことなんて、さっきまで知らなかったんだから」

「そう振る舞っていただけで、ずっと私を嫉んでいたのよ。醜い女ね、あなたって」

嵌められたんだ――！

香さんは、漫月さんがあたしを花火大会に連れ出すと踏んで、濡《ぬ》れ衣《ぎぬ》を着せる計画を立てた。動機は嫉妬。メールは自作自演。香水を根拠に仕事部屋に入っていないと見せかけ、トリックを使って侵入。当初の計画では、部屋を荒らすだけのつもりだったけれど、「こうした方がインパクトがある」と判断して、萌子ちゃんにヒゲを描いた。

でも肝心のトリックがわからないのでは、最後に萌子ちゃんを見たあたしが疑われるのは当然。

「萌子ちゃんというのはこの子をモデルに描いたのですか、先生？」

「そうだが」

「なら、私への嫉妬だけでなく、萌子ちゃんを抹殺することも動機です。この子は、自分をモデルにしたキャラクターが世に出るのを嫌がってましたもの」

「しかし、リオがこんなことをするとは……」

「信じたい気持ちはわかりますけどね、先生——はい、どうぞ」

戸惑う漫月さんに、香さんは、ペン立てから取り出した油性のマジックペンを手渡した。直後、あたしを羽交い締めにする。

「そのマジックペンで復讐《ふくしゅう》してください、先生。この子にヒゲを描くのです」

な……なんだって!?

「ヒゲを？　それはあまりに残酷では……」

「情けは無用ですよ。この子には当然の報いだわ」

「放せよ、コラ！　××××を△△させるぞ、てめえ！」

「犯行が可能だったのはリオさんだけ。いま確認したとおりです。先生には復讐する権利があります。さあ！」

「ううむ……」

漫月さんは迷いながらも、マジックペンのキャップをはずす。このままではヒゲを描かれてしまう！　なんだってこんなことに……。

そのとき、不意に思い出した。

――なにかあったら連絡してください。

「大家さん……大家さんを呼んで！」


チロリアンハウスから漫月邸まで歩いて二十分程度なのに、大家さんはなかなかやって来なかった。漫月さんは「本当にリオが犯人なのか、証拠をさがす」と言い残し、リビングから出ていった。

あたしは逃げられないよう、リビングで香さんに見張られている。

「大家の大家さん？　名前からして、既に漫月先生に劣っているわね。そんな人のことは忘れて、私と先生のラブストーリーに耳を傾けなさい。私が先生のレンタル妹になったのは、『フォーチュン・ファミリー』の連載終了半年前。目許《めもと》が先生と似ているから選ばれたの。それから漫画の手伝いもして、先生の創作に刺激を与えて――」

香水のにおいに曝《さら》されながら、どうでもいい話を延々聞かされること一時間。ようやく大家さんが現れた。そして玄関でその姿を見た瞬間、待たされた理由を理解した。

チェック柄の鹿撃ち帽に、肌寒いとはいえ夏なのにインバネスコート。非喫煙者のくせに、手にはパイプ。

どこからどう見ても、ベーカー街に事務所を構えていた名探偵の格好だ。

「名探偵の大家、リオちゃんのピンチに飛んできました」

「そのコスプレをしなかったら、もっと早く来られただろうが」

思わず睨みつけてから我に返る。いけない。さっきから昔の癖が出すぎだ。慌てて

「お待ちしてました」と微笑むが、大家さんは震えて後ずさりしている。

「す、すみません。こういう格好をした方が、頭が冴《さ》える気がするんです。私、見た目を大事にするものでして」

本当に発想がせこいな！　叫びたいのをぐっとこらえて、大家さんをリビングに連れていく。

「あなたが大家さんですか。そんなコスプレしたところで、漫月先生の高貴な美しさには足許《あしもと》にも及びませんよ」

初対面の男性に、第一声でこんなことを言える香さんがすごすぎる。

その後すぐ、漫月さんもやって来た。屋内にも庭にも、気になるものは見つからなかったという。

「リオちゃんが疑われているそうですね。詳しい話を聞かせてもらいましょうか」

名探偵気取りで胸を張る大家さんに、漫月さん、あたし、香さんの順に、今夜のできごとを話す。

「――というわけで、犯人はリオさん以外に考えられないのですよ」

香さんは自信満々に、そう締めくくった。

嫌な予感がする。追い詰められて大家さんを呼んでしまったけれど、この人と知り合ってから十日しか経ってないんだ。あたしを信じてくれるとは思えない。

「客観的に見れば、香さんの言うとおりでしょうね。犯人はリオちゃんです」

案の定、大家さんは、とても軽い調子で言った。

やっぱりね。

――信じてもらえないことには、慣れている。

「そうなのか？　リオが、萌子ちゃんにヒゲを描いたのか？」

「助っ人を呼んだのに逆効果だったわね、リオさん」

「もういいですよ、そういうことで」

ソファの背に、投げやりに背を預ける。

「なに、その態度は？　まずは謝罪でしょう？　この子をレンタル妹として派遣した大家さんも、一緒に謝るべきでは？」

「その必要はありませんね。私は、リオちゃんが犯人だとは思っていませんから」

聞き違いかと思った。でも漫月さんも香さんも、目を丸くしている。

「客観的に見れば、私の言うとおりなのでしょう?」

「しかしリオちゃんは、私のシェアハウスの住人。主観的にしか見られません」

唇を歪《ゆが》めた大家さんは、さっきと同じ、とても軽い調子で、

「真犯人はトリックを使って、リオちゃんを罠に嵌めたのでしょう。少し調べさせてください」

「先生には、リオさんを嵌める動機がない。つまり私が真犯人。大家さんは、そう言いたいようですね」

「リオちゃんが犯人ではない以上、そういうことになりますかねえ」

香さんの顔が強《こわ》ばっていく。

「どんなトリックが使われたのか、きっと暴いてみせますよ。リオちゃんの無実を証明するためにもね」

大家さんは、胸を張って宣言した。

大家さんと二人で、漫月さんの仕事部屋に行く。

「どうして、あたしを信じてくれたんですか」

「香さんに言ったとおりです。入居者のことは、主観的にしか見られません」

「会ってから、十日しか経ってないのに？」

「時間は関係ありませんし、リオちゃんは私の社会貢献を手伝ってくれる、大切な同志。信じるしかないじゃありませんか」

「大家さん……」

もう二度と人前では泣かない、と誓ったのに、涙が滲《にじ》みかける。すると大家さんは、はっとしたように、

「もしや、私を騙《だま》した罪悪感で泣きそうになっている？　ほ、本当はリオちゃんがやったのですか？　なら、いますぐ一緒に謝りましょう！」

「違います」

感動を返せ。

大家さんは「信じていいんですね？　主観的にしか見られない私を騙してませんよね？」としつこく念押ししてから、やっと安心したのか室内を見渡す。部屋中に散乱したネームや裏紙に眉をひそめ、

「なぜ犯人は、こんなことをしたのでしょうね？　これだけ散らかすには、それなりに時間がかかるはず。できるだけ早く現場から逃げ出したいのが自然な心理。萌子ちゃんの落書きだけでも充分インパクトがあるから、嫌がらせの意味もないと思うのですが。どうせ散らかすにしても、紙より、本やペンの方がよかったでしょうに」

「そんなの知りませんよ。でも、どうせ香さんがやったんでしょ」

「私も、香さんが犯人だとは思っています。でも、彼女が今夜この部屋に来ていないことは、香水が証明している。あんなきつい香水をつける習慣があったことは、香さんにとってラッキーでしたね」

「あっ!」

　さっきの違和感の正体がわかった。

「あの人に香水をつける習慣なんてないはずです。昨日の夜あたしに話しかけてきたときは、つけてませんでした」

　あんなきついにおいの香水をつけていたなら、絶対に覚えている。

「香さんは『二階に上がってないことの証拠』にするために、香水をつけてきたんですよ。部屋を散らかしたのも『残り香がないから自分は犯人ではない』と言い張るため」

「『たまたま今夜はつけたい気分だっただけ』と言われたら、反論できませんよ」

「それは……でも、トリックはわかりましたよ。香さんは、この家に来た時点では、やっぱり香水をつけていなかったんです。タクシーの運転手の話は嘘。仕事部屋で落書きした後、一階に下りて香水をつけて、あたしたちが戻ってくるのを待っていた」

「その場合、香さんは香水の入った瓶なりケースなりを持っていることになりますが、どうでした?」

持ってなかった。漫月さんによると、屋内にも庭にも気になるものはなかったという。でも、

「香水をかけた後、家の外に持ち出したんですよ」

「彼女が今夜この家に入ってから一度も出ていないことは、足跡が証明しています」

そうだった。香さんがこの家に来た時点で香水をつけていたことは、どうやら間違いない。でも、においを残さず二階に行く方法さえ見つかれば……。頭から煙が出そうなほど考えてみたけれど、だめだ、わからない……。

「別の方向から考えてみましょう。香さんが受け取ったという、漫月先生からのメール。あれが自作自演だと証明できれば、彼女を追い詰められるかもしれません。うまいこと言って、借りてきてください」

気は進まなかったものの、リビングに行って言われたとおりにする。香さんは優越感あふれる態度で「お好きに調べて」と、メールのプリントアウトを渡してきた。

「早く罪を認めて、ヒゲを描かれなさい」

勝ち誇った笑い声に奥歯を嚙《か》みしめながら、速足で仕事部屋に戻る。

「ありがとうございます」

ヒゲ面の萌子ちゃんを見つめたまま、心ここにあらずといった様子でプリントアウトを受け取った大家さんだったが、

「うん？」

目を通すなり、眉をひそめた。背伸びして、横から覗き込む。特におかしなところはなさそうだけれど、大家さんは眉をひそめたまま、

「昨日、香さんに絡まれたときのことを、もう一度話してください」

妙に思いつつも、言われたとおりにする。あたしの話が終わると、大家さんは、

「香さんのスマホの画面には、右下と左下にボタンのようなアイコンが表示されていて、コントローラーみたいになっていたのですね」

「はい」

「香さんが漫月先生のレンタル妹をしていたのは、いつでしたっけ？」

「『フォーチュン・ファミリー』の連載が終わる半年前からです。漫画の手伝いもしていたと言ってました」

「もしかして……」

大家さんは真ん丸の顔を輝かせ、ズボンのポケットからスマホを取り出した。再び横から覗き込む。ディスプレイには、漫画が表示されている。

「なんの漫画ですか、それ」

「『フォーチュン・ファミリー』の最終巻です。ディスプレイが小さいから普段はタブレットPCで読むのですが、持ってきてないので仕方ありません。タブレットPCでで

きることは、スマホでもいろいろできますからね。逆もまた然り」

人物を斜め上から描いたり、俯瞰図を多用したりといった独特の構図を取り入れて話題になった——大家さんが言っていたとおり、『フォーチュン・ファミリー』には、あまり見たことのない構図がたくさんあった。空から自由自在に眺めているみたいだ。

「——なるほど。そういうことでしたか」

「なにかわかったんですか？」

「ああ、こんなことにも気づかないなんて。私はなんと愚かだったのか！」

あたしの質問には答えず、大家さんはパイプをがしがし嚙み始めた。

「すぐに行きましょう。必ず自白するはずです」

「香さんのトリックがわかったんですね？」

あたしが言い終える前に、大家さんは部屋から飛び出していった。

4

一階のリビング。ほおを紅潮させた大家さんが、あたしたち三人を見回す。

「結論から申しますと、リオちゃんは無実。犯人は別にいます」

「改めて申しますが、私は仕事部屋に入っていませんよ。香水の残り香がなかったことが証拠です」

香さんが、静かだけれど挑発的に言う。

「もちろん、わかっています。が、階段を一段すら上らず萌子ちゃんに落書きして、かつ室内があの状態になるんですよ――ドローンを使えばね」

大家さんが口にした一言に、香さんは口を閉ざした。漫月さんは、長い前髪の向こうで目を大きくしている。あたしも、似たような顔をしているだろう。

ドローン――さっき土手で若者とおじさんが揉《も》める原因になった、あれを使った?

「みなさん、ドローンのことはご存じのようですね。小型のドローンなら、屋内でも飛行できるのです。犯行に使われたのは、このタイプでしょう。犯人自身は二階に上がらず、ドローンを遠隔操作して、仕事部屋に侵入させました。機体にはカメラをつけておいて、どこを飛んでいるかリモコンで確認できるようにしておく。さらに機体に長い棒も取りつけ、その先端には黒いマジックペンを結びつけておきました。そして萌子ちゃんの前までドローンを飛ばすと、器用に操作して――。

ヒゲを描いたのです」

「そ、そんなおそろしいことが……」

わなわなと震え出す漫月さんには悪いけど、実際の場面を想像すると結構まぬけだ。

暗い目をして睨む香さんを無視して、大家さんは続ける。

「長い棒をつけていても空中で安定して飛行できるよう、ドローン本体は小型でも、プロペラは大きくなくてはなりません。その回転によって生じる風は、思いのほか強かった。そのせいで、机に置かれた紙が部屋中に散らばってしまったのです」

これが大家さんが気にしていた「部屋が荒らされていた理由」――犯人にとっては、予期せぬ事態だったのか。

「それで、肝心のドローンはどこにあるのかしら?」

香さんが、悠然と腕組みをする。

「家の中にはもうありません。適当に開けた窓から外に出したはずです。ただし、法律によって夜間の飛行は禁じられていますから、敷地外に飛ばしたとは考えにくい。おそらく、この家の屋根にでも着陸させたのでしょう」

「そんな大きなプロペラがついたドローンなら、さぞ大きな音を立てたことでしょうね。ご近所さんに、そういう音がしたか訊いてみたら?」

「みなさん、『聞こえなかった』と答えることでしょう。犯行が行われた時間は、花火大会の真っ最中。ドローンの飛行音は、その音にかき消されたはずです。

さあ、これで二階に上がらず落書きできることがわかりましたね」

得意げに顎を上げる大家さん。「香水のにおい」という鉄壁のガードが崩された。これで香さんの使ったトリックがわかった!　……と、言いたいところだけれど。

「大家さんの推理には無理がありますよ」

　自分の立場が不利になることはわかっていても、言わないわけにはいかない。

「ドローンを操作するには、リモコンが必要でしょ。香さんは、そんなの持ってなかったよ。家の中に隠していないことはお兄ちゃんが確認済みだし、足跡から、外に捨てにいったわけでないことも確か」

「なぜ香さんがリモコンを持っているかどうかが、そんなに重要なのです?」

　重要もなにも、香さんが犯人なら当然だろうに。あたしがそう言う前に、

「だいたい、『リモコンが必要』という前提の時点で間違っています。いまどきのドローンは、専用のアプリを入れればスマホでも操作できるんですよ。リオちゃんだって、見たことがあるはずです」

「ないですよ、そんなの」

「昨日、香さんから見せてもらったのでしょう? コントローラーみたいになっていたスマホの画面を」

　あ――。

「おそらく香さんは、スマホを使ってドローンを自由自在に操作できるんです。そのスキルを駆使し、漫月先生の漫画に協力しました。結果、『フォーチュン・ファミリー』は、人物を斜め上から描いたり、俯瞰図を多用したりといった独特の構図に変化した。

構図の変化が起こったのは、連載の終了半年前。香さんが先生のレンタル妹をしていた時期とも一致します――ですよね、先生」

「そのとおりだ」

空から自由自在に眺めているようだと思ったけど、本当に眺めていたのか。昨日の夜、香さんが「先生が、あなたを信頼していない証拠」と勝ち誇っていたのは、ドローンを使っていたことをあたしが知らなかったから。

今度こそトリックが証明された。犯人は、やっぱり香さんだったんだ！

にもかかわらず、香さんは悠然と腕組みをしたままだった。

「とりあえずスマホを見せてよ、香さん。ドローンを操作した履歴とかが残ってるんじゃないの？」

訝《いぶか》しく思いながらも促すあたしに、香さんは首を横に振る。

「お見せできないわ」

「往生際が悪い。なら、力ずくで見せてもらおうじゃない」

「なにを言ってるんですか、リオちゃん？」

拳《こぶし》を振り上げかけるあたしに、大家さんは驚きの声を上げた。

「香さんのスマホを見ることはできませんよ。壊れて修理中なのですから」

修理中……？

「そうよ。私のスマホは修理中。だからお見せできない——どうしてわかったのかしら、大家さん?」

「漫月先生から来たというメールを、わざわざプリントアウトしてきたからです。パソコンのメールはスマホでも受信できるのだから、そんな必要はないはず。でも、スマホが壊れていると考えれば納得です。昨日、香さんはリオちゃんの前で転んで、スマホを落としたそうですね。そのときに壊れてしまったのでしょう」

「ええ、そのとおり」

　香さんがスマホを拾い上げたときに顔をしかめたのは、壊れていたからだったのか。それに、そうだ、さっき香さんのバッグの中を見たとき、財布とハンカチ、ティッシュ、メイク用の小さなパレット、口紅しか入っていなかった。スマホはなかった。

　つまり……。

「香さんは、ドローンのリモコンも、リモコンの代わりになるスマホも持ってない。ということは、犯人じゃない?」

「はい、そうです」

「香さんが犯人だって言ったじゃん!」

「『そう思ってたけど違った』と、さっき言いませんでした?」

「言ってない!」

「そうでしたっけ？　すみません、興奮して忘れてまし……うぐっ！」

「落ち着け、リオ」

「大家さんを殺す気？」

漫月さんと香さんに押さえられたあたしが大家さんの首から両手を放すまで、しばらく時間がかかった。

「……確かに私は香さんを疑っていました。が、コントローラーもスマホも持っていないし、ほかに仕事部屋への侵入方法もない以上、犯人ではありえません。疑ったことを謹んでお詫《わ》びします」

怯えた顔をしながら、リビングの隅で、あたしと充分な距離を取ってから大家さん。

香さんが、魔女のような笑みを浮かべる。

「漫月先生の高貴な美しさの前では息をすることすら恥ずかしい虫けらではあるけれど、間違いを認められる程度の分別はあったようね。これで犯人はリオさんということになるわ」

「なにやら私の格付けが下がった気がしますが……それはともかく、リオちゃんも犯人ではありません」

香さんだけじゃなく、あたしも眉をひそめた。

「香さんでもあたしでもないなら、犯人がいなくなっちゃうじゃん」

「『ドローンを使えば落書きできる』。これが証明されたのだから、犯人候補はもう一人いるじゃないですか。ねえ?」

大家さんはパイプを握りしめ、漫月さんを見つめる。

「萌子ちゃんに落書きをしたのは漫月先生、あなたです」


「落書きは、あなたの自作自演だったのです」

あたしが事態についていけないでいるうちに、大家さんは続ける。長い前髪に覆われた漫月さんの目からは、感情をうかがい知ることはできない。

「あなたは花火に行く前、リオちゃんに二階の戸締まりを命じました。自分は一階の戸締まりをするふりをして、適当な窓を開けておく。花火大会の最中、そこからドローンを出入りさせたのです。ドローンには、半径五十メートル圏内なら操作できる機種もある。この家から、あなたとリオちゃんが花火を見ていた土手までは約三十メートル。充分に操作可能」

「でも、お兄ちゃんは花火の最中、スマホなんて出してないよ」

「スマホは出していなくても、タブレットPCを出してリオちゃんのイラストを描いていたのでしょう? そのとき絵を描くふりをして、ドローンを操作していたのですよ」

——タブレットPCでできることは、スマホでもいろいろできますからね。逆もまた然り。

仕事部屋で、大家さんが口にした言葉を思い出す。

「リオちゃんのイラストは、花火大会の最中ではなく、事前に描いておいたのです。そのために金魚柄の浴衣や髪飾り、下駄《げた》、巾着袋まで用意しておいた。リオちゃんの服装とイラストが異なっていては、変に思われますからね。

漫月先生は、花火大会が終わって帰宅すると、トイレに行くと見せかけて、ドローンの侵入口にした窓を閉めた。それから仕事部屋に上がって、ヒゲを描かれた萌子ちゃんを発見したように装ったのです」

「証拠がないだろう」

無精ヒゲの生えた顎をさすりながら漫月さん。

「タブレットPCを見せてください。ドローンをコントロールするアプリがインストールされているはず。それでドローンを操作して、ここまで戻してもらいましょうか。萌子ちゃんに落書きしたマジックペンがつけられていると思うのですが、いかがです？」

漫月さんはしばらくの間、無言で顎を撫《な》でていたが、

「ここで俺が否定したら、またリオが犯人扱いされるな――わかった。認めよう。萌子ちゃんにヒゲを描いたのは、この俺だ。花火大会が終わった時点で、コントロール用のアプリを消しておくべきだったな。あとは香に罪を着せるだけだったので、油断してし

まったよ」

「数日かけて描いたイラストに落書きするなんて……明日、プレゼンなのに」

プライドが高そうな漫月さんがあっさり認めたことに驚いていると、その言葉がこぼれ落ちた。漫月さんは肩をすくめ、

「あのイラストは、本当は二時間で描いた。描くのは速いからな」

……あ、そうですか。

「香さんにメールを送ったのは、やっぱりお兄ちゃん？」

漫月さんは「この期に及んでも『お兄ちゃん』と呼んでくれるとは」と、小さく笑って、

「そう、あのメールを送ったのは俺だ。香を、罠に嵌めるためにな。君には、妹萌えを体験したいからレンタル妹になってもらっただけで、犯人扱いされたのは想定外だった。今日にかぎって偶然、香が香水をつけてこなければ犯人にできたものを」

「香さんが香水をつけてきたのは、偶然ではありませんよ」

大家さんは同意を求めるように、香さんを見遣《みや》る。

「虫けら——いえ、大家さんの言うとおりです。私は、昨日の夜、ニュースサイトにアップされた先生のインタビュー記事を読みました。そうしたら香水に凝っていると語ってらしたから、私も特徴的な香水をつけなくては、と思ったのです。普段は香水なんて

つけないので、いろいろ買ってはみましたが、どれにすべきか土壇場まで迷ってしまって。そのせいで、ここに来るのが遅くなりました」

迷った末に選んだのが、こんなきつすぎる香水とは。でも、おかげで濡れ衣を着せられずに済んだのだから、世の中わからない。

「先生が、私を罠に嵌めようとしたなんて……どうして？」

「君が二度と、俺の前に現れないようにするためだ。アポなしで訪ねられたり、買い物先で待ち伏せされたりするのは、もううんざりなんだよ」

それに関しては同情する。ただ、ここまでされたら、香さんも自分が嫌われていることがわかっただろう。一応、めでたしめでたし……。

「もう、先生ったら恥ずかしがり屋さんなんだから。そんなところもすてきです。やっぱり私たちは、結婚するしかありませんね」

全然わかっていなかった。恍惚《こうこつ》とした笑みを浮かべる香さんに、漫月さんはあきれ顔で、

「俺は結婚するつもりなどない。家族など不要。何度言ったらわかる？」

「恥ずかしがらないで。私にはわかります。先生が本当は、家族を求めていることが」

「恥ずかしがってなどない」

「確かにお兄ちゃんは、恥ずかしがってない。でも心の底では、家族を求めているんで

しょう」

三人が一斉に、怪訝《けげん》そうな顔をあたしに向ける。

「根拠もないくせに適当なことを言うな」

「家族写真」

迷ったけど、その単語を口にする。

「さっき見ちゃったんだよ。仕事部屋に、お兄ちゃんの家族写真があるのを。目許がそっくりだから、血がつながっていることは一目でわかった」

漫月さんの眉間にしわが寄る。でも、ここまで言ったら後には引けない。

「お兄ちゃんは、家族と十五年近く会ってないし、煩わしいと言ってたけど、だったらあんな写真を残しておくはずがない。この家だって、本当は家族のために建てたんじゃない？　いつか、あの人たちと一緒に暮らす日を夢見て。妹さんが生んだ子どもも、一緒に。そうでなかったら、独り暮らしでこんな広い家を建てるはずがないよ。もっとすなおになった方がいい。お兄ちゃんはきっと、まだやり直せるから」

浴衣を強く握りしめ、香さんに微笑みかける。

——あなたはストーカーだけれど、漫月さんの本心を見抜いてはいたんだよ。

そう伝えたつもりだったのに、

「あなた、なに言ってるの？」

香さんは、漫月さんよりも深く眉間にしわを寄せて、怒り出した。

「不愉快だ。実に不愉快だ」

漫月さんも、不機嫌そうに鼻を鳴らす。

……なんで？

「リオちゃん、『フォーチュン・ファミリー』を読んでないことがばれてしまいましたよ」

大家さんが、気遣うように言う。理由を問う前に、漫月さんが、

「俺がこの家を建てたのは、『フォーチュン・ファミリー』の参考にするためだ」

な……。

「俺の代表作になると思ったので、相当気合いを入れて描いたからな。それまでの作品で貯《た》めた金を、すべてつぎ込んだ。最終巻のあとがきに、ちゃんと書いてある」

――この家を建てたのは、いつだっけ？

――なにを言ってるんだ、リオ。十一年前に決まっているだろう。

一般常識みたいに言ったのは、あたしが読んでいると思っていたから？　でも、

「家族写真は？　あれは『フォーチュン・ファミリー』と関係ないでしょう？」

「たぶん、それも『フォーチュン・ファミリー』の資料ですよ、リオちゃん」

大家さんの声は、同情に満ちていた。漫月さんは、またも不機嫌そうに鼻を鳴らす。

「劇中で殺し合う家族のモデルにするため、連載開始前に家族をレンタルした。そのときの写真だ。俺と目許が似ているのは、臨場感を出すためにそういう人たちに来てもらっただけであって、血のつながりなど一切ない。もう必要ないから、捨てようと思って机に出しておいたんだ」

「『フォーチュン・ファミリー』は大家族が殺し合う話でしょ。あの写真は、五人しか写ってなかったじゃない」

「本当に俺の作品に興味がないんだな、君は。『フォーチュン・ファミリー』は、家族、い、い、い、い、五人が殺し合う漫画だ」

かぎられた登場人物の心理を徹底的に掘り下げた漫画。

確かに大家さんが、そんなことを言っていたけれど、

「殺し合うキャラクターが五人しかいない漫画が十年も続くか！　かぎられすぎだ！」

「リオちゃんはわかってない。だからカルト的な人気を誇ったんです！」

なぜか大家さんに怒られてしまった。

「最後の半年は主人公と妹の二人だけになるから、以前、妹をしていた女性を、もう一度レンタルしようとした。ところが、子育て中で無理だという。レンタルした時点で、既に妊娠していたからな。

だから代わりに、香に来てもらったんだ。その後も次回作の参考のために契約を続行

するつもりだったが、俺を好きだと言い出したのでクビにした。急いで代わりが必要になったので手当たり次第に業者を当たり、俺とは全然似ていない君で妥協したんだ」

この広い家も、家族写真も、漫月さんの家族愛とは一切関係ない。

ということは……。

「もしかしてお兄ちゃん、本当に家族なんて不要だと思ってるの？」

「だから言ってるではないか」

漫月さんが、苛立《いらだ》たしげに言う。

「そもそも君たちは、なぜ家族を特別視する？」

「それは……長い時間、一つ屋根の下で一緒にすごせば特別な存在に……」

「無駄に長いだけで、友人とすごす時間の方がはるかに濃密だろう」

「でも、血がつながっているわけだし……」

「それを言ったら、人類のほとんどが、どこかで血がつながっているんだ。たまたまそのつながりが近い関係者が家族と呼ばれているにすぎない」

暴論なのに、咄嗟《とっさ》には反論が浮かばない。

「家族を大切にする人を否定するつもりはない。が、俺にとって家族とは、単なる気が合わない連中。だから距離を置いている。それだけのことだ。恥ずかしがっているだの、すなおになれだのと言われるのは心外だ」

「そんな風に割り切れるとは思えない」

「なぜ割り切れない？　いや、割り切ってはいけないのだ？」

答えられないでいると、漫月さんは、どうでもよさそうに言う。

「家族など不要。必要なときにレンタルすれば充分」

一切の感情を寄せつけない、おそろしく乾いた声だった。さすがの香さんも数歩後ずさり、潤んだ瞳を隠すように俯《うつむ》く。

「そんなに結婚したくないなら、言ってくだされば よかったのに……」

「何度も言っただろうが」

「ひどい……あんまりだわ……」

「落ち込まないでください。香さんには、家族を大切にする人の方がお似合いだと思いますよ」

いつの間にか傍に来た大家さんが、香さんの肩にそっと手を置く。ゆっくりと顔を上げた香さんの瞳は、やっぱり潤んでいた。

でも、潤み方が変わっている。

「大家さんは、独身ですか？」

「え？」

「よく見ると、漫月先生と顔つきが似ている……高貴な美しさが感じられるわ……」

「さ……さあ、これで事件は解決ですね。本日の延長は漫月先生の都合によるものなので、料金については後日改めて請求させていただきます。ではリオちゃん、帰りましょう！」

慌てふためく大家さん。「はい」と答えるあたしの声は、かすれていた。

漫月さんは、落書きの「被害者」にするため萌子ちゃんを描いただけで、あたしをモデルにするつもりはなかったらしい。「なぜ君のような吊り目女をモデルにしなくてはならんのだ？」と、大真面目《おおまじめ》に訊かれてしまった。

密《ひそ》かに描いていた真の妹キャラのイラストは、どちらかと言えば垂れ目で、あたしとは全然似ていない。

一緒に帰りたがる香さんを強引にタクシーに乗せ、大家さんと二人で漫月邸を出る。

明日から暑くなりそうな気配が漂う、蒸した夜だった。

「申し訳ありませんでした」

大家さんは、しょげ返っている。

「リオちゃんをモデルに漫月先生が漫画を描いたら、傑作になって、たくさん売れて、読者が楽しんで、日本経済もよくなる。そんな社会貢献になると思ってレンタル妹をお願いしたのに、こんなミステリに巻き込まれるとは」

そこまで遠大な計画を立てていたのか、この人は。それに対して「はあ」としか返せなかったのは、漫月さんが口にした言葉が、頭から離れないせいだった。

——家族など不要。必要なときにレンタルすれば充分。

あんな風に割り切れたら、どんなに楽だろう。

伴リオ。

それが子役時代の、あたしの名前だ。最初に出演したドラマで演じたのは、お母さんに捨てられ号泣する子ども。その演技が評判になり、ドラマだけじゃなく、CMや映画、バラエティにも引っ張りだこになった。あたしの顔がテレビに映らない日はなかったらしい。

「らしい」としか言いようがないのは、当時はテレビを観《み》る暇なんてなかったからだ。忙しかったけれど、五月女家が一番幸せな時期だったと思う。

でも、顔も身体《からだ》も子どもっぽいままで、大人の演技ができないあたしには、数年で仕事が来なくなった。「賞味期限切れの子役」と週刊誌に書かれるようになってから、家の中もぎすぎすし始めた。

あたし自身も、伴リオだった過去を消したくて、悪い仲間とつるむようになって、でもこのままじゃいけない、と立ち直ろうとした矢先——。

あいつのせいで、ママ、パパと大喧嘩して、家を飛び出したのだ。

あの人たちのことなんて、どうでもいい。何度も自分に言い聞かせているのに……。

「漫月先生は漫月先生、リオちゃんはリオちゃん。無理に見習う必要はありませんよ」

あたしの葛藤を察したのか、大家さんは言った。いたわってくれているらしい。

でも、

「その格好はなんですか」

どこから出したのか、大家さんはインバネスコートの上に白衣を羽織っていた。

「心理カウンセラーです。こういう格好の方が、心を開いてくれると思いましてねえ」

「夜道でそんな格好、バカにされてるとしか思えません。脱いでください」

「でも、せっかく着たのですから……あ、すみません」

あたしがちょっとだけ険しい目を向けると、大家さんは猛スピードで白衣を脱いだ。

「とにかく、これで初レンタル家族はおしまいですね。お疲れさまでした」

「初もなにも、これで最後です。もうしません」

「いえいえ。リオちゃんは、なんのかので私の社会貢献に協力してくれるはずです」

大家さんがなんと言おうと、もう二度とレンタル家族なんてしないつもりだった。

このときは、まだ。

第二話　ほっとけないのよ、姉ちゃんは

1

目が覚めると、お昼をすぎていた。昨日、遅くまでバイトしていたとはいえ、寝坊しすぎだ。ベッドから出て、慌てて服を着替える。

最近ようやく見つけたバイトは、レストランの厨房係《ちゅうぼう》。時給はそこそこだけれど、あまり人と顔を合わせずに済むのがいい。

自分が「消えた子役」と揶揄《やゆ》される女優——伴リオであることは、誰にも知られたくないから。

大家さんとは一日に一度は顔を合わせているけれど、幸い、気づかれていない。

「大家」というのは、あたしが住むシェアハウス「チロリアンハウス」の大家の名前だ。他人と一緒に暮らすなんてご免だったあたしが、ある条件で家賃を格安にしてもらってここに住むようになったのが、先月のこと。

それからずっと、入居者はあたし一人だ。

伸びをしながら部屋を出る。トイレに行くため一階に下りると、玄関に女性と子どもの靴があった。大家さんは、この人たちとリビングにいる様子。入居希望者だろうか。ま、あたしには関係ない。

トイレに入ると、手洗いの周りが水浸しになっていた。きれい好きの大家さんなら、こんなことはありえない。お客さんのどちらかが使ったんだろう。ついでに便座も下ろして、ウェットティッシュでトイレ全体を軽く拭く。

終わってから、二階に戻ろうとしたところで、

「リオちゃん、ちょっと来てくださーい」

大家さんだ。なんの用だろう、と思いながらリビングのドアを開けた途端、

「今回、リオちゃんにはレンタル姉になってもらいます」

大家さんは、真ん丸な顔をにっこりさせて、前置きなく切り出した。

……久々に来たか。

なんらかの事情があって、一時的でいいので家族がほしい——そんな人たちのところに「家族」として通うサービス、それが「レンタル家族」だ。これに協力することが、格安家賃の条件。大家さんは「社会貢献です！」と張り切っているし、家賃が安くなるならいいや、と軽い気持ちで引き受けた。

でも思いがけずひどい目に遭ったので、もうやらない。何度もそう言っているのに、

「依頼主は、こちらの女性。筒香真沙実《つつごうまさみ》さんです」

「よろしくお願いします、リオさん」

勝手に話が進んでいる。

「こんな立派なお家《うち》で暮らしてるなんて、うらやましいですわ。うちは狭い上に、古くて。その家賃すらまともに払えなくて、追い出されそうなんですけれど。でも、再婚したら新居に移るんです。この前、プロポーズしてもらいました。正式なお返事はまだですけどね」

あたしが口を開く前に、女性——真沙実さんは滔々《とうとう》と話し始める。マシュマロみたいにやわらかそうなほっぺたに、幸せ一杯の笑みを浮かべながら……と思ったら、一転して顔を曇らせ、

「ただ、あの子にちょっと問題がありまして」

視線で窓の向こう、庭を指し示す。小学一年生か二年生くらいの子どもが、息を弾ませ、ボールで遊んでいた。

ぱっちりした目と、艶《つや》やかな長い黒髪が印象的な子だった。男の子からも女の子からも好かれるに違いない、完全無欠の美少女だ。子役をやっていたときにも、こんなきれいな子は見たことがない。

「お子さんの葵《あおい》ちゃんです」

大家さんに言われてから、自分があの子——葵ちゃんに見とれていたことに気づく。

真沙実さんは、ため息をつき、

「葵は、普段はあんな風に元気なんですよ。でも私の恋人の前では、全然しゃべらないんです。三年前に私が離婚してから、母一人子一人で暮らしてきました。そのせいで他人と一緒に暮らせるか、不安で仕方ないのだと思います。相手には年ごろの娘さんがいるのですが、彼女には特になつきません。だからリオさんにはお姉さんになってもらって、あの子が新しい家族に慣れるようにしてほしいんです」

「どうやらリオちゃん、葵ちゃんを気に入ったようですね。では、レンタル姉決定で」

「待ってよ」

慌てて言う。

「受けるつもりはありません。忙しいときは断っていいって、大家さんは言ってましたよね」

「いま忙しいんですか?」

「それは……でもバイトしてお金を貯めないと、家賃が払えなくなっちゃう」

「では引き受けるなら、先月と今月に続いて、来月も家賃を半分にしましょう」

足許を見てるな、大家さん。でも、また妙な事件に巻き込まれてはたまらない。

「今回は無理です。ほかを当たってください」

「この私に、ほかに当てがあるとでも思っているのですか？」

「なんで胸を張るんですか！」

「……よよよ」

妙な音に振り返ると、真沙実さんが両手で顔を覆っていた。細い肩は、わなわな震えている。

まさか、「よよよ」って泣き声？　二十一世紀にちょっと古すぎない？

「いろいろなレンタル家族業者を当たったけれど、みんな高くて……大家さんのところなら安いというから、藁《わら》にも縋《すが》る思いで来たのに……もう、どうしたらいいのか……」

「なにも泣くことないでしょう！」

あたしの叫び声とほとんど同時に、窓が開いた。

「ママ？」

葵ちゃんが、心配そうに覗き込んでくる。声までかわいい。

「泣いてるの？　もしかして、ぼくがあっちの人たちと仲よくできないから？　ごめんなさい。ちゃんと仲よくするから。泣かないで。ね？」

葵ちゃんの一人称は「ぼく」。いわゆる「ぼくっ娘《こ》」か。これはこれでかわいい……

いやいや、そんなことより、母親が、幼い我が子に慰めてもらってどうするんだ？

「このかわいそうな親子を、五月女リオは平然と見捨てるのであった。ああ、無情。血も涙もないとは、まさにこのことである」

「時代劇のナレーションみたいに仰々しい口調で、人聞きの悪いこと言わないで」

「では、真沙実さんたちを見捨てられますか?」

「く……っ」

社会貢献とか偉そうなことを言っている割に、相変わらずやり方がせこい。

あたしと大家さんのやり取りをよそに、真沙実さんと葵ちゃんは話を続けている。

「でも葵、本当にあちらの家族と仲よくできる?」

「ぼく、がんばってみる。できなかったら、ママの子をやめるよ。ママには、幸せになってほしいもの」

「ああ、葵。なんて、いい子なのかしら。ママにはもったいないくらい……」

「わかった、やるっ。やるから!」

*

半強制的に受けさせられたレンタル姉だけど、実はそこまで嫌ではなかった。

緊張させないため、葵ちゃんには「真沙実さんが相手の娘に慣れたいから」という理由で、あたしがレンタルされたと説明。期間は二週間。週に二、三度、葵ちゃんと遊んで、姉の存在に慣れさせてあげるだけ。前回のように相手の家に通い詰めるわけでも、妙な「設定」の妹をさせられるわけでもない。服装も自由で、いつもどおりのラフな格好でOK。

今回は楽勝かも、という予感は的中した。

大家さんのポケットマネーで、初日の今日は世界で一番有名なネズミがいるテーマパークに来ているけれど、特に困ったことは起こってない。アトラクションに並んでいる間、葵ちゃんは学校の友だちのことを熱心に話してくれた。見た目よりもお転婆《てんば》らしく、男の子と走り回っていることが多いらしい。

真沙実さんは、そんな葵ちゃんを愛《いと》おしげに見つめながら、ほわほわした口調で話を合わせている。

お母さんと、ちょっと年の離れた姉妹の三人がテーマパークを満喫している――傍目《はため》には、そう見えるに違いない。

でも、満喫しすぎていることが気になった。

「ねえ、リオちゃん。次は宇宙のジェットコースターに乗ろうよ」

「リオちゃん、一緒に写真撮ろうよ」

「お化けこわくない？　いざとなったら、ぼくがリオちゃんを守ってあげるからね」

葵ちゃんは「リオちゃん、リオちゃん」と、すっかりあたしになついている。人なつっこい性格らしい。「相手の家族と仲よくできない」なんて、信じられない。

遅めのお昼で、イタリアンレストランに入ってからも、

「ぼくもリオちゃんと同じものが食べたい」

「リオちゃんのニンジンもらっていい？」

「リオちゃんはなにが好きなの？」

こんな風に、きゃっきゃと笑いながら話しかけてくる。

「ママ。ぼく、トイレに行ってくるね」

「行ってらっしゃい」

「一人で大丈夫？　あたしがついて行こうか？」

「子ども扱いしないでよ、リオちゃん。もう小学二年生なんだから」

葵ちゃんはませた口調で言って、ぴょん、と椅子から下りる。ちょっと心配だけれど、
真沙実さんと二人きりになれたのはチャンスだ。

「あのう……ここのお金、本当に大家さんが全部払ってくださるのでしょうか。後から
追加料金を請求されたりしないのでしょうか」

「大丈夫です。あの人は社会貢献の一環だと思ってますから」

おどおどする真沙実さんに、軽やかに笑ってから、

「葵ちゃん、随分となつっこいですね。相手の家族と仲よくできないなんて、なんだか

信じられないなあ」

　さりげなく切り出すと、真沙実さんは、ほっぺたに手を当ててため息をついた。

「実は私も。お恥ずかしい話ですが、離婚の原因は、夫がよそに女の人をつくったことなんです。あのときは、人生観が変わるくらい落ち込みました。自分の恋愛観が間違っていたことに、打ちのめされもしました。そんな私を、葵は一生懸命励ましてくれたんです」

　真沙実さんは見るからに弱々しいから、葵ちゃんは子ども心に「自分がしっかりしなくちゃ」と思ったのかもしれない。

「だから再婚も、喜んでくれると思ったのに。再婚してからも、あの子が望むことはこれまでどおり、なんでもやらせてあげると言ったのに。

　でも、リオさんのおかげで、なんとかなりそうだわ。『お姉ちゃん』相手に、あんなに楽しそうにしているんだもの。丘峰《おかみね》さん――再婚相手の家族とも、きっと仲よくできる。そういえば、お見せしてませんでしたね。これが私の再婚相手。丘峰ツバサさん」

　一転してにこにこ顔になった真沙実さんは、嬉々《きき》としてスマホを差し出してくる。

　ディスプレイに表示された写真には、真沙実さんと葵ちゃん、あたしより少し年上の女性、それから、背の高い人が映っていた。男性用スーツを着ていなければ女性と見間違えてしまいそうな、こわいほど整った顔立ちの人だ。

「すてきでしょう、丘峰さん。職業は、スポーツジムのインストラクター。半年前、道を訊かれたことがきっかけで知り合いました。本当に気の利く人で、女性の気持ちをよく理解してくれるんです。経済力もあるから、お金の心配もしなくていい。身体の相性もばっちり！」

「『ツバサさん』じゃなくて、『丘峰さん』と呼ぶんですね」

最後の大人の発言を聞かなかったことにするため、無理して笑って、どうでもいいことを訊ねる。

「はい。珍しい名字なので、本人がそう呼ばれることが好きだから。

丘峰さんはもちろん、仁絵《ひとえ》さん――娘さんも、葵のことをかわいがってくれている。結婚したら家族四人で、新居に移る予定なんです。今度の土曜日に不動産屋を回るつもりで、いい物件が見つかったら、正式にプロポーズへのお返事を――」

幸せ全開トークを続ける真沙実さん。先にプロポーズの返事をすればいいのに、と思いながら、改めて写真を見る。

家族四人ということは、若い女性が丘峰さんの連れ子、仁絵さんなんだろう。ちょっとふっくらしていて、優しそうな微笑みを浮かべている。丘峰さんと腕を組み、親子仲もよさそう。どこからどう見ても、あたたかくて、幸せ一杯の家族だ。

どうして葵ちゃんは、この人たちと仲よくできないんだろう？

不思議だったけれど、母親が「なんとかなりそう」と言ってるんだ。丘峰さんたちとも、そのうち仲よくなれるはず。

葵ちゃんが戻ってきた。入れ替わるように「失礼して、私もトイレに」と、真沙実さんが席を立つ。葵ちゃんは椅子に座ると、床に届かない足をぶらぶらさせながら、

「あの様子だと、ママはリオちゃんに、丘峰さんたちの写真を見せたんじゃない？」

「うん。お母さん、幸せそうだったね」

「でしょう？　ママみたいな人と結婚してくれる人がいてよかったと思うよ。ぼくは幸せじゃないけどね」

残ったアイスを口に運びながら、葵ちゃんはさらりと言った。

あまりにさらりとしているので、すぐには意味を理解できなかった。

理解できてからも、なんと言っていいかわからないでいるあたしに、葵ちゃんは、はっとした顔をして、「ごめんなさい。なんでもないの」と、慌ててスプーンを振り、

「リオちゃんはママのためじゃなくて、ぼくが相手の家族に慣れるためにレンタルされたんでしょう？」

「……そんなこと、ないよ」

急ごしらえの笑顔で嘘をつくと、葵ちゃんは「別にいいけどね」と呟いてから、アイスをもう一口。

「ママには、いまの内緒ね。リオちゃんと一緒にいるのは楽しいし」

にっこり笑う葵ちゃんは、でも、頑《かたく》なに心を閉ざしているように見えた。

2

その日の夜。チロリアンハウスのリビング。

「初日はどうでしたか、リオちゃん」

大家さんは、夜食の醤油《しょうゆ》ラーメンをテーブルに置きながら言った。前回に続きレンタル家族をしている間は、大家さんが材料費持ちで料理をつくってくれている。

ちなみに、いまの大家さんの服装は、真っ赤なチャイナ服。「ラーメンは中華っぽい格好の人がつくった方がおいしいはず！」と、丸顔を上気させ語っていた。

相変わらず、見た目を大事にする人だ。

「いただきます」と手を合わせてからラーメンをすすりつつ、今日の報告をする。

「前回からは考えられないくらい平和で、有意義な一日でした。葵ちゃんもあたしになついてるし、なんの問題もなく終わりそうです」

「でもリオちゃんは『なんの問題もなく終わりそう』という顔はしていませんよ」

箸がとまる。大家さんは、ラーメンにふうふう息を吹きかけながら、

「気になることがあるのですか？」

「別に。あたしはレンタルでお姉さんをしているだけであって、葵ちゃんのことに口出しする義務も権利もありませんから。葵ちゃんが再婚相手の家族と仲よくなれなくても真沙実さんが考える問題であって、あたしには一切関係ありません」

「なるほど。葵ちゃんのことが気になるわけですか」

う……。

あの後すぐ、真沙実さんが戻ってきた。それから帰るまで、葵ちゃんはずっと子猫みたいにはしゃぎ回り、楽しそうにしていた。別れ際には「また遊んでね。リオちゃんのこと、本当のお姉ちゃんだと思ってるからね」と言って、一生懸命手を振ってくれた。

でも、

――ぼくは幸せじゃないけどね。

あれは、どういう意味だったんだろう。真沙実さんの話だと、申し分のない再婚相手なのに。真沙実さんが気づいていないだけで丘峰さんたちになにかされている――例えば、いじめられているのでは？　だとしたら葵ちゃんは、絶対幸せになれない……。

真沙実さんに報告しようかとも思ったけれど、葵ちゃんが余計に心を閉ざしてしまいそうで、なにも言えなかった。

でも葵ちゃんは、心のどこかで大人にＳＯＳを求めているのでは？　だから思わず、あんな言葉を口にしてしまったのでは？

「葵ちゃんのことが、気になるわけですね」

言葉を返せないあたしに、大家さんは繰り返す。

「……そういうわけじゃありません。でも契約期間の間だけ、葵ちゃんがどうして相手の家族と仲よくできないのか、調べてみようと思います。別にどうでもいいことではありますけど、このまま放っておいたら後味が悪いですし」

「すなおじゃありませんねえ。今日から『意地っ張リオちゃん』と呼びましょう」

「本当ですね？　毎回そう呼ぶんですね？　呼ばなかったら怒りますからね？」

「す、すみません。撤回します。そんなに両目を吊り上げないでください」

「もともと吊り目なんです」

「いつも以上に吊り上がっていますが……それはともかく、調べるのは構いません。子どもの幸せを願うことは、立派な社会貢献ですからね。でも、プライバシーには充分配慮してください」

大家さんの丸顔が、ほんの少し真剣味を帯びる。

「『リオちゃんをレンタルすることは、再婚相手の家族には内緒』。依頼時に言われたとおりです」

そうだ。「丘峰さんが知ったら、いい気はしないでしょうから」という理由で、内緒にしてほしいとお願いされたんだった。

「もちろん、わかってます」と頷いたものの。

真沙実さんは「なんとかなりそう」と安心しきっていて、葵ちゃんは心を閉ざしている。丘峰さんや仁絵さんから、直接、話を聞くこともできない。

こんな八方塞がりの状況で、なにをどう調べればいいんだ？


三日後。水曜日の夕方。

あたしは残暑の日差しを受けながら、真沙実さんのアパートの前に立っていた。

真沙実さんが話していたとおり、お世辞にも立派とは言えないアパートだ。ここの家賃すら払えないなんて。離婚した夫から、満足な慰謝料や養育費をもらっていないのだろう。丘峰さんと再婚すれば、生活が楽になることは確実。

それでも、葵ちゃんが幸せになれるとはかぎらないのだ。

どこをどう調べたらいいか。この三日間、一生懸命考えたものの、いいアイデアは浮かばなかった。でも、結論は出た。

地道にレンタル姉をやって葵ちゃんの信頼を勝ち取る――これしかない。そうすれば葵ちゃんも心を開いて、相手の家族のなにが嫌なのか、打ち明けてくれるはず。

今夜は、お泊まりすることになっている。ぐっと仲よくなるチャンスだ。

作戦も、ちゃんと考えてきた。

階段を上がって二〇二号室のインターホンを押そうとしたが、「壊れてます」と貼り紙がしてあった。ノックして、

「こんにちは。五月女です」

あたしが言い終える前に、ドアが勢いよく開く。

「リオちゃん、待ってたよ！」

葵ちゃんが元気一杯に抱きついてきた。羽毛のように軽やかな身体を受けとめた瞬間、胸が甘く締めつけられる。

「すみません。この子、ずっとリオさんが来るのを楽しみにしていたものですから」

真沙実さんが微苦笑しながら出てくる。

「あたしも楽しみにしてましたよ。明日まで、葵ちゃんのお姉ちゃんだと思ってください」

「明日までなんて嫌だ。リオちゃんはずっと、ぼくのお姉ちゃんなの」

「リオさんを困らせるんじゃありません」

「全然困ってませんよ」

笑いながらドアを閉めたあたしは、早速切り出す。

「じゃあ葵ちゃん。今日は、あたしとお風呂に入ろうか」

小さい子にとって、お風呂は格好の遊び場だ。そこに一緒に入ること、それはつまり、仲よくなる絶好のチャンス。お風呂で遊べるグッズもたくさん買ってきた。こいつを駆使して、葵ちゃんのハートをがっちりつかむ。これぞ、「お風呂大作戦」！

「嫌だよ。恥ずかしいもん」

しかし葵ちゃんは、あっさり首を横に振った。

「すみません。この子、年の割にませてて……どうか、どうかお許しください」

土下座せんばかりの勢いで、おどおど謝る真沙実さん。自信があっただけに「そ、そうだよね。恥ずかしいよね」と、引きつった笑顔で応じるのが精一杯だった。

「夕飯はお鍋です。支度をしますから、お先にどうぞ」

真沙実さんに言われ、あたしは一人、お風呂に入ることになった。脱衣所で服を脱いでいると、ドアの向こうから真沙実さんが、

「ごめんなさい。出汁《だし》を切らしてしまったので、葵とコンビニに行ってきます」

「わかりました」

答えて浴室に入った。シャワーを浴びながら考える。

真沙実さんはああ言ったけれど、葵ちゃんがあたしとお風呂に入るのを嫌がった理由は、本当に「ませているから」なんだろうか。なついてくれているようで、あたしのこ

とを完全には信用してないからじゃないだろうか。

ため息をつきながら湯船に浸《つ》かると、玄関の方から物音がした。しばらくすると、今度は鍵の開く音。もう帰ってきたのか。意外と早い。

「真沙実、いないのか」

響き渡ったのは、ロックバンドのボーカリストを思わせる、男らしくありながら、きれいな高音が似合いそうな声だった。真沙実さんじゃない。言うまでもなく、葵ちゃんでもない。

「いないんじゃない？」

これは女性の声。

「いや、人の気配がするんだ。風呂に入ってるのかな」

ボーカリストがこちらに歩いてくる……って、まさか？

「真沙実、風呂か？」

「真沙実じゃない！」

あたしの叫び声が終わる前に脱衣所の、叫び終わった直後に風呂場のドアが、勢いよく開かれた。湯気の向こうに立っていたのは、真沙実さんに写真で見せられた背の高い人——丘峰さんだった。

意識が飛ぶ。

彼からすると、あたしはなにも着ていない。一言で言えばヌード。

ヌードと言えば……。

「――――っ！」

それ以上、思い出す前に、悲鳴を上げた。丘峰さんに背を向け、湯船に顎まで沈む。

丘峰さんもびっくりして、すぐドアを閉めるに違いない。

「なぜ知らない中学生が、真沙実の家で入浴中なのだろう？」

しかし丘峰さんは、冷静に状況分析を始めてしまった。あろうことか、風呂場のドアを開けたまま。

「あたしは中学生じゃない、二十歳《はたち》だ！」

パニックのせいか、どうでもいい指摘をしながら首を後ろに回して睨む。

「早く出ていって！」

「なにを騒いでるの、おか――」

「知らない女性が風呂に入ってるんだよ、仁絵」

丘峰さんは、やってきた女性――仁絵さんをぴしゃりと遮ってから、あたしに、

「で、君は何者だ？」

「説明するから出ていって！」

「そ、そうよ。とにかく早く出ましょう」

慌てた仁絵さんが、勢いよくドアを閉める。でも、

「きゃあ！」

思いっきり、ドアに指を挟んでしまった。

「大丈夫か、仁絵？」

「おか――うう……痛い……」

「このドアが悪いんだ。よし、いますぐ破壊してやろう」

「やめろぉ！」

騒々しい会話から数分後。

身体と髪を軽く拭いただけで服を着たあたしは、居間で丘峰さん親子の前に立っていた。覗かれて恥ずかしいあたしに対し、

「さっきはすまなかったね」

丘峰さんは、軽く頭を下げただけだった。

この人のどこが「女性の気持ちをよく理解してくれる」だよ、真沙実さん？　騙されてるんじゃないの？　腹立たしいのと恥ずかしいのとで、顔を真っ赤にしていると、

「もしかして君は、真沙実が雇ったレンタル家族じゃないか」

不意打ちの指摘だった。咄嗟に反応できないでいるうちに、丘峰さんは思案顔で、

「葵ちゃんが我々になつかないことを、真沙実は随分気にしていたからな。姉をレンタ

ルして、葵ちゃんに耐性をつけさせようと考えたんだろう。この前、レンタル家族につ
いてネットで調べていたのは、このためか。フフフ、かわいいことをする。が、そこま
で真沙実が思い詰めていたとは。我々は反省しなくてはならない。葵ちゃんに心を開い
てもらうために、もっと努力しなくては」
「そうね。私もできることをやるわ。私たちは何年も二人きりで暮らしてきたから、無
意識のうちに壁をつくっているのかもしれない」
　丘峰さんと仁絵さんは、真剣な顔つきで話している。特に丘峰さんは、お風呂に入っ
てきたときとは別人だ。
　この人たちは、心の底から葵ちゃんと家族になりたいと願っている。
　いじめるなんて、ありえない。
「ただいまー」
「お帰り、真沙実。お邪魔しているよ」
「丘峰さん？　どうして？」
「近くまで寄ったんで、仁絵と一緒に来てみたんだ」
　真沙実さんと葵ちゃんが、連れ立って入ってくる。真沙実さんは濡《ぬ》れたままのあたし
を見て、不審そうに眉をひそめた。
「お風呂に入っているところを覗かれて、急いで出てきたんです」

真沙実さんは「まあ」と目を丸くして、マシュマロみたいなほっぺたに両手を当てる。

「本当に？　丘峰さんを誘惑して覗かせたのではなくて？　これは慰謝料を請求できますね。家計の足しになるわ」

「違います」

動揺しているのか、らしくなく腹黒なことを言う真沙実さん。

丘峰さんは、鷹揚《おうよう》な口調で、

「真沙実。この女性は、レンタル姉だね」

「ご、ごめんなさい、丘峰さん。その……」

「だいたいの事情はわかっているよ。我々が至らなかったんだ。なあ、仁絵」

「そうね。悪いのは私たち。真沙実さんのせいじゃない」

「二人とも……」

なんだかずれているけれど、悪い人たちではないみたいだし、これなら葵ちゃんも、そのうち仲よくなれそう——でも胸を撫で下ろす直前、あたしは見た。

俯き、唇をきつく噛みしめる葵ちゃんを。

すぐ笑顔になったけれど、間違いない。葵ちゃんは、丘峰さんたちと仲よくなりたくない——ううん、仲よくできない理由がある。

簡単には乗り越えられないくらい大きくて、決定的な理由が。

3

丘峰さんと仁絵さんも一緒に鍋をつつくのだろう。あたしはお風呂のことを思い出して、絶対まともに食べられない――その心配をよそに、丘峰さん親子は「用事がある」と、そそくさ帰っていった。

なにしに来たんだろう、あの人たち？

その後、真沙実さんたちと交わした会話は、テーマパークのときと似たようなもの。葵ちゃんは、一瞬見せた表情が嘘のようになつっこかったし、真沙実さんは丘峰さんのすばらしさを力説し、頼んでもいないのにスマホに写真を送ってきたりした。

夕食の後は、葵ちゃんとゲームをして、一緒の布団で就寝。起きてからは、朝ご飯を一緒に食べて、学校に送ってからチロリアンハウスに帰宅。傍目には、仲よし姉妹に見えたと思う。

でも丘峰さん親子のことを切り出そうとすると、葵ちゃんは子どもとは思えないほど巧みに話を逸らし続けた。やっぱり、あの人たちと仲よくできない理由があるんだ。でも葵ちゃんはなつっこい性格だし、丘峰さんたちも葵ちゃんのことをかわいがっている。一体どんな理由が？

「――以上です」

チロリアンハウスに戻ったあたしは、大家さんが出してくれたお茶をすすりながら報告を終えた。

黒い頭巾《ずきん》に、黄土色の道服。千利休《せんのりきゅう》のような格好をした大家さんは、愛用している猫の絵柄がついたマグカップを手に、やけに真剣な面持ちで、

「葵ちゃんは、丘峰さんの顔が好みではないのでは？」

「そんな曖昧《あいまい》な理由じゃありません。絶対、もっとはっきりした理由があるはずです」

「でも女の子にとって、新しくお父さんになる人の顔は重要ではないですかね。毎日見ることになるんですよ」

「大家さんらしい考えですね。でも丘峰さんは、かっこいいんです」

真沙実さんから（頼んでもいないのに）送られてきた写真をスマホに表示させる。自宅の寝室で、ウォーキングマシンに乗ってポーズを取る丘峰さんだ。カメラ目線で親指を上げた姿は、普通なら「ちょっとイタイ人」だけど、顔立ちは整っているし、大きめのシャツもかっこよく着こなしているので、少しも嫌味に見えない。

「うん？」

大家さんが身を乗り出し、スマホをまじまじと見つめてきた。

「なんですか」

「どこかで見たことがあります」

「丘峰さんを？」

だったら、葵ちゃんが仲よくできない理由に心当たりがあるかも。

「いえ。このベッドを、です」

しかし大家さんが指差したのは、丘峰さんの後ろに置かれたダブルベッドだった。

「こんなもの、どうだっていいでしょ」

「このベッドは『完全なる快眠』というキャッチコピーで売り出された、超人気のベッドなんですよ。フィギュアスケーターが出ているＣＭを見たことがありませんか？　スプリングに独自の製法を加えることで、極上の寝心地《ねごこち》を約束してくれるんです。うちのシェアハウスにも入れたかったのですが、シングルサイズでもとんでもない値段なので断念しました。なのに、ダブルサイズを持っているなんて。悔しいっ」

大家さんは、マグカップを割らんばかりに強く噛みしめ、

「これはいつの写真ですか」

「二年前だと言ってました」

「では、発売直後に買ったことになりますね。ますます悔しいっ。リオちゃん、丘峰さんの隙《すき》を突いて、ちょっと盗んできてください」

「ちょっと盗めるような代物じゃない！　でも、丘峰さんには会いにいくつもりです」

「なにをしに？」

「葵ちゃんについて話し合うんです。丘峰さんたちは葵ちゃんをかわいがるつもりでいるのに、葵ちゃんはなぜか仲よくしたがらない。その理由に心当たりがないか、直接訊いてみます。昨日はお風呂を覗かれて動揺しちゃったけど、もう大丈夫。レンタル家族のことはばれてるんだから、遠慮する必要もないし……」

言葉がとまった。大家さんの丸顔が強ばり、両肩がわなわなと震え出したからだ。

「……真沙実さんには黙って訊くつもりだから、少しは遠慮した方がいいですよね。でも真沙実さんは、葵ちゃんはもう大丈夫だと信じ切ってる。余計な心配をさせたくないんです。それに、このままだと葵ちゃんは幸せになれません。今度の土曜日に不動産屋を回って、いい物件が見つかったら正式にプロポーズの返事をするつもりらしいから、その前に……余計なお世話かもしれないけれど……」

「子どもの幸せのために動くことの、どこが余計なお世話なのですか？」

大家さんは不思議そうに言うと、道服の袖を目に当てて——涙ぐんだ。

「葵ちゃんの幸せを、そこまで願っているなんて。レンタルではなく、本当のお姉さんみたいですね」

「そんなんじゃありませ……」

否定しようとして、再び言葉がとまった。

あたしは葵ちゃんのことを、本当の妹みたいに思っているんだろうか。だから、こんなに一生懸命なんだろうか。それって心の奥底では、家族を求めているということなんじゃ？

両親と喧嘩別れしてから、そんなの、どうでもいいと思っていたはずなのに……。

「リオちゃんが社会貢献に目覚めてくれて、私は大変うれしい」

道服姿で涙ぐむ大家さんと、動けないあたし。

しばらくの間、傍目にはシュールに違いない光景が続いた。

翌日。金曜日のお昼。

あたしは、丘峰さんが働くスポーツジムの最寄《もよ》り駅で降りた。駅前の賑《にぎ》わいは、チロリアンハウスの最寄り駅とは雲泥の差だ。背の高いビルもたくさん並んでいる。

ジムの名前と場所は、真沙実さんからさりげなく聞き出しておいた。アポなしで訪れるのは気が引けるけれど、電話番号を知らないのだから仕方がない。行くだけ行って、あとは当たって砕けろだ。

スマホの地図アプリを操作していると、丘峰さんと仁絵さんの姿が人混みの中に見えた。なんていいタイミング。二人は腕を組んで、仲睦《なかむつ》まじく歩いている。外国人の親子みたいで、絵になっている。

あたしが最後にパパと腕を組んだのは——ううん、一緒に歩いたのはいつだっけ？　ママとだって、もう何年も出かけてない……。

首を横に振る。昨日から感傷に浸りやすくなっている。ぼーっとしている間に、丘峰さんたちを見失ってしまったし。慌てて辺りを見回すと、仁絵さんがバスに乗り込むところだった——と思ったら、ステップに躓《つまず》いて転びかけた。

この前はドアに指を挟んだし、ドジっ子なのかもしれない。

丘峰さんは手を振って娘を見送ると、踵を返し、スポーツジムに入っていく。あそこが彼の職場だ。駆け足で、あたしも中に入る。丘峰さんはロビーを抜けて、廊下を歩いていた。後を追い、声をかけようとしたけれど、受付のお姉さんに「会員証をお見せください」と、とめられてしまう。

「あたしは会員じゃなくて……」

「では、見学希望の方ですか？」

「そうじゃなくて、ええと……」

そうこうしているうちに、丘峰さんの背中はどんどん小さくなっていく。

そして、あたしは見た——衝撃の光景を。

その瞬間、葵ちゃんが丘峰さんたちと仲よくできない理由がわかった。

翌日。土曜日。

「リオさん、どうしたのですか？」

口をぽかんと開けてあたしを見上げる真沙実さんに、「こんなところまで押しかけて、本当にごめんなさい」と謝るしかない。

「こんなところ」とは、Ｆショッピングモールの中にある、「ウエーターが着ている金《こん》色《じき》の作務衣《さむえ》がかっこいい！」と評判の、和食レストランの個室。テーブルには、丘峰さんと真沙実さん、それから、葵ちゃんがついている。

ここにいることは、昨日のうちに、真沙実さんに電話して教えてもらった。

ちなみに仁絵さんは間違えて仕事のシフトを入れてしまったせいで、少し遅れて来るらしい（本当にドジっ子だ）。

あたしが見たものと、理解した真相。それをどうしたらいいのか、大家さんにも相談できず、昨日一日悩んだ。口出ししていい問題ではない、とも思いかけた。

でも葵ちゃんのことを考えたら、やっぱり見すごすことはできない。

「リオちゃん、どうしたの？」

あたしが思い詰めた顔をしているからだろう、葵ちゃんが心配そうに言う。「なんでもないよ」と強引に笑顔をつくってから、真沙実さんと丘峰さんを見据える。

「お二人とも、不愉快に思うことでしょう。余計なお世話だと怒るかもしれません。でも、どうしても言わせてください」

「リオさん、なんの話をするつもり？」

真沙実さんのマシュマロみたいなほっぺたがひきつる。一方、丘峰さんは、悠然と腕組みをしている。個室の戸が閉まっていることを確認し、大きく息を吸い込んでから、あたしは言う。

「丘峰さんは、女性なんですよね。だから葵ちゃんは、仲よくできないのではありませんか」

ぴくりとも動かない真沙実さんと丘峰さん。一方、葵ちゃんは、両手で口を塞いだ。

「断っておきますが、あたしは同性婚に反対はしていません。そういう人たちの権利も認められるべきです。でも丘峰さんを男性だと思っていたので、びっくりしました。スポーツジムの女子更衣室に入っていく姿を見たときは」

そう。あたしは見てしまったのだ。廊下を歩く丘峰さんが、軽快な足取りのまま、一片の躊躇《ちゅうちょ》も挟まず、女子更衣室に入っていくのを。

男子更衣室と間違えてるのかもしれない、とも思った。でも丘峰さんは、入口で一緒になった女性と親しげに話しながら中に入っていった。

念のため、受付で見学申込書を書くふりをしながら待っていると、丘峰さんはジャージに着替えて出てきた。もう間違いない。

丘峰さんは、女性。

真沙実さんは、丘峰さんと「身体の相性もばっちり！」という大人の発言をしている。このことを知らないはずがない。

最初に真沙実さんに丘峰さんの写真を見せられたとき、男性用スーツを着ていなければ女性と見間違えてしまいそうだと思ったけれど、本当に女性だったんだ。

真沙実さんは、離婚したときに人生観が変わるくらい落ち込み、恋愛観が間違っていたと打ちのめされたと言っていた。

それがきっかけで、男性より、女性の方を愛している自分に気づいたに違いない。

こうした話を、あたしはできるだけ抑えた口調で語った——葵ちゃんの前なので、身体の相性云々《うんぬん》は除いて。

「ほかにも思い当たる節はあります。真沙実さんは『丘峰さんは女性の気持ちをよく理解してくれる』と言っていました。女性なんだから、理解して当然ですよね。お風呂に入っているあたしを見て動揺しなかったのも、女性だったなら納得です」

それでも、すぐにドアを閉めてほしかったけど。

「最初に言ったとおり、あたしは同性婚には反対していません。でも子どもが——葵ちゃんが嫌がっているなら、やめるべきだと思います。少なくとも、葵ちゃんが理解してくれるまで待った方がいいのではないでしょうか。子どもの幸せを考えることは、異性と結婚する場合だって同じはずです」

差し出がましいし、むっとされて当然だけれど、言わずにはいられなかった。

悲愴《ひそう》な決意を込めて見据えるあたしを、真沙実さんはじっと見つめていたが、ほっぺたに手を当てると、

「まあまあ。リオさんったら、早とちりさん」

ほわほわした口調で、そう言った。

「まったくだね」

丘峰さんも、苦笑いして首を横に振る。予想外の反応に思わず半歩後ずさり、

「どういうことです?」

「逆に訊きますけど、リオさんはどうして、あたしが同性婚することを葵が嫌がっていると思ったのですか?」

「それは……あたしに丘峰さんが女性であることを隠しているくらいだから、ナイーブになっていて、そのことが葵ちゃんに影響しているのではないかと……」

真沙実さんは、おっとり笑う。

「決めつけすぎですよ。だいたい私は、『丘峰さんが男性』なんて一言も言ってませんわ」

振り返ってみる。

……確かに言ってない。でも、

「普通は女性が再婚するなら、相手は男性だと思うじゃないですか」

「普通とはなんなのでしょう？　『女性が結婚する相手は男性』と思い込んでいるなら、口先だけで、やっぱり同性婚には反対なのではありませんか？」

ほわほわした口調なのにずばりと胸に突き刺さり、なにも言えなくなる。

「そもそも葵は、丘峰さんが女性であることはまったく気にしていません」

「それは、そういうふりをしているだけであって――」

「ママの言うとおりだよ、リオちゃん」

葵ちゃんが、申し訳なさそうに言う……って、嘘!?

「ぼく、男とか女とか全然気にしないんだ。だから、こういう格好をしてるんだし」

こういう格好？

葵ちゃんをまじまじと見つめる。艶やかな長い黒髪に、赤いスカート。どこからどう見ても可憐《かれん》な美少女だ。でも、まさか……。

「もしかしてリオさん、葵が女の子だと思ってました？　私も葵も、一言も『葵は女の子』とは言ってないはずですよ」

「……女の子じゃないの、葵ちゃん？」

「うん。ぼく、男の子」

葵ちゃんのにっこり笑顔に、後頭部を殴られた気がした。そのショックが呼び水になり、いろいろなことが一気につながる。

真沙実さんと葵ちゃんがチロリアンハウスに来たとき。トイレの手洗いの周りが水浸しになっていたので、あたしはウェットティッシュで拭いた。あのとき、ついでに便座も下ろした。ということは、あたしの前にトイレを使ったのは男性。

きれい好きの大家さんなら水浸しなんてことはありえないから、トイレを使ったのは真沙実さんか葵ちゃん。真沙実さんは「母一人子一人」と言っていたので女性。だから、あたしの前にトイレを使ったのは葵ちゃん。

よって、葵ちゃんは男の子ということになる。

それだけじゃない。

葵ちゃんは学校で、男の子と走り回っていることが多いと言っていた。見た目よりお転婆だと思ってたけれど、そうじゃなくて男の子だから。

あたしとお風呂に入るのを嫌がったのも、ませた男の子だから。

こうしてみると、葵ちゃんが男の子だと気づかなかったのが不思議なくらいだ。

「私は、葵の望むことはなんでもやらせていると言いましたよね。服装も、その一つです。本人が先生を説得して、学校でも、堂々と女の子の格好ですごしています。ジェンダーに関しては葵の方が、リオさんよりずっと大人ですわねえ」

大人かどうかはともかく、葵ちゃんの考えの方が柔軟であることは間違いない。

女の子の格好をしていても、一緒に走り回る男の子の友だちがいるのだ。学校でも人気者なんだろう。

あたしの推理は、完全に間違っていたのか。だったら、どうして葵ちゃんは丘峰さんたちと仲よくできないの？　ほかに考えられるのは……あ、もしかして……。

「言っておくが、私も仁絵も、葵ちゃんが女の子の格好をしていることはまったく気にしていないからね」

思いついた可能性もつぶされてしまった。

個室の戸が、ノックの直後に開かれる。

「ごめんなさい、遅くなっちゃった。おか――」

「思いがけないゲストが来ているよ、仁絵」

仁絵さんを遮って、あたしを目で指す丘峰さん。「リオさん？　なんで？」と驚く仁絵さんに、真沙実さんはあたしの的はずれな推理を、おっとり口調で語って聞かせた。

「というわけで、つまらないお笑い番組より、よっぽど笑わせてもらったところなんですよ」

真沙実さん、口調はそのままなのに、なんだか毒舌になってない？

丘峰さんは、大きく首を振る。

「男物のスーツを着ていたとはいえ、男だと思われていたとは。ショックだ。父親以外の男という生き物は、生まれつき大嫌いなんだ。それに、リオさんが『結婚は普通、男性と女性がするもの』『女性同士の結婚を葵ちゃんが嫌がっている』と思い込んでいたことは問題だと思う。彼女の認識を改めてやらなくては。それが大人の責任だ」

「ママは本当に責任感が強いわね。なら、今日から三日三晩、リオさんに同性婚の歴史をレクチャーするというのはどうかしら」

仁絵さんが大真面目な顔をして、とんでもないことを言い出した。

「それはいい。さすが仁絵だ」

「当然の判断よ、ママ——あら、リオさん？　顔が引きつってるわよ？　レクチャーを受けるのを嫌がるなんて、同性婚への偏見は相当根深いようね」

「偏見とか関係ないから！　三日三晩も強制的にレクチャーを受けさせられそうになったら、ジャンルにかぎらず顔がひきつるから！」

「そうそう、大家さんにレンタル家族料金を返金していただかないと」

あたしの抗議を無視して、相変わらずほわほわと真沙実さん。

「丘峰さんにショックを与えて、私に恥をかかせたんですもの。交渉すればタダにしてもらえるかも……ううん、絶対していただかないと」

「さっきから思ってたんですけど、真沙実さん、別人みたいになってません？」

「そんなことありませんわ。この世知辛い世の中をシングルマザーが生きていくためには、手段を選んでいる余裕などないだけですよ。利用できるものは、なんでも利用しないといけませんからねえ。うふふふふ」

真沙実さんの両目が妖しく光る。

腹黒だ。ほわほわしているけれど、この人、本性は腹黒だったんだ！

依頼のときの「よよよ」は嘘泣《うそな》きだったに違いない。あたしがお風呂を覗かれたときに慰謝料の話を持ち出したのも、動揺していたわけじゃなかった。ずっとおどおどしていたのは、猫を被《かぶ》っていただけ。

「リオちゃん、ごめんね。ぼくはなにもしてあげられないよ」

葵ちゃんは、しょんぼりしながらも微笑む。

「でも、リオちゃんがぼくのためにがんばってくれたのはうれしかった。本当のお姉ちゃんみたいだった」

このままでは、葵ちゃんは丘峰さんたちと仲よくなれないまま、真沙実さんが再婚することになる。あたしは受けたくもないレクチャーを受けさせられるし、レンタル家族料金は返金になるし……ああ、どうしよう……。

そのとき、「失礼します」の声とともに個室の戸が開き、ウエーターが顔を出した。

――違う。ウエーターじゃない。

大家さんだ。金色の作務衣を着た大家さんだ！

なんで大家さんがここにいるの？　その格好はなに？　どちらから訊ねていいかわからないでいると、大家さんは丸顔を得意げに上げた。

「リオちゃんが悩んでる様子だったので、あとをつけてきたのですよ。たまたま知り合いの店に入ったので、ウエーターのふりをさせてもらって、立ち聞きしていました」

納得しかけたが、作務衣を着る意味はまったくない。かっこいいと評判だから着てみたかっただけだろう、絶対！

「この人はどなたかな？」

「大家さん。リオさんの雇い主ですよ」

真沙実さんは、丘峰さんに答えた後、

「立ち聞きしていたならおわかりでしょう、大家さん。お金を返してください。慰謝料もお支払いいただけるなら、リオさんのレクチャーを免除してあげても構いませんよ」

あたしを交渉の道具にする、腹黒真沙実さん。

「リオちゃんの的はずれな推理に関しては、お詫びするしかありません。ですが」

大家さんは、真沙実さん、丘峰さん、仁絵さんを順番に見つめ、

「あなたたちは『あること』を、リオちゃんと葵ちゃんに隠している。それが今回の騒

動の原因。違いますか」

「変なことを言わないでくれ。我々はなにも隠してなどいない。なあ、真沙実」

「そうですわ、大家さん。私たちが葵に隠しごとなんて――」

「ぼく、気づいてるよ」

　葵ちゃんがぽつりと口にした一言に、真沙実さんたちの顔が一斉に強ばる。

「話してよ、大家さん。ぼくのために」

4

　大家さんは、葵ちゃんを安心させるように頷くと、改めて真沙実さんたちを見回し、

「リオちゃんから話を聞き、ある考えが頭をよぎりましたが、ここに来るまで確信が持てませんでした。しかし丘峰さん、先ほど、あなたはこう言いましたね。

『父親以外の男という生き物は、生まれつき大嫌いなんだ』」

「それがなにか？」

　丘峰さんは、真沙実さんと仁絵さんを庇《かば》うように、ゆっくりと立ち上がる。

「言葉の綾《あや》や勢いではなく、本当に男という生き物が嫌いなのですか」

「そうだよ。こうして普通に話すのも、できるなら避けたいんだ。もちろん、葵ちゃん

は例外だよ。それがなにか？」

「では仁絵さんは、どうやって産まれたのでしょう？」

　言われてみれば。男が嫌いなら、仁絵さんを産むことはできない。じゃあ……。

「養女だったらいいけど、そうじゃなかったら……」

　口ごもるあたし。望まない形で産まざるをえなかった可能性を具体的な言葉にすることは、さすがにできない。でも大家さんは「リオちゃんの考えているようなことではありませんよ」と優しく言ってから、丘峰さんに向き直る。

「丘峰さんが男嫌いということと、ほかの情報を合わせれば断定できるのです。丘峰さんと仁絵さんが血のつながりの有無以前に、親子ですらないと」

　なにを言ってるの？　でも仁絵さんは、部屋の奥まで後ずさった。丘峰さんは、大家さんを睨みつけ、

「言いがかりはやめていただきたい。私と仁絵は、れっきとした親子です」

「では、なぜあなたは二年前、ダブルベッドを買ったのです？　リオちゃんから聞きましたよ。あなたが『完全なる快眠』ベッドを買ったのは、発売直後、いまから二年前。あんな高いベッドを買えるなんて、金がある人はうらやましい。私もほしかった。あれで眠ることができれば、どんなに幸せか。うちのシェアハウスの目玉にもなるし――」

「話が逸れてるぞ、真面目にやれ」

思わずドスの利いた声であたし。大家さんは慌てて背筋をぴしゃりと伸ばし、
「そ、それはともかく、なぜダブルベッドを？　何年も仁絵さんと二人で暮らしている
そうですから、一緒に寝るパートナーもいないはずですよね？　子ども時代ならともか
く、仁絵さんのような年齢の娘とダブルベッドで寝たりはしないでしょう。真沙実さん
と出会ったのは半年前だから、彼女と寝るためでもない」
「自分一人で寝るためですよ。寝相が悪いものでね」
「そういう人も、いないことはないでしょう。しかし、あなたの場合はそうではなかっ
た。仁絵さんこそが、一緒に寝るパートナーだった」
仁絵さんがパートナー？　ということは、親子じゃなくて……。
「仁絵さんは、丘峰さんの恋人ということですか？　飛躍しすぎじゃ……」
「そうでもありませんよ。仁絵さんがこの部屋に入ってきたときのことを思い出してく
ださい。『ごめんなさい、遅くなっちゃった。おか』まで言ったところで、丘峰さんは
『思いがけないゲストが来ているよ、仁絵』と遮りましたよね。もし遮られなかったら、
仁絵さんはなんと言っていたのでしょう」
仁絵さんが息を呑む。あたしは、訳がわからないまま、
「『お母さん』でしょう」
「しかし仁絵さんは、丘峰さんのことを『ママ』と呼んでいるではありませんか」

──ママは本当に責任感が強いわね。

──当然の判断よ、ママ。

「そして真沙実さんは、丘峰さんのことを『丘峰さん』と呼んでいる。このことから考えると、仁絵さんはいつものように『丘峰さん』と呼ぼうとしたと思われます。丘峰さんは、名字で呼ばれることが好きだそうですからね。それを丘峰さんが、慌てて遮った。リオちゃんがお風呂を覗かれたときも、似たようなことがあったんですよね」

「なにを騒いでるの、おか──」「知らない女性が風呂に入ってるんだよ、仁絵」

「大丈夫か、仁絵？」「おか──うう……痛い……」

丘峰さんたちのやり取りを思い出しながら、頷く。

「『お母さん』と呼ぼうとすると、うっかり『丘峰さん』と言ってしまいそうだから、葵ちゃんの前では『ママ』と呼ぶことにしたのでしょうね」

娘が母親を「丘峰さん」と名字で呼ぶことはない。ううん、別に呼んでもいいけれど、それを隠して「ママ」と呼ぶのはおかしい。では、大家さんの言うとおり……。

「お二人は、恋人？　鍋をつつかずにそそくさと帰ったのは、あたしに『親子ではない』と見抜かれるかもしれないと思って、逃げた？」

呆気《あっけ》に取られながら訊ねると、仁絵さんはうかがうように丘峰さんを見遣った。丘峰さんは肩をすくめ、

「ここまで指摘されたのでは、認めるしかないね。そうだよ、我々は恋人同士だ。もっと言えば、事実上、結婚している」

うらやましいくらい仲のいい親子だと思ってたけど、同性婚カップルだったのか！

これ以上はないというくらいの、衝撃の事実だった。

「葵ちゃんは、このことに気づいてたの？」

「うん。一生懸命ぼくに隠そうとしてたけどね。でも仁絵さんは間違えて時々、『丘峰さん』と呼びそうになってたから、親子じゃないとわかった。だから、丘峰さんたちと仲よくしたくなかったんだ」

呟く葵ちゃんは、ほっとした顔になっていた。

なるほど。やっと真相がわかった。

「葵ちゃんと違って、真沙実さんは騙されていたのか——結婚してからも、真沙実さんを騙し続けるつもりだったんですか、丘峰さん。無謀にもほどがありますよ」

「ええ、無謀すぎますわねえ」

答えたのは、真沙実さんだった。

「だから丘峰さんには最初から、私を騙すつもりなんてありませんよ。私は、丘峰さんと仁絵さんの関係を承知の上で再婚するんです」

……は？

「もちろん、仁絵さんの承諾ももらっていますよ」

「ばれちゃったから、もう『さん』づけなんてしなくていいよ、真沙実」

「わかったわ、仁絵」

なに、これ？　どうなってるの？　助けを求めて大家さんを見る。

「丘峰さんと仁絵さんが結婚しているところに、真沙実さんが丘峰さんと結婚する。つまり、丘峰さんは重婚することになりますね」

重婚――。

「それ、犯罪じゃないですか！」

「人聞きの悪いことを言わないでもらおうか」

心外だと言わんばかりに丘峰さん。

「確かに民法には、配偶者のある者は重ねて婚姻できないことが定められている。しかし私は、法的には仁絵と結婚していないし、真沙実ともするつもりはない。そもそも現行の法律では、同性婚は認められていないけどね。よって、法律上の問題はクリアしている」

「法律上よくても、真沙実さんと仁絵さんが納得できるはずないでしょ」

「正直、最初は抵抗があったけど、真沙実のようなすてきな女性なら大歓迎」

「私も、仁絵なら構いません」

微笑み合う仁絵さんと真沙実さん。三人とも納得ずくの重婚なのか――これ以上はないというくらいの、衝撃の事実だ……あれ？　さっきも同じことを思ったような……？

「とにかく、一夫多妻なんて日本じゃ許されない……いや、この場合は一妻多妻？　あ、だったら許されるのか？　ううん、そんなはずは……」

だめだ。頭の中がぐちゃぐちゃになっている。対して丘峰さんは、

「なぜ、許されないのかな？」

シンプルな質問をぶつけてきた。

「それは、やっぱり法律が……いや、法律は問題ないかもだけど、なんとなく……」

「世界には、一夫多妻制を認めている国や地域もたくさんある。彼らも『なんとなく』だめなのかな？」

答えに窮する。

「真沙実は、男に裏切られた。詳しいことを言うつもりはないが、仁絵も同じだ。二人とも、もう男は信用できない。だから女性である私と事実婚をして、幸せになろうとしているんだ。それをとめる権利が、君にあるの？」

丘峰さんは両手を広げて、朗々と続ける。

「この国だって、江戸時代は一夫多妻制が認められていた。それより前、戦国時代だって鎌倉《かまくら》時代だってそうだ。一夫多妻制が禁止されてから、まだ一〇〇年ちょっとしか経

っていないんだよ。最近になって、事実婚としての同性婚も少しずつ認められてきたんだ。ならば経済力のある女性が、男性不信に陥った女性を複数人養う家族があったっていいだろう。本人同士がそれで幸せなんだし、誰にも迷惑はかけていない。新しい家族の形として、認められるべきだ」

ロックバンドのボーカリストを思わせる声は、美しく、なにより、力強かった。

……丘峰さんの言うとおりかもしれない。幸せになれる人がいるのなら、こういう家族の形もありなのかもしれない。

でも一つだけ、決定的に間違っている。

「あなたの言う『幸せ』には、葵ちゃんが含まれていない」

傍《かたわ》らで大家さんが、小さく息を呑むのがわかった。

丘峰さんは、ゆっくりと首を横に振る。

「そんなことはない。我々は葵ちゃんのことも、ちゃんと考えている」

「だったらどうして葵ちゃんには、仁絵さんが娘だと嘘をついたんです？」

「この子がもう少し大きくなったら、ちゃんと教えるつもりだった。まさか気づいているとは思わなかったけどね。それについては謝らなくては――ごめんね、葵ちゃん」

丘峰さんが頭を下げても、葵ちゃんは身体を硬くしたまま動かない。

大家さんは、あたしの肩に手を置いてから、ゆっくりと口を開く。

「葵ちゃんが大きくなるまで待つつもりだったのは、あなたたちも、この結婚が特殊だと認識しているからですよね」

「特殊という言い方は引っかかるが、残念ながら現代の日本では簡単には受け入れられない結婚だろうね」

「でしょうね。同性婚ですら、まだまだ偏見が根強いのです。その上で重婚となれば、本人たちがよくても、周囲から相当奇異の目で見られることでしょう。いい悪いの問題ではない、これは、客観的な事実です。あなたたちは葵ちゃんを、それから守ることができますか？」

「丘峰さんと結婚することにしてから、当然、その覚悟はしていますわ」

決然と言う真沙実さんに、大家さんは首を横に振る。

「私が訊いているのは『覚悟』ではありません。守ることができるのか？　という『能力』です。子どもの幸せに関しては、親は『覚悟』するだけではだめなんですよ——それがどんなに強く、尊いものであっても」

実感のこもった、重たい言葉だった。チロリアンハウスには一人で住んでいるけれど、大家さんには、どこかに子どもがいるのだろうか。

考えてみると、この人がこれまでどこでなにをしてきたのか、なにも知らない。

葵ちゃんは、じっと俯いている。

――ママが結婚してる人が、ほかの人とも結婚しているなんて嫌だ！

全身から叫び声が聞こえてくるようだった。一夫多妻制が禁止されてから、一〇〇年ちょっと。でも現代の日本で生まれ育ったのなら、一妻多妻に抵抗があって当然だ。普段、女の子の格好をしているこの少年だからこそ、新しい家族が世間からどんな目で見られるのか、本能的に察してもいるのかもしれない。

真沙実さんの目が、葵ちゃんに向けられる。

「葵……あなた、私のせいで……」

微《かす》かに震えた声は、ひどく弱々しかった。

「――だめだな」

丘峰さんが、大きなため息とともに肩をすくめる。

「結婚はやめにしよう、真沙実」

突然もたらされた一言に、真沙実さんは目を丸くする。

「私も仁絵も、世間の偏見から葵ちゃんを守る気満々だった。でも君は、いま一つ自信がないようだ。それでは、子どもを守ることなんてできない」

「そんな。私は、ちゃんと――」

「帰るよ、仁絵」

丘峰さんは一方的に告げると、仁絵さんの返事も待たずに一万円札をテーブルに置き、個室から出ていった。

「待ってよ、丘峰さん――真沙実、落ち着いて。大丈夫。なにかの間違いだから」

仁絵さんが真沙実さんを慰めている間に、個室を飛び出したあたしは、丘峰さんを追いかけた。

「待ってください！」

レストランを出たところで、丘峰さんを呼びとめる。

「戻って、真沙実さんに謝ってください。あんな言い方しなくてもいいじゃない」

「君は、私たちの結婚に反対なんじゃないのか」

「葵ちゃんのことがあるから賛成はできないけど、反対というわけでは――」

「前々から、真沙実は迷っていたんだよ」

あたしが言い終わる前に、振り返った丘峰さんは両手をポケットに突っ込み、さみしそうに笑う。

「私と結婚はしたい。仁絵がいても構わない。しかし葵ちゃんのことは守れないかもしれない……とね」

「そんなの、わからないでしょう」

「わかるよ。だから私のプロポーズへの返事を先延ばしにしていたんじゃないか」

あ――。

「彼女は、別の人と幸せになった方がいい。それには、私は邪魔なのさ」

丘峰さんは両手をポケットに突っ込んだまま器用に肩をすくめ、歩いていった。その後ろ姿を見送りながら思う。

丘峰ツバサ。真沙実さんが言っていたとおり、一応、女性の気持ちをよく理解してくれる人ではあったらしい。

*

かくしてレンタル姉の依頼は終わり、あたしは葵ちゃんとお別れ――。しなかった。

顔を洗い、気持ちを落ち着かせてからレストランの個室に戻ると、仁絵さんは既に帰った後で、大家さんが真沙実さんと葵ちゃんに詰め寄られていた。

「あなたとリオさんのせいで、再婚が流れてしまいました。仁絵さんが説得しても、丘峰さんが心変わりすることはないでしょう。どう責任を取ってくださるのです?」

「そう言われましても、あのままでは葵ちゃんを守れなかったのですから……」

「ぼくは丘峰さんとは結婚してほしくなかったけど、貧乏な暮らしが続くのは不安だよ、ママ。このままだとアパートを追い出されて、住むところもなくなっちゃうね」

「あ、葵ちゃんまで……」

ほんわかしながら大家さんを責める真沙実さんと、目を潤ませる葵ちゃん。

……葵ちゃんも、結構な腹黒？

こうして今回の依頼料は、結局、全額返金することになった。しかも、

「今日から一つ屋根の下でよろしくお願いしますね、リオさん」

なんと真沙実さん親子は、チロリアンハウスに引っ越してきた。

「こんなすてきで、設備が充実したお家《うち》に住めるなんて。しかも、ものすごく安いお家賃で。ラッキーねえ、葵」

「そうだね、ママ」

おそるおそる訊いてみると、真沙実さんが支払う家賃は、あたしの三分の二だった。しかも「レンタル家族を手伝う」という条件も課せられていない。

「ずるいじゃないですか、大家さん」

リビングで、胸ぐらをつかまんばかりの勢いで大家さんに迫る。

「しかしてシングルマザーの住居の助成に寄与することは、社会貢献の一環であり、国民の最たる義務の一つと言っても過言ではないわけでありますから」

「難しい言葉を並べてごまかさないでください」

「細かいことなんて気にすんなYO《ヨー》！　今日は二人の歓迎会をしようZEI《ゼィ》！」

「ノリのいい言葉でもごまかさないで！」

あたしには答えず、大家さんはキッチンに逃げ込んでいく。

歓迎会なんて出るもんか。住人が増えても仲よくなんてしない。最初に大家さんに言ったとおりだ。そう叫ぼうとしたら、

「今日から毎日一緒にご飯が食べられるね、リオちゃん」

リビングに入ってきた葵ちゃんが、うれしそうにあたしを見上げる。胸がきゅんとする、天使のように愛らしい笑顔だ。

……まあ、初日くらい一緒に食べるか。最初で最後だし。もう二度とないんだし。

だったら、

「今夜は、あたしがご飯をつくってあげる」

大家さんを手伝うため、あたしはキッチンに入った。

第三話　息子の水着にはわけがある

1

玄関のドアを、なるべくそっと開けたのに、

「お帰り、リオちゃん！」

気配を察した葵ちゃんが、全速力で駆けてきた。腰まである艶やかな黒髪に、真っ赤なスカート。一見したところは、今日も完全無欠の美少女だ。

あたしは、なんとか笑みを浮かべる。

「ただいま」

「お帰りなさい、リオさん」

葵ちゃんの母親、真沙実さんも顔を見せる。

「この子、リオさんが帰ってくるのを楽しみにしてたんですよ。『今日こそリオちゃんと一緒にご飯を食べるんだ！』って」

「ごめんなさい。バイト先の人と食べてきちゃったの」

咄嗟に嘘をつくと、葵ちゃんの顔がみるみる暗くなった。

「もうずっと、リオちゃんとご飯を食べてない……」

「仕方ないでしょう、葵。リオさんは忙しいんだから。きっとまた、最初のときみたいにおいしいご飯をつくってくれるわよ、タダで」

子どもを宥《なだ》めておきながら、ちゃっかり「タダ」を強調する真沙実さん。ふわふわした物腰とは裏腹に、結構な腹黒なのだ。本人は「この世知辛い世の中をシングルマザーが生き抜くための知恵」と言い張っているが、シングルマザーじゃなくても腹黒だったろうと思わせるなにかが、この人にはある。

真沙実さんと葵ちゃんの親子が紆余曲折《うよきょくせつ》を経て、あたしの住むシェアハウス――チロリアンハウスに引っ越してきたのは先月のこと。

あたしは、条件つきの格安家賃に惹《ひ》かれて住むことにしただけであって、入居者が増えても交流するつもりはない。入居時、大家の大家さん（ややこしいけど、「大家」という名前の人が、このシェアハウスの大家なのだ）に宣言したとおり、歓迎会のとき以外この人たちと一緒にご飯を食べてないし、必要最低限の会話しかしていない。

「大家さんは？」

余計なことを考えたくなくて訊ねる。

「リビングで、お客さんと会ってるよ」

葵ちゃんの言葉で、三和土に男物の革靴があることに気づいた。真沙実さんが言う。

「レンタル家族の依頼みたいです」

また来たか。

事情があって、一時的でいいので家族がほしい――そんな人たちのところに「家族」として通うサービスが「レンタル家族」だ。大家さんが「社会貢献です！」と張り切って始めた、このサービスを手伝うこと。それが、格安家賃の条件である。

葵ちゃんたちと別れて二階に上がる。自分の部屋に行こうとしたところで、

「ぎゃっ！」

廊下から曲がってきた大家さんとぶつかりそうになって、変な声を上げてしまった。てっきりリビングにいると思っていたし、全然気配を感じなかった。それに、

「お帰りなさい、リオちゃん」

「ただいま……で、なんですか、その格好」

黒い頭巾と、黄土色の道服を見ながら訊ねる。いつか見た、茶人の服装だ。

「依頼人から京都土産《みやげ》をいただいたので、ふさわしい服に着替えたのです。私は、見た目を大事にするタイプですから。それより、後でリビングに来てください。ぜひリオちゃんの力をお借りしたい」

「やっぱりそうなるんですか」

部屋に荷物を置いてから、リビングに下りる。茶人ファッションの大家さんは、いつも使っている猫の絵柄のマグカップではなく、渋い薄緑色の茶碗《ちゃわん》でお茶をすすっていた。

初めて見る茶碗だ。

「お土産にいただきました。後でおいしくいただくつもりです」

もう飲んでいるくせに、大家さんは茶碗を見せびらかすように掲げてから、

「こちらはレンタル家族の依頼で京都からいらっしゃった、鈴木陽之介《すずきようのすけ》さん」

「よろしく。ありふれた名字なので、『陽之介』と呼んでくれ」

大家さんの向かいに座っているのは、初老の男性だった。肩幅があって、全体的にがっしりした雰囲気だ。角張った顔には、愛想笑い一つない。

「五月女リオです」

今回はなんだろう。娘か孫娘？　まさかの奥さん？　わからないけれど、レンタル妹、姉とやって、この仕事にもちょっと慣れてきた。よっぽどの無茶じゃないかぎり、引き受けてもいいかも。

「今回リオちゃんには、陽之介さんの息子になってもらいます」

三分後。

「……と、とにかく、陽之介さんの話を聞いてあげてください」

「あたしは女の子よ。息子になんてなれるはずないじゃないの。冗談はほどほどにしてよね、大家さん」を意味する言葉を、少しばかり乱暴に捲《まく》し立てたあたしに、大家さんは椅子の上で正座しながら言った。

「大家さんは、女の子相手にびびりすぎだな。情けない」

対照的に、陽之介さんの角張った顔は仏頂面のままで、眉一つ動いていない。さすがご年輩……と思ったら、ガラスコップに伸ばした手が、小刻みに震えていた。あたしがそれを見ていることに気づくと、猛スピードで手をテーブルの下に引っ込める。

「聞くだけ無駄だとは思いますけど、お話をどうぞ」

できるだけ穏やかな口調で言っても陽之介さんは言い淀《よど》んでいたけれど、「どうぞ」と促すと「はい！」と背筋を真《ま》っ直《す》ぐにして、

「俺は妻と息子夫婦に先立たれてから、長いこと、孫と二人きりで暮らしていた。こう見えても、世界大会の水泳日本代表まであと三歩まで迫った身でな。引退後は、コーチとして数々の実績を残した。孫には、その技術のすべてをたたき込んだんだ」

あと三歩。すごいのだろうけれど、言葉にすると微妙だ。

「俺のすばらしい指導の結果、孫も優秀な水泳選手になった。孫の名は鈴木水季《みずき》。あんたも、名前くらいは聞いたことがあるだろう。ただ、あいつは日本代表に選ばれてから

増長してな。俺の言葉に耳を貸さなくなった。厳しい指導への反発もあったのかもしれん。顔を合わせれば喧嘩する日々が続いた。いい年をして、奇声を上げて俺に嚙みついてくることもあった」

鈴木水季といえば、甘いマスクと実力を兼ね備えた、人気の水泳選手。好きなスポーツ選手ランキングで上位に名前があがることも多い。チロリアンハウスの最寄り駅から電車で三駅、F市の一等地に住んでいることも有名だ。

そんな人が「嚙みつく」なんて……イメージが狂う。

「とうとう我慢できなくなった俺は、家を出て、若いころ住んでいた京都に移った。八年前のことだ。もう二度と会わんでもよかったが、この春、孫が怪我で引退したので、戻ってやることにしたんだ。水季は一緒に住むのを嫌がっとるが、あいつは水泳のことしか頭にない、一言で言えば『おバカ』。俺が面倒を見てやらねば、悪賢い奴らに騙されて第二の人生を棒に振る。そういう水泳選手……いや、スポーツ選手を、俺は何人も見てきた」

陽之介さんの表情は真剣で、声には切迫感が漂っていた。でも、

「で？　どうしてあたしが、息子にならないといけないんです？　それってつまり、水季さんの叔父《おじ》さんになれ、ということですよね？」

睨んだつもりはなかったけれど、陽之介さんの頑丈そうな肩がびくりと跳ね上がる。

「……お、俺の口から説明してもいいが、ここは大家さんに任せるのが筋だろう」

どんな筋だ？

代わって大家さんが、おっかなびっくり説明する。

「陽之介さんは八年前、水季さんから『どうせどこにも行く当てなんてないくせに』と小バカにされたので、つい『妻に先立たれてから、京都の芸妓《げいこ》さんを愛人にしていた。息子もいる』と言い返してしまったそうなんです。本当は、愛人なんていないのに」

早い話が、見栄《みえ》を張ったわけね。なんとなく思っていたけれど、陽之介さん、かっこつけたがる人なのかも。

「なら、『愛人も息子もいませんでした』と言えば済むだけの話でしょ」

「無茶言うな」

陽之介さんが、首をぶんぶん横に振る。

「電話でも、京都でいかに幸せな家族生活を送っているかを語ってしまった。いまさら本当のことを打ち明けては、祖父の威厳を保てん」

「それくらいで保てない威厳、捨ててください。だいたい、あたしに男装させるくらいなら、ほかの業者に頼めばいいじゃないですか」

「金がない。格安のおたくに頼むしかない」

「コーチとして実績を残してきたんでしょう？」

「孫の試合をこっそり観戦するため、日本全国……いや、世界中を回っていたので、ほとんど文なしだ。年金でどうにか暮らしている。引っ越し代も、ようやく捻出《ねんしゅつ》した」

陽之介さんが絞り出した言葉に、なにも言えなくなってしまう。

「どうでしょう、リオちゃん。受けてくれませんか」

「もし、うまく息子を演じたとしても、水季さんを騙し続けることはできないでしょ。ずっと一緒に住むわけにはいかないんだから」

「二、三日、俺と一緒に滞在したら、『ここでの暮らしには耐えられない。京都に帰る』とでも言って、リオさんだけが出ていけばいい。あとは適当になんとかする」

おそるおそる、上目遣いにあたしを見る大家さん。

震えを抑えながら、必死にあたしから目を逸らすまいとする陽之介さん。

……ああ、もう！

「二、三日だけですからね」

こうしてあたしは、レンタル息子をすることになったのだった。

陽之介さんは市内の格安ホテルに滞在中で、水季さんと一緒に暮らし始めるのは一週間後。それまでに「陽之介さんの息子・レオ君十八歳」を完璧に演じられるようにしなくてはならない。

まず陽之介さんが、水季さんにどんな話をしたのかレポートにまとめた。あたしはそれをもとに、口裏合わせの練習をする。「息子にも泳ぎを教えていた」と話したそうだけれど、あたしはカナヅチなので、「水泳は嫌い」で押し通す。

見た目に関しては、真沙実さんが、少年風のメイクをしてくれることになった。

「若いころはメイクアップアーティストになりたかったんですよ、私。あきらめた理由には、不倫した夫が絡んでいるので訊かないでください。涙なしでは語れませんもの」

「そういうことを、葵ちゃんの前でさらりと言わないで」

「ぼくは慣れてるから構わないよ、リオちゃん」

「ですってよ、リオさん。心配は無用です」

「別の心配をするわ！」

こんなやり取りをしながら、お試しでメイクをしてみた。「リオさんはショートカットだし、目力があるから男の子に見せやすい」という評価を喜んでいいかどうかはともかく、真沙実さんにメイクをしてもらったあたしの顔は、確かに男の子に見えた。

男の子らしい声音やしゃべり方に関しては、子役時代の経験があるから問題なし。でも葵ちゃんが、いろいろとアドバイスしてくれた。直接の役には立たないけれど、一生懸命でかわいい。

あとは陽之介さんを交え、大家さんに水季さん役をやってもらって、ひたすら想定問答を繰り返す。会話を最小限に済ませるため、レオ君は「無愛想で口数の少ない少年」という設定。それを完璧に演じるあたしに対し、陽之介さんは「こういうときどうすればいい？」「なんと答えるべきだ？」とすぐ言葉に詰まったけれど、練習の甲斐《かい》があって、どうにか形になった。

明日は、いよいよ本番。

夜、キッチンで食器を洗いながら、この一週間を振り返る。

目標に向かって、一つ屋根の下、みんなで一丸となって取り組んだ一週間。

自分でも信じられないことに、ちょっとだけ……そう、ほんのちょっとだけ、楽しかった。

なんだか、本当の家族みたい。

「本当の家族とは、喧嘩別れしたくせに」

自嘲気味に呟き、食器棚に目を向ける。コップを入れる棚には、お客さん用のガラスコップが五つ並んでいる。

それに交じって、大家さんの猫の絵柄のマグカップと、真沙実さんのバラの装飾が施されたガラスのコップ、葵ちゃんの黄色いプラスチックカップ。

ほんの少し前までは、大家さんとあたしのコップだけだったのに。

ほおが緩んでいることに気づき、慌てて自分の黒いマグカップをしまった。

翌日。

チロリアンハウスで軽くお昼ご飯を食べて、あたしは陽之介さんと鈴木家を訪れた。

大きな日本家屋だ。

「八年ぶりの我が家か」

感慨深げに呟く陽之介さんの口許は、わずかにほころんでいる。微笑ましく思いながら、スマホのカメラを起動させ、自撮りの要領でディスプレイに自分の姿を映す。

――うん、どこから見ても男の子だ。だぶだぶの長袖シャツの上にパーカーを羽織って、大きめのチノパンを穿《は》いているから、〈もともと凹凸が少ないとはいえ〉身体のラインは見えないし、想定問答もばっちり。

イレギュラーな依頼ではあるけれど、今回こそ、あまり苦労せずに済むかも。

陽之介さんがインターホンを押すと、〈はーい〉と陽気な声が返ってきた。

「じいちゃんだ。帰ってきたぞ、開けてくれ」

どたどたと音がして、玄関の引き違い戸が開く。

そこに立っていた水季さんを見た瞬間、あたしの思考は停止した。

陽之介さんと同じく、肩幅のがっしりした人だった。年齢は二十代後半。切れ長の目は、映画俳優のように涼しげだ。これで実力もあるのだから、人気があるのも頷ける。

でも、

「お前、その格好はなんだ？」

「じいちゃんこそ、どうして普通の服を着ているんだよ？　スイマー魂を失っていないなら、オレのように水着になったらどうだ？」

そう。玄関に現れた水季さんは、ハーフパンツ型の、黒い競泳水着しか穿いていなかった。胸板の厚い上半身には、なに一つ纏《まと》っていない。

もう十月だから寒いだろうに――いやいや、そういう問題じゃない！

愕然《がくぜん》とするあたしにはお構いなく、水季さんは親指で「びしっ！」と自分を指差す。

「いつ何時《なんどき》でも泳げる用意をしておく、それがスイマー魂！　じいちゃんが出ていった後も、オレはこの教えだけは忠実に守ってきたんだぜ」

「そんなこと、教えた覚えはないぞ」

「忘れちまったのかい？　あのときのじいちゃんは、かっこよかったのにさ」

「かっこよかった……むう、そうか……言われてみれば、そんなことを教えた気もするな……ううむ、かっこよく言った気もする……」

一生懸命取り繕ってはいるけれど、陽之介さんのほおは緩んでいた。

孫になにを教えてるんだ、あんたは？　そんな教えを忠実に守る水季さんも水季さんだ！

　でも、大家さんのように見た目を大事にする人もいるから、家の中で水着を着る水泳選手がいてもおかしくはない……のか？　これまでのレンタル家族でも、妹萌えを経験したい漫画家だの、実は腹黒な真沙実さんだの、奇人変人にばかり会ってきたし……。

　戸惑いを隠せないあたしに、水季さんは、ゆっくりと口の端を歪める。

「君もスイマー魂があるなら、水着に着替えな」

「断るよ。水泳は大嫌いなんだ」

　仕事中であることを思い出し、愛想なく肩をすくめる。水季さんは、からかうように口笛を吹き、

「じいちゃんの子どもなら、水泳が嫌いなんてありえないと思うけどな」

「この子だって本当は、水泳が好きなんだ。いざとなったら水着に着替え……うぐっ」

　さりげなく、でもすばやく、陽之介さんのお尻をつねった。

「……いざとなっても水着には着替えん。レオは、水泳が大嫌いなんだ」

「うちの一族で水泳が嫌いだなんて信じられないぜ──ま、とにかく上がりな」

　水季さんは踵を返し、威風堂々と廊下を歩いていく。競泳水着しか穿いていない、そのたくましい後ろ姿を見ながら考えを改める。

　苦労する。今回の依頼も、やっぱり絶対に苦労する！

2

陽之介さんは、奥さんが亡くなった一年後から京都の芸妓さんとつき合い始め、年に数度、逢瀬《おうせ》を重ねていた。その過程で生まれたのがレオ。芸妓さんの職場の事情で、関係を公表することはできなかった。八年前、陽之介さんが京都に移ってからは親子三人で暮らしていたけれど、芸妓さんは去年、病死した——という「設定」だ。

「——というわけで、レオはれっきとした俺の息子であって、血縁上はお前の叔父に当たる」

鈴木家の居間。陽之介さんはあたしの紹介を、その一言で締めくくった。嘘八百だけど、練習の甲斐あってすらすら語れた。不自然なところはない。

あるとすれば、相手が水着一丁で、座布団にあぐらをかいていることだけだ。

その相手こと水季さんは、五百ミリリットルのペットボトルに入ったコーラにぐいっ、と口をつけてから、あたしの顔を無遠慮に見つめてきた。

「レオ君の顔、どこかで見たことある気がするんだよな」

「気のせいだろ。俺は京都から出たことがないんだから」

微妙に京都弁っぽいイントネーションを混ぜながら答える。

大丈夫。水季さんに見覚えがあったとしても、それは子どものころの――「伴リオ」だったころの話。いまのあたしは大人だし、外見は女ですらないんだ。

「そうか。じゃあ、京都で偶然、見かけたのかもな。オレは和菓子が好きで、新幹線でふらりと行くことがあるからさ。和菓子職人ともお友だちなんだぜ」

新幹線はふらりと使う乗り物じゃないだろうに。でも、納得してくれたからいいや。

密かに胸を撫で下ろしたのも束の間、

「君、本当にじいちゃんの息子なの？」

「そうだって。わかりきったこと訊くなよ」

「でも顔は全然似てないし、じいちゃんが、そんなにもてるとも思えないんだよ。頼まれて息子のふりをしてるだけなんじゃないの？」

鋭い。

陽之介さんが、不快そうに鼻を鳴らす。

「俺がどれだけ女性に人気があるか、知りもせんくせに」

「そんなにもてるなら、オレに自慢してただろ。じいちゃんは、すぐかっこつけるからな」

「なにを言う。俺はかっこつけたことなど一度もない」

「そんなこと言ってる時点で充分かっこつけてるんだよ。帰ってきたのだって、年を取って心細くなったからなんじゃないの？」

「仕方なく帰ってきてやったんだ。お前みたいなおバカは、簡単に周りに騙される。人生経験豊富な俺がきっちり指導してやらんと、第二の人生はお先真っ暗だ」

「オレはじいちゃんが思ってるほど、おバカじゃないぜ」

厚い胸板を張る水季さんだけれど、その格好では説得力ゼロだ。

「それに、いくらじいちゃんが人生経験豊富でも、所詮は日本代表まであと三歩どまりだったスイマー。オレは日本代表だったんだ」

「貴様という奴は。どうして俺の言うことをすなおに聞けん？」

「オレの方がすごいスイマーだからだ。どうせこの先も喧嘩しかしないんだ。さっさと京都に帰ったらどうだ……と、言いたいところだが、やめておこうか。レオ君が、かなしそうな顔をしているからな」

え？

「そんな顔をしないでくれ、レオ君。オレが悪かった——仕方がないから一緒に暮らしてやるよ、じいちゃん」

「なにを偉そうに。が、リオさ……レオに、こんな顔をさせるわけにはいかん。受け入れてやる」

「そんな」だの、「こんな」だのと言われる顔をした覚えはない。

でも陽之介さんと水季さんの口論を聞いているうちに、二人の今後に思いを馳《は》せてはいた。

あたしを息子だと信じさせることができても、陽之介さんが威厳を保てるとは思えない。あたしがいなくなってからも、こんな諍《いさか》いの日々が続くんだろうな。せっかく一緒に暮らすのに……そう考えているうちに、暗い顔になってしまったのかもしれない。

しっかりしろ。いまは仕事中なんだから。

「俺のことは気にしないで、好きに喧嘩すれば？」

どうでもよさそうに言うと、水季さんはいかつい肩を揺らした。

「強がっちゃって。かわいいぜ、レオ君。オレたちのことを、ここまで心配してくれるんだ。どうやら本当に、じいちゃんの息子のようだな。疑って悪かった」

さっきまで露骨に疑っていたのに、あっさり信じる水季さん。単純だけれど、悪い人ではないみたい。

「最初からすなおに信じればいいんだ。余計な手間をかけさせおって」

勝ち誇る陽之介さんの方が、よっぽど悪い人に見える。水季さんは「はいはい、悪かったですよ」と面倒くさそうに立ち上がると、あたしの肩に大きな手を置いた。

「女の子みたいだな。もっと鍛えろよ」

「よく言われるよ」

さりげなく、水季さんの手をはずす。水季さんは、再び肩を揺らし、

「レオ君とは仲よくできそうだ。よし、いいものを見せてやるから一緒に来い——ああ、じいちゃんは部屋で休んでな。久々の我が家なんだ。ゆっくりしたいだろ」

水季さんが「トイレに行ってくるから待っててくれ」と席をはずすと、陽之介さんは安堵《あんど》の息をついた。

「どうにか信じさせることができたな。が、油断はせんように。おバカだけに、こちらの予想もつかない行動に出るかもしれん。とりあえず、俺は部屋で休ませてもらうよ。緊張して、少々疲れた」

陽之介さんが出ていってしばらくすると、水季さんが戻ってきた。

「さあ、行こうか……おっと、忘れるところだった」

畳に置いたコーラとスマホを拾い上げる水季さん。

彼に連れていかれたのは、玄関から見て家の一番奥にある、六畳ほどの部屋だった。陽之介さんが住んでいたころから「宝の間」と呼んでいる部屋で、その名のとおり、壁に埋め込まれた棚には、トロフィーやメダル、表彰状、楯《たて》などが、ところ狭しと並べられていた。

一つしかない窓は、小柄なあたしはもちろん、子どもでも通り抜けられないほど小さ

い。防犯対策も兼ねているのだろう。

「じいちゃんとオレの戦利品さ。もちろん、オレがもらったものの方が多いぜ」

水季さんは両手を腰に当てて、得意げにぶ厚い胸を張る。目のやり場に困って反射的に目を逸らすと、棚の中に妙なものが交じっていることに気づいた。

茶色い、お椀《わん》のような形をした茶碗だ。金箔《きんぱく》が貼られてはいるけれど、そんなに派手ではない。豪華絢爛《けんらん》な戦利品の中では、地味すぎて逆に目立つ。

「なんでこんなものが？」

なにも考えず手に取る。

「いいものに目をつけたな。そいつは中国の水泳大会で優勝したときの賞品だ。見た目からは信じられないだろうが、名工がつくった、この世に二つとない逸品なんだぜ。名前は『冬の土竜《もぐら》』。もし売ったら――」

水季さんが口にしたのは、東京都内の一等地に家を建ててもお釣りが来るほどの、とんでもない値段だった。咄嗟にもとの場所に置くあたしを、水季さんは軽快に笑う。

「そんなにびびるなよ。オレなんて、昨日もそいつでコーラを一気飲みしたんだぜ」

「大胆なことをするんだな」

言っている途中で、自分の掌《てのひら》に金箔がついていることに気づいた。剝《は》がれちゃった？

真っ青になったけれど、

「気にしなくていい。だいぶ前のものだから、金箔が剝がれかけてるんだ。修復してもらわないとな。それより、スイマーの血が騒ぐだろう？　君はじいちゃんの息子にして、血縁上は俺の叔父。これだけの戦利品に囲まれたら、自分も泳ぎたいと思うはずだ」

「親父《おやじ》も、さっき言ってただろ。俺は水泳が大嫌いなんだ」

「いいや。鈴木の血を引いているなら、君はスイマー魂を持っているはずだ。よし、さらにいいものを見せてやる。来な」

一方的に決めつけ、「宝の間」から出ようとする水季さん。その直前、右手に握りしめたスマホが着信音を奏でた。

「もしもし――おお、久しぶり――いま、かわいい叔父さんと一緒なんだよ――いやいや、違うって。叔父だよ、叔父。叔父さんがかわいいんだってば」

水季さんはスマホを耳に当て、片手で器用にペットボトルの蓋を開けながら、外に出るよう目で促す。従うと、水季さんは「宝の間」のドアを閉めた。それから、随分長いこと話をしていた。時々、笑い声が聞こえる。

手持ち無沙汰に待つこと、十数分。ドアが開き、ようやく水季さんが顎をさすりながら出てきた。ペットボトルのコーラは、空になっている。

「友だちからだった。さあ、行こう」

連れてこられたのは、「宝の間」の隣にある「ビデオルーム」だった。映画やドラマを見たりもするけれど、もっぱら、水季さんが現役時代、自分のフォームをチェックするために使っていたらしい。

ソファに座らされたあたしは、その水季さんの泳ぐ姿を、延々と見せられていた。

「さっき言った、中国大会の映像だ。完全にアウェーだったが――」

「このときはスランプだったんだ。本来なら二位とはもっと差が――」

「右腕があまり上がっていないだろう。肩を怪我していたんだ。そのせいで引退――」

水季さんはナルシストらしく、自分の姿にうっとりしながら解説する――こんな状態が続いている。水泳には興味がないので、退屈以外のなにものでもない。何度かそう言ったが、「遠慮するな」という的はずれな答えしか返ってこなかった。

「どうだ。よかっただろう」

上映開始二時間をすぎた辺りで、水季さんはようやく映像をとめてくれた。

「感想は？」

「特にない」

「スイマー魂に火がついたよな」

人の話を聞けない体質らしい。

「君は、じいちゃんの指導が厳しすぎたせいで、自分が水泳嫌いだと思い込んでいるだけだ。本当は、泳ぎたくてたまらないはず」

「親父は厳しかったけど、それ以上に優しかったよ」

この話題になったら、こう答えることになっている。陽之介さんが「厳しくも優しい、威厳のある祖父」というイメージを打ち立てたくて、希望してきた。

「嘘だね。じいちゃんが、優しい指導なんてできるはずない。自分自身に厳しい人だったからな。それを押しつけようとするから、オレも反発しちまうんだ――たまに顔を合わせるくらいならいいけどよ」

最後の一言は、感傷に濡れて聞こえた。でも、すぐに唇を歪めると、

「そんなことはどうでもいい。スイマー魂にすなおに火をつけられないレオ君に、とっておきのプレゼントをやろう。仲よくなりたいと思って、買っておいたんだ」

ソファの陰から、なにかを取り出す。「ジャーン！」という効果音とともにあたしの前に掲げられたもの、それは、

「ちょっとサイズは大きいが、大丈夫だろ」

真っ黒な、競泳水着だった。水季さんはあたしを男だと思っているから、当然、男性用だ。水季さんがいま穿いているのと、同じタイプの水着。

早い話、パンツ一丁である。

「穿きたくてうずうずしているだろう？　スイマー魂に着火寸前に違いない。男同士、

遠慮なくこの場で着替えて――おい、どこに行く？」

「自分の部屋だ」

「なんで嫌がるんだよ。女の子みたいに華奢《きゃしゃ》だから、恥ずかしいのか？」

「そういう問題じゃない」

「だったら水着になれよ。そうすればオレたちは叔父と甥《おい》の関係を越えて、心の友になれる」

なんで水着になったら「心の友」なんだ？　論理が破綻しすぎだ！　陽之介さんの言ったとおり、おバカだけに、こちらの予想もつかないことをしてきた。息子だと信じ込ませることはできたのに、こんなピンチになるなんて。

「み・ず・ぎ、み・ず・ぎ、み・ず・ぎ！」

水季さんは妙なリズムで囃《はや》し立てながら、水着を持って迫ってくる。このままだと服を脱がされてしまう。当然、裸に……。

――嫌だ！

パン
気づいたら、水季さんの目の前で両手をたたいていた。

猫騙《ねこだま》し。子どものころ、一緒にＣＭに出たお相撲《すもう》さんに教えてもらった技だ。悪い仲間とつるんでいた時代に、ときどき使っていた。不意を突かれた水季さんは「うお？」

と叫んで尻餅をついた。巨体のせいで床が軋《きし》む。その隙に、ビデオルームから飛び出した。

「待てよ、レオ君！」

水季さんが立ち上がる前に、ビデオルームのドアを閉めた。玄関目指して走ろうとしたが、歩幅が違うからすぐに追いつかれるだろう。咄嗟に隣の「宝の間」に飛び込む。ここに隠れてやりすごそう……と、思ったのに、

「ああっ！」

声を上げてしまった。どたどたと足音がして、「宝の間」のドアが開く。

「ここにいたのか、レオ君。てっきり玄関の方に行ったかと焦ったぜ。じゃあ続きだ。心の友になるため水着を――」

「それどころじゃないっ」

壁に埋め込まれた戸棚を指差す。先ほどと同じく、トロフィーやメダル、表彰状、楯などが並んでいる。

でも先ほどと違って、超高級茶碗「冬の土竜」がなくなっていた。

「あああああっっ!!」

あたしの倍の声を上げた水季さんは、口をぽかんと開けたまま、ぴくりとも動かなくなった。でもしばらくすると、拳を握りしめてわなわなと震え出す。

「じいちゃんの仕業だな。オレたちが映像を見ている間に、こっそり盗んだんだ。くだらない嫌がらせしやがって」

「決めつけないで、まずはこの部屋の中をさがそうぜ」

実はあたしが真っ先に考えた可能性は、これだった。

最後にこの部屋から出てきたのは、水季さんだ。電話をしながら「冬の土竜」をどこかに隠したのかもしれない。水着しか穿いていないから隠して持ち出すことはできないし、窓も小さいので、出入りは不可能。

よって「冬の土竜」は、まだこの部屋の中にある。

そんなことをした理由は、さっぱりわからないけれど。

「レオ君の言うとおりだな。じいちゃんを疑う前に、ちょっとさがしてみよう。なにかの拍子に、どこかに落ちたのかもしれない」

水季さんも同意して、室内をさがし回る。数々の戦利品の裏や、机の下など、ありそうなところはすべて調べたが、「冬の土竜」はどこにもなかった。念のために見た窓の外にもない。その間、水季さんをさりげなく見張っていたけれど、怪しい動きはまったくなかった。もちろん、水着一丁だから隠し持っているわけでもない。

「やっぱり、じいちゃんの仕業だな」

そうとしか考えられない。でも陽之介さん、なんでこんなことをしたんだろう？

「じいちゃんを問い詰めよう……が、その前にさがすところがある」

「どこ?」

「レオ君の服の中さ」

　え?

「君はこの部屋に駆け込むと、急いで『冬の土竜』を、そのだぶだぶの服の中に隠した。それから悲鳴を上げて、オレをおびき寄せた。つまり、いまも『冬の土竜』を持っている……そういう可能性もある。だから、さあ、脱いでもらおうか。ついでに水着に着替えるんだ。そうするだけで身の潔白を証明できるし、オレと心の友にもなれる」

「絶対に嫌だっ」

「冬の土竜」にかこつけて水着にしたいだけだろう。

「どうしても?」

「ああ、嫌だ。水着なんて大っ嫌いだ」

「やれやれ。これでは、いつまで経ってもレオ君を信じられない——力ずくでいくか」

　言い終えた瞬間、水季さんはあたしを押し倒した。

「やめて!」

　必死に抵抗するも、頑強な手はびくともしない。この人、あたしが女だと気づいていて、からかってるんじゃないの?　でも「こんなことしたくないが、心の友になるためだ」と語る水季さんの顔は、悲愴感で歪んでいる。あたしの性別には気づいていない。

天然で、あたしを追い詰めている――おバカ、おそるべし！

「なにを騒いでおる？」

水季さんの右手があたしのパーカーとシャツをまとめてたくし上げようとした、まさにそのとき、陽之介さんが「宝の間」に入ってきた。

「取り込み中だ。向こうに行ってろよ、じいちゃん」

「取り込み中って……お前、レオの服を脱がそうとしてないか？」

「じいちゃんには関係ないぜ」

「ないはずなかろう！」

陽之介さんが詰め寄ると、あたしを押さえつける水季さんの力が、ほんの少し弱まった。その隙を突いて振り払い、さっきよりも速いスピードで部屋から飛び出す。

「待ってくれ、レオ君」「いいから説明しろ、水季」

押し問答する二人を残し、今度こそ玄関に向かって走る。心臓がばくばく音を立てている。一旦この家を出て、冷静になる時間がほしい。

玄関にたどり着く。靴の踵《かかと》を踏んだまま駆け出そうとしたあたしの足は、でも、自然にとまった。

靴箱の脇、ちり取りの中にひっそりと置かれた物体が、目に入ったからだ。

この家に来たときにはなかった物体。二時間ちょっと前は「宝の間」にあった物体。

「冬の土竜」だった。

ただし、真っ二つに割れている。

東京都内の一等地に家を建ててもお釣りが来るほどの値段で売れる茶碗が……。

頭の中が白一色に染まり、その場にへたり込んだ。

3

どれだけ時間が経っただろう。気がつけばあたしは居間にいて、無残に割れた「冬の土竜」を陽之介さん、水季さんと囲んで畳に座っていた。お通夜のような沈黙は長いこと続いたが、

「随分なことをしてくれるじゃないか、じいちゃん」

水季さんが、顔を真っ赤にして言った。陽之介さんは目を眇《すが》めて、

「俺がやったというのか？　こんな高価なものが家にあることも知らなかったんだぞ」

「ほかに誰がいる？　レオ君は、ずっとオレと一緒にいたんだ」

「誰かが忍び込んだのかもしれん。お前は増長しとるから、方々で恨みを買ってるんじゃないのか」

陽之介さんは強弁するけれど、どうだろう？

最初にあたしと水季さんが「宝の間」に入ったとき、「冬の土竜」はちゃんとあったし、割れてもいなかった。この手で触ったから間違いない。

その後で「宝の間」を出る直前、水季さんのスマホに電話がかかってきた。先に出るよう促されたあたしがそれに従うと、水季さんはドアを閉めた。

それから十数分、水季さんは「宝の間」で一人きりだったことになる。

電話が終わると、二人で隣のビデオルームに移動。あたしは、見たくもない水泳の映像を延々二時間見せられるはめになった。

映像が終わると水着に着替えろと迫られたので、猫騙しで脱出。「宝の間」に駆け込んだところで、「冬の土竜」がなくなっていることに気づいて悲鳴を上げる。

水季さんも「宝の間」に入ってきて、一緒に「冬の土竜」をさがすも見つからない。

水季さんは、あたしが服の中に隠していると疑い、再び水着にしようとした。そこに陽之介さんがやってきて、二人が言い争いを始めた。その隙に、あたしは「宝の間」から逃亡。玄関で壊された「冬の土竜」を発見し、現在に至る……。

こうして見ると、外部犯の可能性も一応は考えた方がいいのかな？　と思ったら、

「じいちゃんが出ていって独り暮らしになってから、防犯会社と契約したんだ。さっき電話で確認したけど、今日、異状はなかったそうだよ。外部犯の可能性はない」

「ぬう……」

これで犯人は、あたしたち三人の誰かに絞られたわけだ。もちろん、あたしはなにもしていないから、犯人は水季さんか陽之介さんのどちらか。

でも、水季さんに犯行は不可能だ。

確かに、「宝の間」で一人きりになったのは怪しい。電話がかかってきたタイミングもよすぎる。あたしの目を盗み、ワン切りとかメールを送信するとかの合図を友だちに送り、電話をかけてもらうことはできたはず。

でも「宝の間」の窓は子どもでも通り抜けられないほど小さいので、「こっそり窓から出て『冬の土竜』を玄関に置いてきた」という線は考えられない。窓の外に落ちていなかったことも確認済み。

電話のとき以外はあたしと一緒だったから玄関に行くチャンスはないし、競泳水着しか穿いていないから、「冬の土竜」を隠して持ち出すこともできない。

ということは、犯人は陽之介さん。

「こんな高価なものが家にあることも知らなかった」なんて嘘。水季さんが生意気で頭に血が上った陽之介さんは、あたしたちが映像を見ている間に「宝の間」に忍び込み、「冬の土竜」を破壊。真っ二つに割れた「冬の土竜」を玄関に置いてから、なに食わぬ顔であたしたちの前に現れた——。

こうして見ると、陽之介さんには動機も機会もある。

ミステリのドラマや映画なら、「水季さんがトリックを使って不可能を可能にした」というのが真相なんだろうけれど、これはドラマでも映画でもないのだ。それはもう、絶対に確実である。

あたしは言葉を選びながら、整理した状況と、導き出された結論を話す。「ほら、見ろ」と勝ち誇る水季さん。一方、陽之介さんは苦虫を噛みつぶしたような顔で、

「いいや。犯人はレオ、お前だ」

……レンタル息子をやらせておきながら。

あたしの抗議の眼差《まなざ》しを無視して、陽之介さんは捲し立てる。

「ビデオルームを出たお前は『宝の間』に駆け込むと、服の下に『冬の土竜』を隠して悲鳴を上げ、水季をおびき寄せた。やって来た俺が水季と言い争いを始めると『宝の間』から出て玄関に行き、隠していた『冬の土竜』を壊した」

「なんで俺が、そんなことをしなきゃならないんだ？」

「知らん。が、水季がいくら言っても水着にならなかったのが証拠。最初から『冬の土竜』を服に隠して持ち出す計画……ああっ！」

陽之介さんの推理は、自身の絶叫で終わった。あたしが水着になれない理由を思い出したらしい。

「どうしたんだよ、じいちゃん?」

「言ってもいいのか、親父?」

「ぜ……絶対にだめだ。威厳が保てなくなる」

「威厳? なんの話だよ、じいちゃん?」

「な、な、な、なんでもない」

「そうか。なんでもないのか」

明らかになんでもなくはないのに、水季さんはあっさり納得した。

「なら言わせてもらうが、レオ君が水着にならなかったのは、体格が貧弱で恥ずかしいからだ。『冬の土竜』は関係ないぜ」

「……まあ、レオは、恥ずかしいと言えば恥ずかしかったかもしれんな」

「だろう? だからレオ君は犯人じゃない。もう少しで心の友になって、水着になってくれたんだしな」

そんなことはまったくないけれど、疑われずに済んだのだからよしとしよう。

たぶん陽之介さんは、外部犯の仕業に見せたかったんだろう。でも水季さんが防犯会社と契約していたので、それができなくなった。咄嗟に、水着になることを拒否したあたしに矛先を向けたものの、あたしが水着になれない理由を思い出しパニックになっている……そんなところか。

自業自得だ。こんなひどい嫌がらせをした陽之介さんには一片の同情もできないし、「潔く謝りなさい」と言うしかない。

「レオは、筋肉もりもりのマッチョマンだぞ。それはそれは立派な身体で……我が息子ながら……そう、ほれぼれするほどだ」

は？

「そんなはずない。肩を触ったけど、女の子みたいだったぞ」

「ところが、脱いだらすごいのだ」

なに言ってるの、このじいさん？

「筋肉自慢のレオが、水着にならなかったのはおかしい。やっぱり犯人だ」

「おい、こら。ふざけるのも大概にしろよ」

にじり寄って、陽之介さんの胸ぐらをつかむ。

「し……仕方がない子だな。弁償は俺がしてやるから、潔く謝りなさい」

「それはこっちの台詞《せりふ》だ！」

額が触れるほど顔を寄せて睨みつける。陽之介さんは水季さんからは見えないようにしながら、懸命に口を動かしている。「とにかく謝ってくれ」と言っているようだ。

どうやら、弁償代は払うという条件で、あたしに罪を被ってほしいらしい。自分が「冬の土竜」を壊したとばれたら、威厳が地に墮《お》ちるからか。

この場を切り抜けたところで、こんな人に威厳を保てるとは思えない。水季さんに洗いざらい全部ぶちまけてやりたい。でも、そうしたら陽之介さんと水季さんが仲よく暮らせる可能性は、完全に潰《つい》える。

それなら、まあ……当然の責任ではあるけれど、弁償代も払ってくれるらしいし。

「親父の言うとおりだよ。やったのは、俺だ」

胸ぐらから手を放し、水季さんの方をゆっくりと振り返る。

「レオ君が？　どうして？」

「深い意味はない。大事そうにしてるから、苛《いら》ついて、壊してやりたくなっただけさ」

「君って奴は……」

水季さんは、ゆらりと立ち上がった。こちらを見下ろす目は、激情で揺れている。

後ずさりしそうになったけれど、これでいい。あたしはどうせ、数日以内に消える身だ。息子を叱責《しっせき》することで、陽之介さんも一応の威厳は保てたし。

ところが水季さんは、両拳を握りしめて、涙ぐんだ。

「じいちゃんを庇うなんて。男の中の男じゃないか」

「そんなことはない。やったのは俺だ」

水季さんは、頭が吹っ飛ぶんじゃないかと思うほどの勢いで首を横に振った。

「君がやってないという証拠もあるぜ。『冬の土竜』は、表面の金箔が剝がれかけていただろう。本当にレオ君が服の下に隠したなら、裏に金箔がついているはずだ」

　この流れからすると……。

「レオがやったと言っとるんだ。それでいいじゃないか」

「よくないね。いたいけな少年がじいちゃんを庇って罪を被ろうとしているのに、知らん顔はできない。どれだけマッチョマンか見てみたいしね——そんなわけで、さあ、レオ君、服を脱ぐんだ。なにも素っ裸になるわけじゃない。水着があるから大丈夫」

　結局こうなるのか！　でも水季さんから漂う気迫が、さっきまでとは違う。あたしが泣こうが叫ぼうが、服を脱がせる気満々だ。

　いっそ、女だと白状するか？　でも、そうしたら陽之介さんの威厳は地に堕ちる……どうしたら……。

　迫ってくる水季さん。混乱でパニックになりかけたその瞬間、インターホンが鳴った。

「思ったより遅かったな。少し待っとれ」

　陽之介さんは立ち上がると、そそくさと玄関まで行く。誰が来たの？

　少しの後、陽之介さんが連れてきたのは——大家さんだった。

　鼻の下に、「ピン！」と上を向いた、大きな口髭《くちひげ》をつけている。お腹には詰め物をして、普段は中肉中背の体型が小太りに。以前、ベーカー街に事務所を構えていた名探偵のコスプレをしたことがあったけれど、本日は、灰色の脳細胞を持つ名探偵らしい。

どこまでも見た目を大事にする人だ。水季さんと気が合うに違いない。

「こちらは俺の知り合いで、シェアハウスの大家をしている、大家さん。こういう事件には慣れているそうなので、急遽《きゅうきょ》来てもらった」

陽之介さんは事件を解決してもらうために、大家さんを呼んだの？　あたしの頭の中が白一色に染まっている間に？　ということは、犯人じゃない？　でも、だったら犯人がいなくなってしまう？

「初めまして。大家です」

大家さんは戸惑いながら、水季さんを見遣る。陽之介さんは、すまなそうに、

「呼んでおいてなんだが、もう解決してしまった。犯人はレオ――」

「あの……なぜ、家の中で水着一丁なのでしょうか？」

陽之介さんが言い終わる前に大家さん。

「スイマー魂があるからだってさ」

あたしは初対面のふりをしつつ、大家さんにこれまでの経緯を説明する。話を聞いているうちに、大家さんの戸惑いが大きくなっていった。話が終わってからも、大家さんは困惑した顔で、

「リオちゃ――いえ、レオ君。本気で信じたのですか？」

「なにを？」

「水季さんが水着しか穿いていない理由ですよ。明らかに不自然でしょう」

4

「不自然もなにも、いつ何時でも泳げる用意をしておくスイマー魂だって……」

「変でしょう、それ。そんな理由で、家でも水着一丁でうろうろしている水泳選手なんていませんよ。ましてや、八年ぶりにおじいさんが帰ってくる日なんですよ」

「でも陽之介さ——親父が水季さんに、そう教えたと言うし……」

「教えた覚えはないが、水季が『教えたんだよ』と言うし、『あのときのじいちゃんは、かっこよかった』と言うから、なんとなくそんな気がして……」

　思い込みかよ！

「陽之介さんのことがなかったとしても、家の中で水着一丁でいることに疑問を抱かないレオ君はおかしいです。常識が欠如していると言わざるをえません」

　ぐうの音も出ない。

　でも、これまでレンタル家族をする度に奇人変人に会ってきたし、なにより、あきれ顔でそう言う大家さんが、まさに見た目を大事にするコスプレ大好き人間だから、つい、「そういう人もいるかな」と思ってしまったのだ。

「スイマー魂じゃないなら、どうして水季さんは水着しか穿いてなかったんだよ？」

「自分には『冬の土竜』を『宝の間』から持ち出せない、と思い込ませるために決まってます。すべては、水季さんの計画だったんですよ」

計画？　水季さん、実はおバカじゃなかったの？　いや、普通は「家の中で水着一丁なんて変」と気づくから、やっぱりおバカ？　いやいや、水着一丁が変だと思わなかったあたしは、水季さんよりおバカ？

頭の中が疑問符だらけになるあたしをよそに、水季さんはぶ厚い胸板の前で悠然と腕を組んだ。

「大家さんと言ったね。仮にあんたの指摘どおりだったとしよう。でもオレは、どうやって『冬の土竜』を持ち出したのかな？　水着の中に隠すことはできないぜ」

「あなたは堂々と『冬の土竜』を手に持って『宝の間』を出て、玄関で壊し、その場に置いたのですよ」

「手に持ってたら、すぐばれるだろう。しかもレオ君と『冬の土竜』を見た後は、一度も玄関に行ってないんだ」

「ですから、あなたが犯行を行ったのは、レオ君を『宝の間』に案内する前。陽之介さんに部屋で休むよう言った後、トイレに行ったそうですね。そのときですよ」

「でも、水季さんに『宝の間』に連れていかれたとき、俺は『冬の土竜』に触った」

「それは偽物だったのです」

「偽物だったとしても、その後で水季さんと一緒に部屋の中をさがしたけど見つからなかったから、消えたことに変わりない」

「電話がかかってきたので、水季さんは十数分、『宝の間』で一人きりになったそうですね。そのときに消したのですよ。もちろん、この電話はワン切りなりメールなり合図を送って、友だちにかけてもらったもの」

「おいおい、大家さん。いくら偽物でも、茶碗を消すことなんてできないだろ」

いかつい肩をすくめる水季さんに、大家さんは右手の人差し指を真っ直ぐ伸ばす。

「偽物は、ただの茶碗ではなかった。そしてそれは、ここにあります」

大家さんが指差した先、それは——。

水季さんの、鍛えられた腹筋だった。

「レオ君が見た偽物の『冬の土竜』はただの茶碗ではない、お菓子でできた茶碗だった。水季さんは電話するふりをしながら、それを食べていたのです」

「そんな茶碗があってたまるか！」

大家さんが名探偵然と言い切るや否や、あたしは叫んだ。大家さんは動じず、

「ありますよ。知る人ぞ知る、京都の銘菓です。本物の茶碗と見まごうほどのつくりで、

数回なら、お茶をいれて飲むこともできます。液体が染み込むと段々とやわらかくなるので、そうなったら割って食べるのです」

「そんなお菓子があることを、後出しジャンケンみたいに言われても……」

「俺が、大家さんへの土産に買っていったがな」

陽之介さんが、ぽつりと呟く。

「うちのシェアハウスの住人なら、見覚えがあるでしょうね。私がいただいたのは、渋い薄緑色をしていました」

言われて思い出した。陽之介さんが依頼に来たとき、大家さんがいつも使ってる猫の絵柄のマグカップではなく、渋い薄緑色の茶碗でお茶をすすっていたことを。

――お土産にいただきました。後でおいしくいただくつもりです。

大家さんはそう言って、茶碗を見せびらかすように掲げた。もう飲んでいるくせに、と思ったけれど、あれはお茶ではなくて、茶碗をいただく、つまり「食べる」ということ……。

お土産は、お茶ではなくて、茶碗の形をしたお菓子だったのか！

昨日の夜、食器棚には、大家さん、あたし、真沙実さん、葵ちゃんが使っているカップやコップと、お客さん用のガラスコップしかなかった。薄緑色の茶碗がないことに気づくべきだった。

食べちゃったんだ、大家さんが。

でも、どうして一人で食べたの？　葵ちゃんが知ったら、きっと喜んだのに。あたしの疑問の声が聞こえたかのように、大家さんは「フッ」と口の端を歪め、

「珍しいお菓子だから、独り占めしました」

ああ、忘れていた。

この人は、社会貢献を目指している割にせこいんだった！

「『宝の間』から出てきたとき、水季さんのペットボトルが空になっていたのは、コーラを使ってお菓子をやわらかくしたからでしょう。それでも、まだ相当硬かったはず。食べるのには、さぞ難儀したに違いありません」

「宝の間」から出てきたとき、水季さんは顎をさすっていた。あれは、硬いお菓子を食べて、顎が痛かったからだったんだ。

和菓子が好きで、京都の和菓子職人ともお友だちだから、そういうお菓子があることを知っていて、「冬の土竜」そっくりのものをつくってもらうこともできた……。

「水季さんはお菓子でできた偽物の『冬の土竜』を食べると、素知らぬ顔をしてレオ君とビデオルームに入りました。その後で水着を着せようとしたのは、心の友になるためではありません。水着一丁なので自分と同じく『冬の土竜』を持ち出せない、と主張するためだったのです。外部犯の可能性もないから、容疑者は陽之介さん一人になる。こ

れが当初の計画でした」

　心の友になるため――スイマー魂同様、冷静に考えれば、これもおかしな口実だったんだ。「論理が破綻しすぎだ」と思ったのに、どうして気づかなかったのか……ああ、段々、恥ずかしくなってきた……。

「ところが計画が狂って、レオ君を水着にする前に、壊れた『冬の土竜』が見つかってしまった。陽之介さんはレオ君の仕業だと言い張るし、レオ君はレオ君で陽之介さんがやったと思い、庇おうとしている。そこで、本当にレオ君が服の下に隠したのなら金箔がついているはずだと言って、無理やり服を脱がせようとしたのです。水季さんにとっては幸いなことに、お菓子の『冬の土竜』はつくりが荒く、簡単に金箔が剝がれました。これでレオ君の服の裏に金箔がついていなかったら、陽之介さんを犯人にできる」

　あたしが猫騙しをして「宝の間」に駆け込み悲鳴を上げた後、やって来た水季さんは「てっきり玄関の方に行ったかと焦ったぜ」と言っていた。聞き流してしまったけれど、「焦った」のはあたしが水着になる前に、「冬の土竜」を見つけてしまうかもしれないと思ったからか。

「すばらしい推理だが、オレにも犯行が可能であることを示しただけであって、そのトリックが使われたという証拠はない。じいちゃんが犯人である可能性は、やっぱり残っているはずだぜ」

「レオ君は『冬の土竜』を手に取ったそうですね。ならば、指紋がついたはず。しかしそれが偽物で、水季さんが食べてしまったなら、ここにある本物の『冬の土竜』にはレオ君の指紋がついていないはずです。昨日、コーラを一気飲みした水季さんの指紋だけが検出されるでしょう」

割れた「冬の土竜」を指差す大家さんに、水季さんの顔が強ばっていく。

「でも水季さんは、指紋をすべて拭き取ったかもしれない。そうしたら俺のだけじゃない、水季さんの指紋も検出されない」

「その可能性は、とても低い。そんなことをする意味はないし、トイレに行くふりをしただけだから、余計なことをしている時間はなかったはずですから」

なるほど。

あたしの話を聞いただけで、そこまで読み切るなんて。

本当にこの人は、一体何者なんだろう？　レンタル家族を始める前は、どこでなにをしていたんだろう？

水季さんは深く息を吐くと、左手で額を押さえた。

「ああ、畜生。せっかく計画を練ったのにな。じいちゃんを油断させるため、一緒に暮らしてやるふりまでしたのに」

自白した。これで解決だ——あれ？　じゃあ陽之介さんは無実だったのに、弁償代を払ってくれようとしたの？　陽之介さんの顔を見る。

「レオが壊したと思ったんだが、この家に連れてきた俺が払うのが年長者の務めだろ」

陽之介さんは、素っ気なく言った。東京都内の一等地に家を建ててもお釣りが来るほどの値段なのに。

――本当に、かっこつけたがる人。

「嫌な予感はしたんだよな。レオ君に、戦利品や映像を見せればスイマー魂に火がつくと思ったのに、全然水着になろうとしないし。思えばあのときから、オレの計画は狂い始めていたのかもしれない」

スイマー魂って……あたしが水泳に興味がなくて、女だから水着になれないことを差し引いても、声を大にして言いたい。

そんなことで火がつくか！

「ここまでして俺を犯人にしたかった理由はなんだ？」

陽之介さんの質問に、水季さんは「よくぞ訊いてくれた」と言わんばかりに、中指と人差し指を立てる。

「理由は二つある。一つ目。じいちゃんに出ていってほしかったから。超高級な『冬の土竜』を壊したとなれば、追い出す口実には充分だ。オレたちは顔を合わせれば喧嘩する仲。いまさら一緒には暮らせないだろ？」

「お前、そこまで俺と暮らしたくなかったのか……」

「この世の終わりみたいな顔をするなよ。二つ目の理由は、じいちゃんを安心させるためなんだからさ」

「安心？」

水季さんは両手を腰に当てて、偉そうに胸を張る。

「じいちゃんからすると、身に覚えがないのにオレに罪を着せられたことになる。『どんなトリックを使ったのかわからんが、おバカじゃなかったんだな！』と、安心して出ていけるだろう？」

おバカじゃなかったと安心させるために、こんな人騒がせなことを——しかも、東京都内の一等地に家を建ててもお釣りが来るほどの値段の茶碗を壊して——ああ、これで完全に結論が出た。

この人、やっぱりおバカだ！　それも、かなりハイレベルなおバカ！

「なるほど、そういうことでしたか」

大家さんがぽつりと呟いた……って、納得しちゃうの？

一方、陽之介さんは黙って水季さんを見つめていた。水季さんは両手を腰に当てたまま、それを見つめ返す。

しばらくその状態が続いたが、陽之介さんは不意に、さみしそうに笑った。

「お前の気持ちは、よくわかった。そこまで望むのなら出ていこう。お前とは、二度と一緒に暮らさん」

ほとんど文なしなのにいいの？　どこでどうやって暮らすの？　目を丸くしていると、陽之介さんは、

「だが、しかし！」

やけに強い口調で言うなり無理やりあたしを立たせ、水季さんの前に突き出した。

「この子は俺の息子ではない。レンタル家族として来てもらったんだ。俺に息子などいない。愛人もいない。京都では、ずっと独り暮らしだった」

突然の告白にも、水季さんは驚くことなく、

「思ったとおりだ。かっこつけていただけだったんだな」

「そうだ。ただし、この子は女の子だ。息子のふりをしてもらっただけ。名前は五月女リオ」

「な、なんだって!?」

驚愕《きょうがく》の声を上げた水季さんは、おそるおそる、あたしのほっぺたをつねったり、おでこをたたいたりし始める。「やめてください」という抗議を無視して、

「本当だ……この感触、女の子だ……」

わかるのか、それで？

「お前はおバカな理由でトリックをしかけた上に、女の子の服を脱がせようとする暴挙に出たんだ。謝れ。俺も一緒に謝ってやる」

なんで陽之介さんまで？　よくわからないけれど、そもそもの元凶は、自分がつまらない見栄を張ったことにあるからだろうか。

「オレはなんてことを……すまない、五月女さん……」

「悪かった。五月女さん」

畳に額を押しつける二人に、「顔を上げてください」と言うことしかできない。陽之介さんは、「本当に悪かった」ともう一度言ってから、ようやく顔を上げると、水季さんに向かって、

「やはりお前のようなおバカを放っておくわけにはいかんな。よって――」

＊

一週間後。あたしは一人、鈴木家の居間で水季さんと向かい合っていた。

「男装してなくても、男の子みたいなファッションなんだな」

「気楽でいいですから」

今日のあたしは、ジーンズにデニムのパーカー。水季さんは、もちろん水着ではなく、炎の模様が描かれた派手なジャージを着ている。

怪我をしたようで、右手には大きな絆創膏《ばんそうこう》が貼られていた。

「陽之介さんとは、その後どうですか」

「週に一度ここに顔を出して、オレの仕事や生活態度について、いろいろ口出ししてくるよ」

——出ていってやるが、おバカなお前を正しい道に導くため、週に一度は指導しに来てやる。ありがたく思え。

これが、陽之介さんの口から出た結論だった。水季さんは断固拒否すると思ったが、意外にもすなおに「その程度なら我慢してやる」と応じた。

それから「その程度とはなんだ」と陽之介さんが激怒して大喧嘩になったことはさておき、水季さんは言葉どおり、陽之介さんの訪問を受けているらしい。

「そっちこそどうだ？　じいちゃん、迷惑かけてないか？」

「そんなことないですよ」

そう。陽之介さんは、大家さんから「住む場所がないのなら、どうですか」と声をかけられ、チロリアンハウスに入居したのだ。

入居後は、トマトが嫌いなくせに「子どもの前で残すわけにはいかん」と、葵ちゃんが見ているので無理して食べて気持ち悪くなったり、「女性に重いものを持たせるわけにはいかん」と、真沙実さんの買い物を手伝い、後になって腰を痛そうにしたりしているらしい――あまり交流していないから、又聞きだけれど。

相変わらずのかっこつけだし、「箸の持ち方がなっとらん」「食器はさっさと片づけろ」などと口やかましくもあるけれど、結構うまくやっているようだ。真沙実さんは「いい荷物持ちができましたねえ」と、笑顔でどす黒いことを言っているし。

ちなみに大家さんから「レンタル家族を手伝ってくれるなら、家賃は格安にします」と持ちかけられたが、「細々とはいえ年金をもらってる俺が、金を貯め込むわけにはいかん」と拒否したそうだ。

「安心したぜ。なんのかので丸く収まったな」

「ええ」

あたしは、出されたコーラを一口飲んでから、

「こうなることが、水季さんの本当の目的だったんじゃありませんか」

不意打ちで突きつけると、水季さんの右眉がぴくりと上がった。

「陽之介さんと一緒に暮らすのは嫌だ。でも、時々なら顔を合わせたい。だから、誰かが冷静に考えれば見破られるトリックを決行して、おバカな動機を言ってみせた。そうしたら陽之介さんは怒って出ていくけれど、水季さんを放っておけなくて、たまに顔を見せる――ちょうど、いまみたいな関係になる」

気づいたきっかけは、水季さんが動機を語ったとき、大家さんが口にした一言だった。

——なるほど、そういうことでしたか。

あのときは流してしまったけれど、引っかかる。大家さんが、あんな動機に納得したとは思えない。大家さんにいくら訊いてもはぐらかされたので、自分で考えて、閃《ひらめ》いたのだ。

水季さんは、このトリックを見破ってもらうつもりだったのではないか、と。

だから水着一丁なんていう不自然な格好をしていたのではないか、と。あたしは大家さんのコスプレ癖に惑わされて、そういうものかと受け入れてしまったけれど。

だとしたら水季さんは、やっぱりおバカじゃない。

——たまに顔を合わせるくらいならいいけどよ。

感傷に濡れたあの一言を現実にした、すごく頭のいい人。

あたしの指摘に、水季さんは肩をすくめた。

「おかげさまで、じいちゃんとはこれまでになく、いい関係になってる」

「でも陽之介さんは、水季さんと一緒に暮らしたかったはずです」

一緒にこの家を訪れたとき、陽之介さんが口許をほころばせていた話をする。でも水季さんは、苦笑しながら首を横に振り、

「一緒に暮らさない方が幸せな家族もあるってことさ」

「だとしても、こんな騙すようなやり方しかなかったんですか。一緒に暮らすのは無理

だと、正直に言えばよかったじゃないですか」

「言ったところで納得する人じゃないし、じいちゃんも薄々気づいていると思うぜ。だから俺と二人で、君に謝ったんじゃないか」

——俺も一緒に謝ってやる。

あれは、自分が元凶だから謝ったんじゃない。一緒に暮らしたい自分と、一緒に暮らせない孫。二人の衝突に、あたしを巻き込んでしまったから？　謝る直前、見つめ合った二人は、心が通い合っていたの？　でも、

「陽之介さんは、気づいていながら週に一度、水季さんに会いに来ているんですか。そんなの、さみしすぎる……」

「さみしくても、オレたちにとって一番いいとわかってくれたんだろ。家族がうまくやっていくには、見て見ぬふりをした方がいいこともあるんだよ」

「そんなの、わからないでしょう。一緒に暮らしてみればいいじゃないですか！」

身を乗り出すあたしに、水季さんは、右手の絆創膏をゆっくりと剝がした。

そこにあったのは——嚙みつかれた跡だった。

「なんだと思う？」

「猫にでも嚙まれたんですか」

「じいちゃんだよ」

え？

「週に一回しか会ってないのに喧嘩になって、奇声を上げて噛みついてきたんだぞ。一緒に暮らしたらなにをされるかわからん！」

危機感あふれる言い方に、なにも返せない。いい年して、孫に噛みつくなんて。でも陽之介さんも、水季さんに噛まれたと言ってたし、似た者同士なんだろう。

だからこそ、いまくらいの距離がちょうどいいのか。

大家さんはそれがわかっていたから、陽之介さんに声をかけたのかもしれない……。

「――さんの家は、違ったかもしれないけどな」

「なんですか？」

安心しつつあきれていたので、聞き取れなかった。

「伴さんの家は違ったかもしれないけどな、と言ったんだよ」

全身が凍りつく。

「どこかで見た顔だと思ったけど、女だと知ってわかったよ。五月女さんって、伴リオだろう？　号泣の演技、すごかったよ。家族仲がよくて有名だったよな、確か」

第四話　娘のためなら嘘くらい平気

1

「――ちゃん？　リオちゃん！」

「え？　あ、はい！」

我に返って返事をすると、葵ちゃんの美少女顔が目の前にあった。

「大丈夫？　疲れてるの？」

「……平気だよ。それで、なんの話だっけ？」

「リオさんが向こう一週間タダでご飯をつくってくれる、という話ですよ。よかったわねえ、葵」

「そんな話は絶対してない」

筒香真沙実さんを睨む。葵ちゃんの母親で、油断も隙もないシングルマザー。マシュマロみたいにほわほわした女性だと思っていると、きれいに足をすくわれる。真沙実さ

んは「うふふ」と笑い、

「残念。うまく騙せると思いましたのに」

「一つ屋根の下で暮らしている者を騙してどうするんだ」

顔をしかめたのは、鈴木陽之介さん。先月このシェアハウス――チロリアンハウスに入居したばかりのご老人だ。さすが人生経験豊富なだけあって威厳がある……と思ったら、

「俺をさんざん騙して、荷物持ちや掃除をさせたりしているじゃないか。これ以上、犠牲者を増やすな」

前言撤回。

「で、なんの話です？」

「大家さんがぼくたちを集めた理由はなんだろうね？　という話をしてたんだよ」

改めて訊ねるあたしに、葵ちゃんが答えた。

そうだった。

――夕方六時、リビングに集合してください。大事な話なので、時間厳守で。

チロリアンハウスの大家である大家さんからしつこく念押しされたので、ほぼ一ヵ月ぶりにリビングのテーブルで、ほかの入居者と顔を合わせているのだった。

大家さんが社会貢献で始めた「レンタル家族」に協力する代わりに、家賃を格安にし

てもらう。この条件であたしが入居したのが三ヵ月前。以来、妹や、姉や、隠し子の少年（断っておくが、あたしは女だ）をやらされてきた。毎回、妙な事件に巻き込まれながらも、なんのかので大家さんが解決してくれて乗り切ってきたのだけれど。

――五月女さんって、伴リオだろう？

先月、陽之介さんの孫に言われた言葉が蘇《よみがえ》る。「人違いです」とごまかしたけれど、大人になったあたしを見ても「伴リオ」だとわかる人がいたのはショックだった。あのころと違ってショートカットだし、悪い仲間とつるんでいた時期もあるから、しゃべり方だって変わったのに。

ほかの人にも、ばれてしまうかも。そう思うとこわくて、真沙実さんたちと顔を合わせられなくなった。やたらあたしとご飯を食べたがる葵ちゃんには胸が痛んだけれど、仕方がない。

レンタル家族の仕事も、もう二度と受けないつもり……って、いけない、いけない。また自分の世界に没頭して、周りが見えなくなるところだった。

「で、大家さんはどこ？　もう六時をすぎてるじゃない。本人が時間厳守だって言ってたのに」

「私ならここですよ」

下からの声に、驚いて床を見る。

いつの間にか大家さんが、両手両膝と、おまけに額まで床につけていた。あたしたちからは、大家さんの後頭部しか見えない姿勢だ。

一言で言えば、土下座している。

「なにしてるんですか」

「みなさんに、どうしてもお願いしたいことがありまして」

ゆっくりと顔を上げた大家さんは、紺色のフォーマルスーツを着ていた。こういう格好をするのは、入居希望者と初めて顔を合わせるときか、レンタル家族の依頼人と会うとき。ここに入居希望者はいないから後者のはずだけど、「みなさん」って？　あたし以外は、レンタル家族に協力する契約もしていないのに？

大家さんは、再び勢いよく、床に額をつける。

「どうかみなさんに、私の家族のふりをしてもらいたいのです！」


十五分後。

「外務省の先島卓《さきしますぐる》です」

チロリアンハウスにやって来たのは、グレーのスーツをおしゃれに着こなした、全体的に尖《とが》った雰囲気の男性だった。

「話は通してくれたんだよな、大家？」

「それが……」

先島さんとは対照的な丸顔を、申し訳なさそうに歪める大家さん。あたしたちの方は、さすがに気まずくて黙っている。

あの後。

「家賃を半額にしてもらっても、もうやりません」

「ぼくもリオちゃんみたいなことするの？　楽しそう！」

「私に演技なんて無理ですよ。ただ、来月の家賃を無料にしてくださるなら、秘めた才能が開花する予感がします」

「どうしてもと言うなら協力するが、俺の家賃はまける必要はないぞ。いまの日本は俺たち高齢者にばかり優しく、若者に冷たすぎるからな。まったく政治家は――」

大家さんが「みなさん、落ち着いてください。というより、誰か一人くらい事情を聞いてください！」と宥《なだ》めるのも聞かず、自分の言いたいことだけを好き放題言って、大混乱になってしまったのだ。

そこにやって来たのが、先島さん。颯爽とあたしたちを見回し、

「まだ全然事情を話していないようだな。いいよ。俺から話そう」

そう言って椅子に腰を下ろすと、長い脚を組んだ。外国のビジネスマンみたいなその仕草が、少しも嫌味にならない。

「この件は部下の瀬川《せがわ》が担当しているのですが、本人が動ける状態にないので、代わりに私が来ました。もっとも、困り果てたあいつを見兼ねて、大家に依頼したのは私ですがね。仕事を頼むのはまだ三回目ですが、信頼のできる男です」

「こういう依頼は、私の主義とは違うので受けたくなかったのですが」

「まだ言ってるのか。半年前、君がいなかったら国家機密が漏洩《ろうえい》していたじゃないか」

「大袈裟《おおげさ》ですよ」

「謙遜《けんそん》しないでくれ。アメリカ専門の俺ですら、連中の罠を見抜けなかったのに。ほかにも——」

「今日は、その話はやめましょう」

国家機密？　なんなの、この人？

先島さんは大家さんに苦笑を投げてから、改めてあたしたちに、

「北欧に、イリダル国という小国があります。国連加盟国中、最も人口が少なく、面積も小さい。独自の科学技術が進んでいるものの、率直に言って、外交上、さほど重要な国ではありません。無論、粗相があっては我が国のイメージが悪くなるので、礼をもって接する必要はありますが」

イリダル国との窓口になっているのは、瀬川さん。イリダル語は、日本語と発音がまったく違っていて難しく、省内でまともにしゃべれるのは彼しかいないそうだ。

十日後、そのイリダル国の次期王位継承者・シーラ王女が来日する。瀬川さん一家は、王女が滞在するお屋敷に招待されることになっていた。ところが先週、瀬川さんは不倫がばれて、奥さんと離婚。家族も去った。そのせいで鬱病になり、休職してしまったのだ。

「イリダル国王家は、功績のある家臣や有能な国民を養子縁組して迎え入れることが多く、血のつながりが希薄。シーラ王女にも、王位継承権のない義理の兄弟姉妹がたくさんいる。だから血縁を重んじる日本の家族に、ことのほか興味をお持ちの様子です。いまさら断るわけにはいかないので、誰かが瀬川一家に代わってお招きを受けなくてはなりません」

「つまり、不倫して家族に見捨てられた自業自得な最低官僚に代わって、大家さんがお招きにあずかる。私たちは、その家族のふりをする、というわけですね」

夫がよそに女をつくったことが原因で離婚したせいだろう、真沙実さんは、不倫に厳しい。先島さんは、ちょっとたじろぎながら、

「ま、まあ、そういうことですね」

「大家さんに頼まなくても、外務省の別の家族が行けばいいじゃないですか」

レンタル家族をやりたくないあたしは、できるだけやる気のない口調で言った。

「シーラ王女は瀬川一家をご指名です。いまさら別の家族を行かせては先方の機嫌を損

ねるし、イリダル国にとって不倫は重罪。正直に話すわけにもいきません。誰かに瀬川のふりをさせようにも、省内に同じ構成で、年齢も一致する家族はいないんですよ」

瀬川さん一家は、瀬川さんと奥さん、十六歳の娘と八歳の男の子、奥さんのお父さんの五人家族なのだという。つまり、

「私が瀬川さんのふりをして、みなさんに家族を演じてもらうと、ちょうどよくなるというわけです」

「そう思っていたんだが……大家、その子は女の子じゃないのか？　男装してもらうのか？」

先島さんは、眉根を寄せながら葵ちゃんを見る。葵ちゃんは、にっこり笑って、

「ぼくは男の子だから、男装とは言わないよ」

「……へ、へえ。そうなのか」

葵ちゃんの言葉を冗談だと思ったのか、調子を合わせるように笑う先島さん。葵ちゃんは本当のことを言っているのだけれど、この美少女顔では誤解するのも無理はない。

「瀬川さんと大家さんは似ているの？」

あたしの質問に、先島さんが答える。

「あまり似てませんが、瀬川は、王女と電話やビデオチャットでしか話したことがないそうですし、外国人からすると日本人の顔は似たようなものだから、最低限のメイクで

ごまかせるでしょう。王女はいろいろな国の要人や大使と接しているので、多少、声やしゃべり方が違っていても気づかれる心配はない。当日はなんとか瀬川を一時復帰させて、本人だとわからないように変装した上で、通訳させます。王女も付き人たちも、日本語はわからない。君たちが不自然な会話をしても、伝わることはありません」

「瀬川さんは、王女とイリダル語で話してたんですよね。でも、大家さんは話せない。瀬川さんのふりをするのは無理じゃないですか」

「それも大丈夫。大家には挨拶程度のイリダル語だけ覚えてもらって、『万が一、粗相があってはいけないので、自分より言葉がわかる者を連れてきた』という口実で、会話は瀬川を通しますから」

先島さんは、深々と頭を下げた。

「王女は、すなおな人柄で知られている。罪悪感があるかもしれないが、日本人家族との会食を楽しみにしている彼女のためなんです。お願いできないでしょうか」

全員で偽家族を演じる——一見、大変そうだけれど、相手に日本語がわからないなら難易度は低い。なにより、（こう言ってはなんだけれど）イリダル国が日本にとって、重要な国ではないことが大きい。余計なプレッシャーを感じずに済む。

それでも、

「ぼく、男の子の格好をするんだよね。たまにはいいかも」

「家賃はまけてもらえるんですよね？」

「お国のためだ。一肌脱ごう」

「あたしはパス」

ぱたぱた手を振ると、大家さんは「ハハハ」と手をたたいて笑い出した。

「ご冗談を。リオちゃんが断るはずありません」

「もう三回もレンタル家族をやったから、疲れちゃった。ほかを当たってください」

「しかし、ちゃんと演技もできて、格安家賃目当てで私の思いどおりに動いてくれる都合のいい女は、リオちゃんくらいしかいませんよ」

「身も蓋もないことを、よくも平気な顔して言えますね。とにかく今回はパス」

「――だめなの？」

葵ちゃんが、つぶらな瞳をうるうるさせてあたしを見上げる。

う……罪悪感が……。でも、だめだ。ここは心を鬼にしないと。

「ごめんね、葵ちゃん」

「仕方ありませんよ、葵ちゃん。リオちゃんなら、みなさんにもいろいろアドバイスをしてくれると思ったのですがねえ」

大家さんが肩に手を置いても、葵ちゃんは首をぶんぶん横に振る。

「でも、ぼく、リオちゃんと一緒にレンタル家族したい……きっと楽しい……」

心がゆらぐ音が聞こえた。あたしだって、前のときに少し——ほんの少し、楽しいと思った。なんだか、本当の家族みたいだって——。

「わかった、やります」

葵ちゃんの顔が輝いてから、自分が発した言葉に気づき、慌てて両手で口を塞ぐ。

「決まりだな。よろしく頼みます」

安堵の笑みを浮かべる先島さん。

「いたいけな子どもがああ言えば、リオちゃんなら断れないと思いましたよ」

悪い笑みを浮かべて、勝ち誇る大家さん。

……社会貢献を目指している割に、本当にやり方がせこいな。

でも、この人たちはレンタル家族の準備で余裕がなくて、あたしが「伴リオ」だと気づくことはないだろう。イリダル国の人が「伴リオ」を知っているはずもないから、そちらも大丈夫。

適当に手を抜いて、乗り切ればいい。

2

「息子が外ムしょうに入ったトキは、大変ニ感どウしまして……ええと……」

「だめです、陽之介さん。たどたどしすぎ」

「相手は日本語がわからんのだぞ。少しくらいたどたどしくても、問題なかろう」

「言葉はわからなくても、不自然だと偽家族だとばれちゃいます。やり直し」

「むう、厳しいな」

「当然です。本番は明日なんですよ」

「すごい気迫だな、五月女さん」

先島さんが、頼もしそうに微笑む。

「そんなこと、ありませんよ」

平静を装ってごまかしたが、陽之介さんまで、

「そういえば俺の息子をやってくれたときも、気合いが入ってたよな」

「息子？　五月女さんが？」

「余計なことを言ってないで最初から。仕事なんだから、しっかりしないと！」

先島さんから依頼を受けた後。イリダル国とどんなやり取りをしていたのか、できれば瀬川さんから直接話を聞きたかった。でも家族に逃げられたショックで死にそうなほど落ち込んでいて、とても無理だという。

ただ、先島さんによると、瀬川さんはあまり自分のことを話さないタイプで、家族のことを話題にしたり、写真を見せたりしたこともない。「語学が堪能《たんのう》で、外務省に入っ

てからヨーロッパの国々に派遣されていた男」という人物像からずれなければ、本人や家族の「設定」は、あたしたちがやりやすいようにつくることができる。

　というわけで、大家さんとあたし、先島さんが中心になって瀬川さん一家の「設定」を考え、それに沿った受け答えの練習をしている。あたしは慣れたものだし、葵ちゃんと真沙実さんも割とうまくやっている。陽之介さんは、予想どおり大苦戦だけれど。

　大家さんは、演技だけじゃなく、イリダル語や、外務省官僚らしい知識や振る舞いも身につけなくてはいけないから一番大変なはずなのに、あっさりマスターしてしまった。先島さんに外交用語や国際情勢について訊かれても、すらすら答えている。

　本当に何者なんだろう、この人？　訊いても「しがない大家ですよ」で流されてしまったけれど、やっぱりただ者じゃない。

　ただし、

「見てください、イリダル国から銀食器のセットを取り寄せましたよ。王族も同じものを使ってるらしいから、当日はこれを使うことになるでしょう。慣れるためにも、今夜はこいつで食事をしましょうね」

　段ボール箱からぴかぴか輝くお皿やナイフ、フォークを取り出し、大はしゃぎする大家さん。おそるおそる訊いてみたお値段は、あたしなら一年間は遊んで暮らせる金額だった。

金遣いも、ただ者じゃない。

「いつもはせこいくせに、よくそんな高いものを買いましたね」

「後で外務省に請求します」

「ちょっと待て。そんな話は聞いてないぞ」

「円滑に依頼をこなすための必要経費ですよ。依頼が終わったら、当シェアハウスで引き取らせていただきます。今後、似たような依頼があるかもしれませんからねえ」

あってたまるか！　せこさもただ者じゃない！

先島さんは「大家は愉快だな」とひきつった笑みを浮かべつつ、「トイレを借りるよ」とリビングから出ていった。きっと、冷静になる時間がほしいに違いない。

「立派な食器。ママが見たら喜びそう」

葵ちゃんが目を輝かせる。真沙実さんは、今日はどこかに出かけている。演技は問題ないから構わないけれど、本番直前なんだし、行き先くらい教えてくれればいいのに。

「でもママが見たら、大家さんから奪おうとするかも。そうしたら嫌だなあ」

「真沙実さんならやりかねませんね。大枚はたいて買ったのに、どうしましょう？」

「そんなことより、俺に演技指導したらどうだ」

葵ちゃんの不安を煽《あお》る大家さんと、なぜか偉そうな陽之介さん。そのときテーブルの上で、見覚えのないスマホが着信音を奏でた。先島さんのものだろう。ディスプレイに

「瀬川」と表示されているのが見えた次の瞬間、

「もしもし」

　葵ちゃんが、電話に出ていた。

「だめでしょ、葵ちゃん。勝手に出たら」

　慌ててスマホを取り上げようとするあたしに、葵ちゃんは送話口を手で覆って無邪気な笑みを浮かべる。

「ぼくなら子どもだから、勝手に出ても怒られないでしょ？　本番の前に一度、瀬川さんと話をしておきたいじゃない」

　さすが、真沙実さんの子どもだ。

〈――もしもし？　瀬川ですけど、先島さんは？　あんた、誰……ゲホゲホッ！〉

　スマホの向こうから聞こえてきた気怠《けだる》そうな声が、咳《せ》き込む。

「いまトイレに行ってるから、ぼくが代わりに出てるんだ」

「でも戻ってきたよ」という一言とともに、先島さんがリビングに入ってきた。「ありがとう」と言いながら、葵ちゃんからひょいとスマホを取り上げ、

「どうした、瀬川――え？」

　先島さんの顔が強ばる。

「――そっちの状況はわかった。だが、いまさら無理だ。そんな非礼は許されない」

大家さんたちと顔を見合わせる。なんの話をしてるんだろう？

「だから、俺は明日仕事があるから無理だって――それにイリダル語を話せるのはお前だけ――そうだ。お前ならできる。がんばれよ」

先島さんは電話を切ると、深々と息をついた。大家さんが、

「なにかありましたか？」

「瀬川が『風邪《かぜ》を引いたから明日は行きたくない』と言い出したんだ。まったく、やる気というものが……あ、もちろん、ちゃんと説得したよ。明日は予定どおり決行だ。なにも問題はない。はははははは」

笑うところじゃないのに笑い声を上げられたせいで、却《かえ》って不安が増す。

でも王女は日本語がわからないのだし、プレッシャーがかかる仕事でもないし、まあ、大丈夫だろう。


次の日。本番の日の夕刻。

あたしは洗面所に持ち込んだ椅子に座り、真沙実さんにメイクしてもらっていた。真沙実さんは昔、メイクアップアーティストになりたかっただけあって、腕は確かだ。今日もあたしの顔を「外務省官僚一家の、育ちのいい女子高生」に仕立ててくれている。でも手つきはぞんざいで、見るからに不機嫌だった。珍しい。いつもは、（外面だけ

は）ほわほわしたマシュマロみたいな人なのに。

「昨日は帰りが遅かったみたいですね。どこに行ってたんですか」

「答える必要があるの？」

空気をなごませようとしたのに、真沙実さんはぴしゃりと言う。敬語も消えている。

「リオさんのせいで嫌なことを思い出したわ。忘れようとしているのに」

「なにかあったんですか」

「だから。答える必要があるの？」

「なら、思わせぶりなこと言わないでよ」

「大変だ！」

真沙実さんとやり合っていると、陽之介さんが駆け込んできた。服装は、呉服屋のご隠居が着ているような、群青色の着物。がっしりした体格に、よく似合っている。

「メイク中に騒がないでください。手が滑って、リオさんのほっぺたに猫のヒゲを描いてしまいそうです」

「滑ったって描かないでしょ！　で、どうしたんです、陽之介さん？」

「テレビ……テレビを観ればわかる」

メイク中だったけれど、真沙実さんと一緒にリビングに行く。上等な黒いスーツを着た大家さんと、短髪のウィッグを被り、赤いベストを着た葵ちゃんが、テレビに顔を向けていた。

〈このイリダル国というのは、どういう国なのでしょうか〉

ニュースキャスターが、評論家らしい老人に訊ねる。

〈日本ではあまり知られていませんが、独自の科学技術が発達していることで有名です。近年も、唾液から数分でＤＮＡ型鑑定の結果を出せるシステムの開発に成功しており、国内の犯罪捜査に積極的に活用していると言われています〉

〈そんな国がアメリカと首脳会談を行った背景には、なにがあるのでしょう〉

〈アメリカの犯罪発生率は、なかなか下がりません。そこで、イリダル国の技術を捜査に役立てたい考えです。イリダル国は小国で、国際的な地位は決して高くありません。しかし、記者会見で大統領が『イリダル国は我が国にとって最も大切な国の一つ』と声明を出したことから、今後、各国はイリダル国と細心の注意を払って接触する必要があり――〉

細心の注意を払って接触する必要――おそるおそる大家さんを見る。

「偽家族がばれたら、アメリカのご機嫌を損ねて、間違いなく国際問題です。各国は日本を敬遠し、投資家はお金を引き上げて株価は暴落。失業者も続出するでしょうねえ」

とんでもないことを、あっさり言う大家さん。

「いますぐ断りましょう、この仕事」

「しかし日本とイリダル国の友好に役立つことも、立派な社会貢献ですから」

「プレッシャーが大きすぎます！」

「国際問題になったら日本の景気が悪くなって、シングルマザーにますます世知辛い世の中になりますねえ」

ほおに手を当てて、硬い表情で真沙実さん。陽之介さんも、事情がよくわかってないだろう葵ちゃんも、似たような顔をしている。そのタイミングを見計らったように、インターホンが鳴った。玄関に駆ける。

先島さんだった。隣には、黒縁眼鏡《めがね》をかけた、神経質そうな男性が立っている。

「こんにちは、五月女さん。彼が瀬川です——ああ、言いたいことはわかる。ニュースを見たんだね。俺も驚いている。アメリカとイリダル国が、あんな関係になるとは」

「国際問題はごめんです。この仕事はなかったことに——」

「すまないが、いまさらキャンセルはできません」

拳を握りしめ、絞り出すように先島さん。大家さんがやってきて、やけに楽しげに、

「ここでドタキャンした方が国際問題になりそうですねえ。しかし成功させれば、見事な社会貢献です」

「そういうわけだ。よろしく頼む」

頭を下げる先島さんに対して、隣の瀬川さんは突っ立っているだけだった。

「よろしくお願いします……まあ、適当に……」

ぼそぼそ声からして、頼りになりそうにない。

もしかしなくても今回、これまでで一番難易度の高い仕事なんじゃ？

3

瀬川さんの運転する車で、F市のはずれに連れていかれる。この辺りは昔からイリダル国の保養地で、来日の際、代々の王族が滞在しているそうだ。

シーラ王女のお屋敷は、円筒形の屋根が特徴的な、荘厳な建物だった。たくさんのライトに照らされて、夜の中でも白く輝いている。

「頼みましたよ、ほんと……偽者だとばれたら国際問題なんだから」

天井の高いエントランスホールに通されるなり、瀬川さんはぼそりと言った。黒縁眼鏡の向こうの目は、鬱々としている。車内でも「この人たちが偽家族だと知られたら、俺はクビか」「十七年目の浮気くらい、妻が大目に見てくれればよかったんだ」とぶつぶつ繰り返すばかりで、生産的な話はなに一つできなかった。

本当に頼りにならないな、この人。先島さんに「もとはと言えばお前の不始末なんだ。くれぐれもみなさんに迷惑をかけるなよ」と何度も言われていたのに。

大家さんは大家さんで「楽しみですねえ、イリダル国の料理」と緊張感ゼロ。やっぱり頼りにならない。

あたし以外の三人は、初めてのレンタル家族で緊張しているのに。失敗したら国際問題で、味方は頼りない……状況は最悪だ。でも逆に考えれば、これ以上悪くなることはない。王女はすなおだというし、開き直っていこう。

ホールに現れた燕尾服《えんびふく》の紳士が、聞いたことのない言語でなにか言う。しゅっ、しゅっと息を吐いているようにしか聞こえないけれど、これがイリダル語なんだろう。瀬川さんがしゅっ、しゅっとなにか返すと、紳士は恭《うやうや》しい一礼をして、玄関に面した黄金色の扉を開けた。

「王女がいらっしゃるそうだ」

瀬川さんが、覇気のかけらもない声で言うのと同時に、小柄な人影が現れる。大きな瞳と、亜麻色の髪が愛らしい女性――というより、まだ「少女」。

シーラ王女だった。

先島さんから見せられた写真で美人なのはわかっていたけれど、実物はそれ以上だ。真っ白なドレスが、色白の肌にとても似合っている。もっと有名な国の王女だったら、「美しすぎる王女」と話題になっているに違いない。

「『こちらは瀬川さんで、私は通訳です』と言うよ。俺の名前は適当に名乗っておく。

でも俺が本物の瀬川だとばれたら、この場で終わりだよな。ああ面倒だ」

瀬川さんはシャレにならないことを言って王女の前に進み出て、気怠そうにイリダル語でしゃべる。

「いくら面倒でも、王女にああいう態度は感心しませんね」

珍しく眉をひそめる大家さん。はらはらしたが、王女は、通訳しているのが瀬川さん本人だとは気づかなかったらしい。

「ヨロシクオネガイシマス」

片言の日本語で、そう言ってくれた。よし、第一関門はクリア！

「コロス、コロス。ブッコロス」

安堵した瞬間、にこりともしない王女の口から、その言葉が紡がれた。

コロスって……「殺す」のこと？　それともイリダル語では違う意味……でも、いまのはイリダル語と、明らかに発音が違うし……。

訳がわからないでいると、王女はイリダル語で、さらになにか続けた。

瀬川さんが、廊下の右奥にある扉をこわごわ指差す。扉の前には、黒いスーツを着た屈強な男性が二人。右は黒人の、左は東洋人の血を引いているようだ。

「〈あの扉の向こうは『聖域』で、イリダル人以外は立ち入り禁止。入ったら殺します〉と言っている」

あんな強そうな人たちが見張っている部屋に無理やり押し入るつもりはない。でも、

「コロス、コロス。ブッコロス」

片言の日本語で、無表情に「殺す」と連呼する王女に、思わず後ずさりしてしまう。

そっと様子をうかがうと、真沙実さんたち三人の顔は、さらに強ばっていた。

確かに、王女はすなおだ。

ただし正確には、自分の感情に「すなお」だったらしい。

最悪だと思っていた状況が、さらに悪化してしまった。


大広間。あたしたち五人と瀬川さん、シーラ王女が、純白のクロスが敷かれた丸テーブルについている。王女の傍らと、ドアの前には付き人が一人ずつ。

テーブルに並べられたイリダル料理は、豪華だった。野菜が中心の料理は、盛りつけがカラフルで、目に楽しい。味も美味。食器は、大家さんが予想したとおりの銀食器セット。瀬川さんの分も、ちゃんと用意されている。

でも、とても料理を楽しむ余裕なんてない。

〈瀬川さんは、こうして直《じか》に会うと雰囲気が違いますのね〉

「よく言われます。実物の方がハンサムでしょう?」

瀬川さんの通訳を介して、シーラ王女と談笑する大家さんの演技は完璧だ。

〈日本人は、毎日、寿司《すし》とすき焼きを食べているというのは本当ですか〉

「本当です。国民食ですからね」

〈日本の家族は、休日、どんなことをしてすごしているのですか？〉

「お茶を点《た》てて、座禅を組んでいます。運動したいときはチャンバラと相撲です」

〈日本では「家族の絆《きずな》が壊れるから」と主張して夫婦別姓に反対している人が多いそうですが、国際的に見ても離婚率が低いわけではありません。これは、どう考えれば？〉

「反対派は、夫婦別姓にしたら離婚率が世界ナンバーワンになることをおそれているのかもしれませんねえ」

公務員として……いや、日本人として適切な回答かはともかく、見事に「外務省官僚・瀬川」を演じている。暗い顔で通訳する本物の瀬川さんより、よっぽど有能なんじゃないだろうか。

でも大家さんが見事に演じれば演じるほど、真沙実さんたちへのプレッシャーも増していく。ピンポイントで誰かに質問が飛んできたら……。

〈ところで瀬川さんは三年前まで、ロンドンにいらしたそうですね。ご家族と一緒に〉

来た！　王女の目が、大家さんから葵ちゃんへと移る。葵ちゃんの顔が硬くなる。

〈どうです？　外国生活は楽しかった？〉

「はい。息子は、とても楽しんでいました。私も、日本に帰りたくない、と――」

〈わたくしは、お子さんに訊いています〉

ぴしゃりと撥《は》ねのけられ、さすがの大家さんも黙る。

〈どうです？　楽しかった？〉

葵ちゃんは固まっている。王女が外国暮らしについて訊いてくるのは想定内だったから、受け答えの練習はしたのに。真沙実さんも、助け船を出したいけれど、なんと言っていいかわからない顔だ。陽之介さんはどっしりと腕組みをしている――けれど、膝が小刻みに震えていた。

王女が、不審そうに眉根を寄せる。瀬川さんは黒縁眼鏡をはずすと、表情が見えないほどガクリと俯いた。「俺のキャリアは終わった」とでも思っているんだろう。

――ああ、もう。仕方がない。

「あのときのことを思い出せばいいんですのよ、葵さん」

あたしが紡ぎ出した、ゆったりとしたお嬢さま言葉に、葵ちゃんは目を丸くする。葵ちゃんだけじゃない、真沙実さんと陽之介さんもそうだった。

「リ……リオちゃん。どうしたの、そのしゃべり方？」

「そんなことより、さあ。王女にロンドンのことをお話しして差し上げて」

「三秒以内に葵から離れなさい。あなた、リオさんの皮を被った別の生き物ね。リオさんが、そんなお嬢さま言葉で話すはずがありませんせん」

「そんなことを言ってる場合ではないですわ、真沙実さん。ねえ、陽之介おじいさま」

陽之介さんが、椅子ごと後ずさる。

「す……すまん。なんだか知らんが俺が悪かった。許してくれ」

「どうしてそうなるんですの？　さあ、家族で一致団結して、王女との歓談を楽しみましょう――ああ、いまのは訳さなくてよろしくてよ、瀬川さん」

「リオちゃん、不気味ですよ……」

大家さんがおそるおそる言う。

あたしだって不気味だよ、畜生！　でも、真沙実さんたちがいつものペースに戻ったからよし、だ。

普段、男の子みたいにしゃべるあたしが予期せぬお嬢さま言葉を使ったことで驚き、緊張が解けたのだ。意表を突くことで不安の種を忘れさせる――子役時代、この方法に何度もお世話になった。

もう一つ、気づいた人はいないけれど、声音を変えて話したことも大きい。

子役時代に、演技をしていたときの声だ。

観ている人に心地《ここち》よい気分になってもらうため、一生懸命練習した発声法。あのときと声色は変わってしまったけれど、その効力が少しは残っているはず。

王女がなにか言う。顔を上げた瀬川さんが通訳する。

「〈なんの話をしてらっしゃるの？〉と訊いている」

「なんでもないよ。リオちゃんが、ロンドンのことを思い出させてくれたの。みんなでタワーブリッジを見にいったときにね――」

葵ちゃんが、これまでの緊張が嘘のように、練習の成果を発揮し始めた。

「この子は、見た目と違ってやんちゃで」

「ロンドンから送られてくる絵はがきを、俺はいつも楽しみにしていた」

真沙実さんと陽之介さんも、うまく調子を合わせる。

〈まあ、それは楽しい思い出ですわね〉

瀬川さんの通訳によって伝えられた言葉を、王女はすなおに信じていく。その後の受け答えも練習どおり。あたしと大家さんも、危なげなく乗り切っていく。

料理もだいぶ少なくなってきたし、ゴールが見えてきた。なんとか国際問題にならずに――。

「バンリオ」

その単語は、緩みかけたあたしの神経に突き刺さった。聞き違いだと思った。でも、

「バンリオ、バンリオ」

王女は、あたしを見ながら連呼して、イリダル語でなにかしゃべる。

「〈あなたは伴リオですよね〉とおっしゃっている」

瀬川さんの通訳に、身体が芯から凍りついた。

どうしてイリダル人が、伴リオのことを知ってるの？

ずっと冷たかったシーラ王女の瞳が、興奮で輝いている。


〈先ほど、子役時代と同じ声音で話しましたよね。あれを聞いてから、どこかで見たことがある顔だと思っていたのです〉

〈あなたの出ているドラマが、我が国で放送されているんです。大人気なんですよ〉

〈あんな小さな女の子が、こんな大人になっているなんて〉

〈あなたの演技を見て、嘘泣きをする子が増えているんです。『リオる』と言われて、我が国ではちょっとした社会現象になってますのよ〉

〈いまは女優としては活動していなくて、ヌードモデルになっていると噂する人もいますが、もちろん、大多数の国民は信じていません〉

瀬川さんが王女の言葉を訳す度に、心が抉《えぐ》られていく。

消えた子役。賞味期限が短かった子役。大人の女優になれなかった子役。

夕刊紙や週刊誌に躍った文字が、せせら笑いとともに蘇る。ううん、そんなのは別にいいんだ。でも、ママとパパが——。

「バンリオ、バンリオ」

なにを言ってもごまかせそうにない。大家さんたちにも、とうとうばれてしまった。

「どうするんだ。五月女さんが伴リオだとしたら俺の娘じゃないに決まってるから、偽家族だとばれるじゃないか」

パニックになる瀬川さんに、なにも返せない。心も身体も凍りつき、指先一つ動かすことができない。

次の瞬間、それは突然起こった。

「おおっとぅ！」

大家さんが、派手な音を立てて椅子から滑り落ちた。その直前、力一杯テーブルクロスをつかんだせいで、銀食器が次々と床に転がり落ちていく。盛大な音とともに、料理が床に飛び散る。

大惨事だった。

〈どうしたのです？〉

「すみません。びっくりして、バランスを崩してしまいました」

大家さんは、面目なさそうに身体を起こしつつ、

「リオが伴リオだなんて。そんなはずないじゃありませんか。この子は私の娘、瀬川リオです」

瀬川さんの通訳に、王女は首を横に振った。

〈日本人の顔はよくわかりませんが、伴リオの顔なら別です。わたくしは彼女の大ファンなのですから。どう見てもその子は、伴リオ〉

「それに関しては、辛《つら》い過去があるのです」

大家さんは、床に両膝をついたまま涙ぐんだ。

「この子は、私の養女。伴リオの狂信的なファンである実の両親に、幼いころ、整形手術を受けさせられたのです」

は？

「実の両親は伴リオを愛するあまり、自分の子どもを伴リオにしようと、名前も『リオ』とし、顔を変えさせた挙げ句、声音や言動、仕草までも真似《まね》ることを強要しました。見兼ねた私が行政と相談し、娘として引き取ることにしたのです……」

なに言ってるんだ、この人？　バカバカしくて、ツッコミを入れる気にもなれない。

ほかの人たちも同じだろう……。

「そのとおりですわ」

え？　真沙実さん？

「リオは、伴リオを強要されただけであって、まったくの別人。それについては触れないであげてください」

「お姉ちゃんは伴リオじゃないけど、とってもかわいいんだよ」

「リオの両親はとんでもない連中だった。その分、俺たちが幸せにしてやらんとな」

葵ちゃんと陽之介さんも、話を合わせている。

どうして平気で嘘を？　まるで、あたしが伴リオだと知っていたみたい……。

「だよね、リオ」

大家さんは椅子に座り直し、丸顔をにっこりさせる。

椅子から転がり落ちたのは、あたしの金縛りを解くためだろうか。えらく不自然だとは思うけれど、おかげで落ち着きを取り戻したのは事実。ここは話を合わせよう。

「そうです。これは整形させられた顔であって、あたしは伴リオじゃありません」

沈痛な面持ちのあたしに、瀬川さんはあきれ顔で、

「そんな嘘、誰が信じるんだよ」

「いいから王女に伝えてください」

大家さんに促された瀬川さんは、渋々、王女に通訳する。もちろん、すぐには信じてもらえないだろう。でも、これで押し切るしかない。果たして王女は、驚いた顔をして両手で口を覆った。

〈そんな過去が……失礼致しました〉

あっさり信じてくれた。

やっぱり、すなおな人ではあるらしい。

大家さんが落とした分も含め、料理と銀食器が片づけられる。あとはデザートを残すのみ。

〈少々お化粧を直してきます〉

王女はそう言って、付き人を伴い大広間から出ていく。

〈『聖域』にまいりますが、勝手に入ったら殺します〉

「コロス、コロス。ブッコロス」

片言の日本語とともに、そう言い添えて。瀬川さんは「緊張しすぎて腹が痛い」と、トイレに行った。

残されたのは、あたしたち五人だけ。

「助かりましたよ、リオちゃん」

隣の席から、大家さんが囁《ささや》いてくる。

「みなさんの緊張を解くために余裕綽々《しゃくしゃく》の態度を取っていたのですが、あまりうまくいきませんでした。リオちゃんがお嬢さま言葉で話してくれなければ、どうなっていたことか」

「いえ。それより――」

大家さん、真沙実さん、葵ちゃん、陽之介さんの顔を代わる代わる見る。

あたしが伴リオだと、知ってたの？

訊ねたかったけれど、答えによっては、とても呑気《のんき》に偽家族なんてできない。

「——それより、なんとかなりそうですね。でも油断は禁物ですよ」

「とりあえずデザートを食べたい！」

「そうね、葵。またこういう、タダでおいしいご飯を食べられるお仕事は来ないかしらねえ」

油断しまくってるな、この親子。陽之介さんは疲労困憊《こんぱい》らしく、全然しゃべろうとしない。それでも背筋をしっかり伸ばしているのは、さすがミスターかっこつけ……なんて、くだらないあだ名を考えているあたしも、ちょっと油断しているのかも。史上最難関の依頼を乗り切れそうだから、仕方ないか。

今度こそ安堵の息をついていると、大広間のドアが勢いよく開かれた。シーラ王女が立っている。

出ていったときと違って鬼のように険しい形相に、緩みかけていた空気が緊迫した。

床を踏み鳴らしながら入ってくる王女の後ろから、瀬川さんが走ってくる。なにか言いながら王女の肩をつかもうとしたけれど、

「ごふっ！」

王女の肘鉄《ひじてつ》を思いっきりお腹に喰《く》らい、床に両膝をついた。大家さんは目を丸くし、

「あの……なにがどうなっているのでしょうか?」

「ど、どうもこうも……」

なんとか顔を上げる瀬川さん。

「ばれちまったんですよ、あんたたちが偽家族だって……」

え?

4

「俺がトイレから出ると、王女が怒り狂った顔で『聖域』から飛び出してきた。どうしたのか訊いたら、〈あの人たちは偽家族じゃないの。よくも騙したわね〉と……」

お腹をさすりながら椅子に座る瀬川さん。その間に、大広間のドアの前に付き人その一が立つ。その二は、全部の窓の鍵を閉め、王女の傍に戻ってきた。

えーと……これって、閉じ込められたってこと?

王女が怒気を孕んだ声で、しゅっ、しゅっとなにか捲し立てる。

「〈証拠はつかんでいます。絶対に許しません〉と言っている」

「その通訳、本当に正しいのでしょうか?」

真沙実さんが緊張感のない、ほわほわした声で問う。瀬川さんは眉をひそめ、

「どういうことだ？」

「私たちの演技は完璧でした。実際、化粧直しに行くまで王女が疑っている様子はありませんでしたわ。ほんの数分で、しかも『聖域』に行っている間に嘘だとわかるはずがないのです」

真沙実さん、冷静だ。

「つまり瀬川さん、あなたの通訳が間違いで、王女は違うことで怒っているのです。これだから不倫野郎はいけません。王女に『俺は不倫がばれて家族に逃げられた人間のクズです』と、すなおに告白しなさいっ」

全然冷静じゃなかった！

「俺のイリダル語は完璧だ。王女は確かに、あんたたちが偽家族だと見抜いている」

王女が瀬川さんに、なにか言う。

「〈おとなしくすべてを認めなさい〉と言っている」

「お気の毒な不倫脳のせいで、そう聞こえるだけなのではありませんか」

「じゃあ訊くが、それ以外のなにで、王女が怒ると言うんだ？」

「それは……そうだわ。瀬川さんが嘘だとばらしたのですね」

「なんで俺がそんなことをするんだ。ばれたら国際問題になって外務省をクビだぞ」

「家族に逃げられて、なにもかもどうでもよくなってしまったのですね。不倫した上に私たちを巻き添えにしようだなんて、官僚の風上にも置けません」

今日の真沙実さんは、やけに不倫に厳しい気がする。

「それはないぞ、真沙実さん」

陽之介さんが言った。

「俺は緊張してなにも話せなかったから……じゃない、非常事態に備えて、廊下に耳を澄ましていたんだ。瀬川さんが王女と話している声は聞こえなかった」

「廊下ではなくて、化粧直ししているところに押しかけたんですよ」

「王女は『聖域』で化粧直しをしておった。イリダル人でない瀬川さんに入ることはできん」

コロス、コロス。ブッコロス。

王女の片言の日本語とともに、そのことを思い出す。

「つまり瀬川さんには、王女に偽家族のことを教える機会はないということだ」

「確かに……不倫なんてする人に、その裏をかいた大胆なトリックが閃くとは思えませんし……」

「不倫不倫と連呼されるのは不快だが、疑いが晴れてよかったよ……まあ、これで俺は失業決定だから、一つくらいはいいことがなきゃ、嘘だよな」

暗い顔をして、くっくっくっ、と自虐的に笑う瀬川さん。瀬川さん密告説は、これで崩れた。

　王女が、またなにか言う。

「〈日本では、こういうときに土下座するのでしょう。早くしなさい。それから責任者を呼びなさい〉だそうだ。俺の手には負えないから、先島先輩かな……怒るだろうな、先輩……」

「ママの言ったとおり、ぼくたちの演技は完璧だったし、瀬川さんが教えたのでもない。どうしてばれたのかな」

「なら、どうしてばれたのか訊いてやるよ」

　瀬川さんがイリダル語でこわごわ訊ねると、王女はすごい剣幕でなにか捲し立てた。

「〈イリダル国を舐《な》めるのも大概にしていただきたいものですね〉の一点張りだ。取りつく島もない」

「本当にそう言ってるの？　どうしてばれたのかわかるまで、瀬川さんの言うことは信じられないよ」

　ほおを膨らませる葵ちゃんに、真沙実さんと陽之介さんも頷く。

　でも、本当は原因がわかっているんじゃないか。

　あたしだ。

　王女は『聖域』に戻って、イリダル国で放送されているあたしのドラマを確認した。

そして、やっぱり目の前にいる女が、整形ではなく、伴リオの成長した姿だと確信した。となると、大家さんたちが嘘をついていることになる。だから偽家族だと見抜いた――それしか考えられないじゃないか。

王女は、伴リオの大ファン。あたしが謝れば、許してもらえるかもしれない。

「なんだよ、リオさん？　なにか言いたいことがあるのか？」

瀬川さんが訊ねてくる。あたしの身体が、小刻みに震え出したからだろう。王女にすべてを打ち明けよう、と決意したのに、口が動かない。

「リオちゃんが考えているようなことは、しなくていいと思いますよ」

あたしの肩に、大家さんがそっと手を置いた。優しくて、あたたかな手だった。なにも言えないでいるうちに、大家さんは瀬川さんに、

「偽家族だとばれたのは、科学的な理由でしょう。王女が『聖域』に戻る直前、私がひっくり返した料理と銀食器が片づけられましたよね。あれのせいですよ。正確には、銀食器に付着した唾液のせいです」

「どういうことだよ？」

「イリダル国は、数分で唾液からＤＮＡ型鑑定の結果を出せる技術を持つと言われています」

ああ！

まだわかっていない瀬川さんに代わって言う。

「王女は『聖域』にいる間に、銀食器についたあたしたちの唾液でDNA型鑑定して、血縁関係がないことを突きとめたんですね！」

「そういうことです。我々の態度を見て、なにかおかしいと思って調べたのでしょう」

DNA型鑑定――その精度は年々上がっていて、いまや同じ型が出る人の確率は、およそ四兆七千億人に一人。つまり犯行現場に残ったDNAが一致すれば、ほぼ本人に間違いないということだ。

血縁関係を調べる際にも用いられていて、親と子の型が一致すれば、親子である確率は九十九パーセント以上と言われている。

その結果を突きつけられたのでは、どんな演技も通用しない――。

「だったらどうするんだ？　もうごまかせんぞ！」

こういうとき真っ先におろおろするのは、やっぱり陽之介さんだった。大家さんは眉根を寄せ、

「王女の動きを予想できなかった、私のミスです。誠心誠意、謝罪するしかありません。瀬川さん、王女に私の推理を伝えてもらえませんか」

「伝えたところで王女が許してくれるとは思えない。俺はクビだ」

「すべての責任は私にある。そのことも伝えてください」

こんな弱気な大家さんを見るのは初めてだ。でも、どんなに謝ったところで、王女が許すはずない。万が一許してもらえても、「すべての責任」を背負うと言った大家さんは、無事では済まない。そうなったら、チロリアンハウスは……。

瀬川さんは、自棄《やけ》っぱちな口調で王女に通訳する。すると王女は、これまで以上の剣幕で、たたきつけるようになにか言った。

「だめだ。〈騙されたのは屈辱。絶対に許さない〉だそうだ」

「そうですか……」

大家さんが、がっくり肩を落とす。

「私の推理は当たっていたのですか」

「ああ。動かぬ証拠として、アメリカにご注進するそうだ。国際問題は確実——」

「はい、引っかかりましたね」

一転して得意げに胸を張った大家さんは、瀬川さんをびしっ！　と指差す。

「瀬川さんは通訳をしていません。王女を怒らせたのは我々ではない、あなたです」

5

「やっぱりそうでしたか。不倫なんてする人が、外国語をしゃべれるはずなかったのですわ。不倫している時点で、かなりのバカなのですから。泣いて謝れ、不倫野郎！」

「ま……真沙実さん、落ち着いて！」

血相を変えて立ち上がろうとする真沙実さんを、慌てて宥めるあたし。

今日の真沙実さん、いくらなんでも不倫を憎みすぎじゃない？

「大家さんも冷静になって。瀬川さんが通訳してないはずないでしょ」

「あ……当たり前だっ」

黒縁眼鏡の向こうで目を白黒させていた瀬川さんが、我に返る。

「通訳しないで、俺になんの得がある？　王女を怒らせるはずもない」

王女は、眉を吊り上げたまま黙っている。なにを話しているかわからなくても、とりあえず成り行きを見守ることにしたようだ。

大家さんは、胸を張ったまま言う。

「『王女は唾液のＤＮＡ型鑑定をして、我々に血縁関係がないことを突きとめた』。瀬川さんは、私のその推理が当たっていると言いましたが、嘘ですよ。本当にＤＮＡを調べたなら、陽之介さんと真沙実さんは親子、葵ちゃんは私と真沙実さんの子どもになっているはずです」

衝撃の事実だった。

真沙実さんは陽之介さんの、葵ちゃんは大家さんと真沙実さんの隠し子だったのか！

そんな愛憎どろどろの秘密が、チロリアンハウスにあったなんて……！

「勘違いしないでくださいよ、リオさん。大家さんは、私の好みのタイプではありませんもの」

「え？　でも……だったら、どうして……」

「さっき、私が椅子から転がり落ちたでしょう」

大家さんが答える。

「あのどさくさで、私と陽之介さん、二人のフォークとスプーンを別人の唾液がついたものにすり替えたのですよ」

あの騒ぎの間に、そんなことをしていたのか。でも、

「誰の唾液とすり替えたんです？」

「どうしてわからないのですか、リオさん」

真沙実さんが、ため息混じりに言う。

「私の父と、別れた夫。二人の唾液ですよ」

「そういうことです。そのために昨日、真沙実さんにお出かけしてもらいました」

大家さんは、真沙実さんのお父さんと、陽之介さんの唾液をすり替えた。これで真沙実さんと陽之介さんのＤＮＡの型は親子になる。さらに、真沙実さんの元夫と自分の唾液もすり替えることで、葵ちゃんのＤＮＡは大家さんと真沙実さん、二人の間に生まれ

た子どものものとなった。あたしは養女と言ってあるから、手を加える必要はない。

　これであたしたちは、ＤＮＡ上は完璧に家族となった、ということ……。

「そうか。真沙実さんは昨日、別れた夫に会ってきたから、機嫌が悪かったんですね」

　あたしの言葉に、真沙実さんは顔をしかめて頷いた。

「大家さんが『家賃を三ヵ月免除しますから！』と頭を下げるので、やむなく会いにいきましたが、あんな不倫男に会うのは嫌で嫌で仕方ありませんでした。さっさと済ませたくて、向こうがドアを開けるなり挨拶抜きで『唾を寄越しなさい』と切り出したら警察を呼ばれるし。とんだ災難でしたわ」

　気持ちはわかるけれど、挨拶くらいするべきだったと思う。

　陽之介さんが不思議そうに、

「大家さんはＤＮＡ型鑑定される可能性を見越して、銀食器を取り寄せたわけだな。なぜ、そのことを真沙実さんにしか言わんかった？」

「リオちゃんや葵ちゃんなら上手に隠せるでしょうが、陽之介さんに事前に教えては、態度に出てしまうと思ったからです。でも一人だけ教えてもらえなかったら、陽之介さんは拗《す》ねるでしょう？　だから、二人にも内緒にしておきました」

「フッ……俺のことがよくわかっておるわい」

　腕組みしてニヒルに笑ってるけれど、かっこつけるところじゃないよ、陽之介さん。

「ちなみにリオちゃんが養女であることは、頃合いを見て王女に伝えるつもりでした。伴リオの話を持ち出してくれたのは好都合でしたよ――さて、どうでしょうか、瀬川さん？　これでも『王女はＤＮＡ型鑑定で偽家族だと見破った』と言い張りますか？」

瀬川さんの顔は、滑稽なほど硬くなっていた。でも、

「ＤＮＡ型鑑定じゃないのなら、どうして王女は、あたしたちが偽家族だと見破ったの？」

「瀬川さんが報告したからです」

「瀬川さんには動機がなかろう。それに、教えるチャンスもなかったぞ」

陽之介さんの言うとおりだ。王女は『聖域』から戻ってきたときには怒っていた。イリダル人でない瀬川さんは『聖域』に入ることはできないから、廊下で話すしかない。でも廊下で話し声がしなかったことは、陽之介さんが確認済み。

「『聖域』で教えたんですよ」

「『聖域』に入れるのは、イリダル人だけだってば」

顔をしかめるあたしに、大家さんは頷く。

「わかってますよ。だから瀬川さんは、イリダル人なのです」

「どう見ても日本人じゃないの、瀬川さんは！」

しばしの沈黙の後に、あたしは叫んだ。

「『聖域』の前には、東洋人系のイリダル人が立っていたでしょう。瀬川さんも、そういうイリダル人なんですよ。黒縁眼鏡を取ったら、意外と北欧系の顔立ちのようにも見えるのかもしれません」

「それでもおかしいぞ、大家さん。国籍条項があるから、一般に外国籍を持つ人は、一部の例外を除いて日本の公務員になることはできない。一九五三年に内閣法制局が、そういう見解を示しているはずだ。外務省官僚の瀬川さんが日本国籍なのは間違いない」

陽之介さんが年齢にふさわしい知識を披露したけれど、大家さんは平然と、

「ですから、この瀬川さんは偽者。正体はおそらく、イリダル国の王族でしょう。ここに来るまであまり話をしなかったのは、ボロを出さないようにするためだったのです」

イリダル人なだけじゃなくて、王族？

「なんでそう思うの？」

「この屋敷に入ったとき、燕尾服を着た紳士が瀬川さんに恭しく一礼したからです。瀬川さんに私たちと同じ食事が出されたことも根拠。自国の通訳なら、こんな待遇はされないでしょう。だから王族の可能性が高い。王女には血のつながりがない兄弟姉妹がたくさんいるそうですから、その一人でしょうね。『日本語がわかるから通訳する』とでも言って、この場に立ち会ったのでしょう」

あたしの質問に、すらすら答える大家さん。

「イリダル語もわからないくせに、勝手に偽者扱いするな」

瀬川さんの抗議を無視して、大家さんは「それから」と続ける。

「昨日、先島さんのスマホに電話してきたとき、瀬川さんは風邪を引いてました。でも今日はなんの気遣いもせず、王女に接しています。病み上がりで外国の要人に接するには、いささか軽率すぎる。このことも、電話してきた瀬川さんとあなたが別人、つまり、あなたが偽者であることを示しているのです」

――いくら面倒でも、王女にああいう態度は感心しませんね。

瀬川さんが王女に挨拶したとき、大家さんが珍しく眉をひそめた理由がわかった。

「王女に質問されて葵ちゃんが言葉に詰まったとき、あなたは俯いていましたね。あれは、労せず偽家族であることがばれると、笑いが込み上げてくるのを隠すためだったのです」

あたしたちから見たら「外務省官僚の瀬川さん」だけれど、王女にとっては「義理の兄」。この人は、一種の「一人二役」を演じていたのか――と、納得しかけたけれど、

「やっぱりおかしいよ。だって瀬川さんをあたしたちに紹介したのは、先島さんだよ。偽者が同僚に化けているのに、気づかないはずがない」

「先島さんも共犯《グル》だとしたら？」

顔をひきつらせる瀬川さんに、大家さんは滔々と続ける。

「先島さんの専門分野はアメリカ。なのに、アメリカとイリダル国の関係強化について知らなかったという。あのときに妙だと思ったのです。本当は、先島さんは両国の交渉を把握していた。その上で、我々に偽家族を依頼したのです。

偽家族だとばれれば、日本とイリダル国の関係は悪化。アメリカが機嫌を損ねて日本の株価は暴落。それを利用して儲《もう》けるつもりだったのでしょう。いわゆる『空売《からう》り』というやつですね」

証券会社から借りた株を売り、その株の価格が下がったところで買い戻して、証券会社に株を返却。手許には差額分の利益が残る。こうやって儲けることを「空売り」というそうだ。日本の株価が下がるとわかっていれば、大儲けできるというわけか。

「おそらく、先島さんがこの件の後始末を担当して、自分に都合のいい報告書をつくるつもりだったのでしょう。すべての責任は、鬱で行動不能になっている本物の瀬川さんに押しつける計画でした」

「昨日、その本物の瀬川さんが電話をかけてきたのは、どうして?」

「鬱々していて、先島さんに愚痴を聞いてほしくなったのでしょう。葵ちゃんが出てしまって焦った先島さんでしたが、咄嗟にそれらしい対応をしてごまかした。スマホ越しの鬱々とした声だったので、偽物の瀬川さんと声質が違っていてもわからなかった。

先島さんは国を想うよき官僚だと思っていたのに、残念でなりません」

　葵ちゃんの顔が、ぱあっと輝く。

「ということは、その人は偽者の瀬川さん、略して『二瀬川さん』なんだね」

「妙な略をするな。だいたい、証拠がないだろう！」

　叫ぶ瀬川さんに、大家さんは口の端を歪め、

「外務省に問い合わせて、あなたが本物か確認しましょう。そうなったら、言い逃れできませんよ。見逃してほしければ、さあ、王女に『自分の勘違いで、この人たちは本物の瀬川さん一家でした』と言うのです。そうすれば、国際問題は免れ――」

「その必要はありませんわ」

　澄んだ楽器の音色のような声で、流暢《りゅうちょう》な日本語が紡がれた。全員の視線が、一斉に声の主に向けられる。

　視線の先にいたのは――シーラ王女だった。

　王女が、日本語でしゃべってる……。

　目が点になるあたしたちには無頓着に、王女は続ける。

「お話は聞かせていただきました。その男は間違いなく、わたくしの義兄《あに》。貴国の外務省官僚ではありません」

　目を丸くした瀬川さんが、イリダル語でなにか叫ぶ。

「〈シーラは日本語をしゃべれたのか、バカな！〉と言っています」

王女は、にこりともせず通訳した後、

「お義兄《にい》さまが、日本人と組んで空売りで儲けようとしている。その情報は事前につかんでいましたが、よもや、このような手段で来るとは。趣向としてはおもしろいから、わざわざつき合って差し上げたのです。そうとも知らず、懸命に嘘通訳するお義兄さまは愉快でした。楽しませてもらいましたわ」

王女は続けて、イリダル語でなにか言う。瀬川さん……いや、ニ瀬川さんが真っ青になり、イリダル語でなにか捲し立てる。

「〈それだけはやめてくれ！　恥ずかしくて死んでしまう！〉と言っています。が、一週間、アレをぶら下げるくらいで、国王には内密にしてあげるのです。寛大な処置だと思ってもらわないと」

アレ？　ぶら下げる？　よくわからないけど、護衛に泣きながら引きずられていくニ瀬川さんを見るかぎり、深く考えない方がよさそうだ。

かくしてニ瀬川さんは退場した。この後、外務省に抗議が行って、先島さんにもそれ相応の処罰が下されるだろう。めでたしめでたしだ。

って、そんなはずない！

「ええと、王女。これはですね……この、その、あの、どの……」

大家さんは動揺のあまり、無駄にこそあど言葉を連ねている。偽家族であることは、とっくにばれていた。つまりは国際問題決定だ。あたしたちも、はらはらして王女を見つめる。

「もしかして、偽家族を演じたことを気にしてらっしゃるの？　なら、ご心配なく」

「ほ、本当ですか？」

「ええ。最初は義兄を弄《もてあそ》ぶだけ弄んだ後で、アメリカにご注進して日本の国際的信用を失墜させてやるつもりでした」

さらりと言ってるけど、大ピンチだったんじゃないか！

「でも、わたくしがリオさんを『伴リオ』だと言ったとき、みなで庇う姿を見て考えが変わりました。血はつながってなくても家族みたいにぴったり息が合ってましたもの——うらやましいかぎりです」

王女は悠然と席を立つと、優雅に頭を下げた。

「血のつながりがなくても、家族のような関係を築くことはできる——あなたたちに、それを教えてもらいました。さっきの義兄のような者もいますが、わたくしもほかの兄弟姉妹と、もっといろいろ話をしてみようと思います。ではみなさま、ご機嫌よう」

「待って」

背を向ける王女に、あたしは呼びかける。

「あたしたちが偽家族だと気づいていたなら、二瀬川さんになにを言われて、あんなに怒ったんです？」

「あなたたちがいつまでもボロを出さないので、義兄は焦ったのでしょうね。『聖域』に入ってきて、『黙っていようと思ったが、奴らは偽家族だ』と言いました。だから、こう返してやったのです。

『あんなすばらしい家族が、偽家族のはずないでしょう！』

あの後の義兄の狼狽《ろうばい》ぶりは、見物でしたよ。わたくしは義兄に怒っているのに、嘘通訳をして、あなたたちに怒っているように見せかけていました。一方で、なんとかあなたたち自身に偽家族だと認めさせ、わたくしに謝らせようと必死だったのです」

振り返った王女は、初めて年相応の、いたずらっぽい笑みを浮かべた。

「あなたたちのおかげで、楽しい時間をすごせました。なにか困ったことがあったら、いつでも連絡をください。イリダル国の名にかけて、お力になります」

運転してくれた二瀬川さんは捕まってしまったし、イリダル国にはほかに日本の免許証を持っている人もいない。タクシーを使うお金もないし、電車を乗り継いで帰ることになった。

「申し訳ありません」

駅までの道すがら、大家さんは深々と頭を下げる。

「今回の依頼は、私のモットーからはずれるので受けたくなかったのです。しかし先島さんが、外務省として海外の貧困問題に乗り出すと約束したので、ついモットーを曲げてしまいました。社会貢献に目が眩《くら》んだ私のミスです」

眩むもののスケールが大きすぎる。

「楽しかったからいいよ、大家さん」

「外務省から適切な謝礼金と口止め料をいただければ、私も気にしません」

「結果的にはすべて丸く収まったじゃないか。今回は俺も役に立ったしな」

「――知ってたの？」

話の流れを断ち切り、勇気を振り絞って切り出す。

「あたしが伴リオだと、知ってたの？」

『うん』

そろって返ってきた返事に、足がとまった。

「いつから？」

「最初からですよ。だからレンタル家族をお願いしたのです。あれだけの名演技をした子役なら、誰かに化けるのはお手の物でしょう」

「ぼくは二回目に会ったとき。ドラマの再放送で見たことある顔だったもの。だから、一緒にご飯を食べたかったんだ」

「私は、葵に言われて気づきました」

「俺は水季に教えてもらった」

水季さん、ごまかせてなかったのか。でも、

「だったら、どうして黙ってたの？」

「リオちゃんが、触れてほしくなさそうでしたから」

あっさりと、大家さんは言った。葵ちゃんは、にっこり笑って、

「ぼくたちはリオちゃんのおかげで、チロリアンハウスに住めるようになったんだもん。それくらいはしないと」

「あたしはなにもしてない。大家さんの名推理のおかげで――」

「リオちゃんがレンタル家族をして、みなさんのためにがんばってくれなかったら、私の出番もなかったでしょう」

大家さんの言葉に、葵ちゃんも陽之介さんも、真沙実さんすらも、当たり前のように頷いている。

その姿が、不意に滲んだ。

「しかし、みなさん、よく養女の話に合わせてくれましたねえ。冷や冷やしましたよ」

「もっとマシな嘘をつけ。俺も冷や冷やしたわ」

「私はちょうどよかったです。こんな大きな娘がいると思われるのは、本当は心外でしたもの」

「リオちゃんのためなら、あれくらいの嘘、どうってことないよ――どうしたの、リオちゃん？」

「……ううん」

この人たちは、あたしのことをわかってくれている。

ママとパパより、ずっと――。

俯きながら速足で歩いて、大家さんたちを追い越す。まだ人前で、すなおに涙を見せる気にはなれない。でも、

「ありがとう」

その一言が、自然とこぼれ出た。

第五話　家族なんかじゃない？

1

「大家さんは何者だと思う？」

陽之介さんが唐突《とうとつ》に切り出したのは、夕食の席。あたしと真沙実さんがつくったカレーライスを、みんなで食べているときのことだった。

一ヵ月前、あわや国際問題に発展という騒動に巻き込まれてから、あたし——五月女リオが、みんなとご飯を食べることは珍しくなくなった。特にルールを決めたわけではないけれど、食材費はみんなで出し合い、手の空いた人がその日の食事をつくることが習慣になっている。

「何者って、チロリアンハウスの大家さんじゃないの？」

今日も完全無欠の美少女顔の葵ちゃんが、かわいらしく首を傾《かし》げる。

「無論そうだが、あの男、ただ者ではないと思わんか？」

それはあたしも、前々から気になっていた。

一緒に暮らしているけれど、あたしたちは家族ではない。シェアハウス「チロリアンハウス」の入居者だ。設計ミスで外から見た印象より天井が低かったり、廊下が短かったりするけれど、設備は最新鋭。暮らしやすい家である。

「大家さん」というのは、チロリアンハウスの大家の名前。この人が「社会貢献です！」と始めたのが、レンタル家族だ。なにかの理由で一時的に家族がほしい人のために人材を派遣するサービスで、これに協力する代わりに、あたしは家賃を格安にしてもらっている。

このことだけを見れば、「ちょっと変わった形で社会のためにがんばっている人」で説明がつくのだけれど、大家さんは信じられないくらい頭がいい。あたしがレンタル家族をやって妙な事件に巻き込まれる度に、見事なまでに、ことごとく解決している。しかも、国家機密の流出を防いだことまであるらしいのだ。

なお、当の本人は本日、十日後に迫ったクリスマスイブのパーティーの買い物に行っている。

「無論、悪い男ではないし、格安で住居を提供してくれたことに感謝もしている。が、正体がわからんのは引っかかる。シェアハウスを始める前はどこでなにをしておったのかも謎だ。レンタル家族も、客を選んでおるようだしな」

「選んでるって?」

「リオさんがおらんときに依頼を断ったことが、二度ほどあるんだよ」

一人は「さみしいので、一緒に遊んでくれる妹のような人をレンタルしたい」という女性。

もう一人は「喧嘩別れした娘に代わって、絵のモデルになってほしい」という男性。

「どちらもアポなしで押しかけてきたようだが、大家さんは『該当する人材がいません』と断っておった」

依頼を選《え》り好みしているってこと? そんなの、「社会貢献」らしくない。

「リオさんは、大家さんと一番つき合いが長い。心当たりはないか?」

「長いといっても、真沙実さんたちより一ヵ月早く入居しただけですから」

「悪い男でなくて、格安で住居を提供してくれたことに感謝しているなら、それでいいじゃありませんか」

真沙実さんが、ほわほわした口調とは裏腹に、自分と葵ちゃんのお皿にお代わりのカレーをすばやくつぎながら言う。

「私は大家さんが何者であろうと、詮索するつもりはありません。これだけ設備の整った家で、葵をかわいがってくれる人たちと暮らせるだけで、シングルマザーとしてはありがたいかぎりですから。ここに来る前より、ずっと幸せです——ねえ、葵」

「うん。リオちゃんや陽之介さんとも会えたしね」

真沙実さん、葵ちゃん――。

口に出すのは恥ずかしいけれど、あたしも、みんなに会えてよかった……。

「これで食材費をリオさんと陽之介さんが毎日全額負担してくだされば、幸せの絶頂を迎えることができますわ」

真沙実さんのこういうところがなければ、もっとよかったんだけどね。


「今日はリオさんたちが夕飯をつくってくれたから」と言う陽之介さんに片づけを任せて、あたしは二階の部屋に戻った。真沙実さんは、葵ちゃんとお風呂に入っている。

結局、大家さんの話は有耶無耶《うやむや》になってしまったけれど、本当にあの人は何者なんだろう？　レンタル家族の依頼を断っていたのも不可解だ。

本当に社会貢献で始めたのだろうか、レンタル家族？

「どうしました、リオちゃん？」

「ぎゃっ！」

いきなり廊下から曲がってきた大家さんに、妙な声を上げてしまう。全然気配を感じなかった……って、前もこんなことがあったな。

「いつの間に帰ってきたんですか」

「ついさっき。それより、どうしたのです？　随分ぼーっとしていたようですが」

「なんでもありません」

「あなたが何者か考えていたんです」と言ったところで、はぐらかされるだけだ。

「大家さんこそ、どこに行ってたんですか？　クリスマスパーティーの買い物にしては、随分遅かったですね」

「お久しぶりの人に会っていたのですよ。明日、ここに来るそうです。リオちゃんも、きっと会いたい人だと思います」

「誰です？」

「明日のお楽しみ」

大家さんは、真ん丸の顔になにかを企《たくら》んでいるような笑みを浮かべて、一階に下りていった。お久しぶりで、あたしも会いたい人？　まるで心当たりがない。

でも、ちょっと楽しみかも。


「お久しぶりですね、大家さん」

玄関に立っていたのは、暗闇から抜け出てきたような女性だった。

長袖のシャツも長いスカートもハイヒールも、手にしたバッグもすべて黒。腰まである長い髪も黒。なんだか魔女っぽい。

あたしが偏屈な漫画家の「妹」をやったときに遭遇したストーカー女、香さんだ。あの事件の最後で、急転直下、大家さんにほれて、でもうまく追い返して、それきり姿を見せなかったのだけれど……。

「な……なぜ私の家がわかったのです？」

大家さんは、泡を食っている。

「インターネットの裏サイトで情報を集めました。あれから四ヵ月、大家さんのことを忘れようと必死でしたけど、やっぱり無理でした。そういうわけですから、結婚してください。子どもは女の子一人、男の子二人がいいと思います」

なにが「そういうわけで」なのか知らないが、家族計画込みで大家さんに迫ってくる香さん。さんざん押し問答になったけれど、大家さんが「これから警察官の知り合いが来るのでお引き取りください！」と適当なことを口走ると、

「では、今日のところは失礼致します。警察官にかかったら、私は逮捕されないまでも、厳重注意を受けてしまいますから」

一応、自分の言動が法に触れそうだという認識はあるらしい。

香さんが帰ると、大家さんは額の汗を拭《ぬぐ》いながら息をついた。あたしは、白々と、

「まさか香さんが、あたしが『きっと会いたい人』じゃないでしょうね？」

「そんなはずないでしょう。私だって彼女とは、二度と会いたくありませんでした。ま

さか、ここに来るなんて――」

　大家さんが言っている最中に、インターホンが鳴った。

「今度こそ間違いありません」

　スコープから外を覗いた大家さんが、ドアを開ける。そこに立っていたのは、

「久しぶりだな、リオ」

　長い前髪に無精ヒゲ、こけたほお。着ているのは紺色の着流し。その上に黒い羽織。

見た目は、早死にした文豪――漫月さんは、あたしを見るなり言った。

「……お久しぶりです」

「どうしたのです、リオちゃん？　苦虫を嚙みつぶしたような顔をして？」

　大家さんの問いに、あわや「嫌な思い出しかないからです」と返しそうになる。

　さっき来た、香さんが絡んできたときの依頼人である「偏屈な漫画家」が漫月さんだ。

顔も年齢も本名も非公表の覆面漫画家。新作のキャラクターのモデルになるため、この
人の家に「妹」として通ったのが四ヵ月前。

　あのときのことは、思い出したくない。

「びっくりして、こんな顔になっちゃったんです」

　なんとか笑顔をつくって苦虫を追い出し、リビングに移動する。

「漫月さん、今日はどうしたんですか？」

「リオのおかげで、俺の新作『フォーチュン・シスター』は大人気だ。が、さらに人気を高めるため、もう一度リオをレンタルできないかと思ってな」

「あたしで経験できる妹萌えは、もう充分でしょう」

「大家さんからもそう言われた。が、聞けばこのシェアハウスは入居者が増え、幅広い年代の人が暮らしているそうじゃないか。シェアハウスは、似たような年齢、境遇の者たちが暮らすのが一般的。この家は、非常に興味深い」

「というわけで、作品の参考にするため見学したいのだそうです」

「でも、今日はみんな出かけてますよ」

あたしはバイトが休みだけれど、葵ちゃんは朝から友だちの家にお呼ばれ。陽之介さんはお孫さんのところ。

真沙実さんは、最近パートで通い始めたデパートの化粧品売り場の同僚と昼食会で、昼前に出かけていったが、まだ帰ってこない。そろそろ四時なのに。

いつもは飲み会に行っても、割と早く帰ってくるのだけれど。

「むしろ好都合だ。家族でない者たちが、どのような顔をして『我が家』に帰ってくるのか観察したい。この俺に観察されるのだ。事前の許可は不要だな」

まったく変わってないな、この人。誰が来るか楽しみにしてたのに、考えられるかぎり最悪の人が来た。

ピンポーン
内心でため息をついていると、インターホンの音がした。

「お届けものですかね」

あたしと漫月さんを残し、玄関に行く大家さん。

「入居者が帰ってくるまで、お前をモデルに、主人公をいじめる新キャラでも考えるとしよう。腰に右手、口に左手を当てて『おーっほっほっほっ』と笑ってみろ」

「やりません」

「お前のプロ意識は見上げたもの。きっとやれるはず」

「仕事でもないのにプロ意識を期待しないで！」

「勝手に入られては困ります！」

突如、大家さんの狼狽した声が聞こえてきた。次いで、廊下をどたどた歩く音。

「困る理由などないはずです。私は、あの子の母親なのですよ」

「そうは言ってもね、リクさん……」

「あなたは黙ってなさい」

この人たちの声は……まさか？

リビングに、二人の男女が入ってきた。

女の方は、長身のモデル体型。髪は長く真っ直ぐで、妖艶《ようえん》な雰囲気だ。丸眼鏡《まるめがね》の向こうにある吊り目からは、冷たい知性が感じられる。

男の方は小柄。女性とは対照的に、癖の強い髪。口許には、気弱そうな笑みが浮かんでいる。

「帰りますよ、リオ」

「リクさん、そんな単刀直入に言わなくても……」

「持って回った言い方をすることに、必要性を感じませんから」

「そうだね、リクさんの言うとおりだ——ああ、リオ、久しぶり」

「ママ……パパ……」

漫月さんよりも、はるかに最悪の人たちがやって来た。

2

数分後。あたしは漫月さんと、物置にいた。

リビングを出て廊下を右に進むと、二階に続く階段がある。物置は、その陰に位置する、六畳ほどの部屋だ。すぐには使わないものをしまっておく場所で、整理魔の大家さんが、物の出し入れをすることが多い。

いまは入口の傍に、どこにあったのかわからない、これまで見たことがない黄色いソファが一つと、奥に、空のカラーボックスが積んであるだけ。

ちなみに玄関は、リビングを出て左手だ。

「この部屋からなら玄関が見えるな。帰ってくる入居者を観察できるわけだ」

満足そうに漫月さん。

……長生きするわ、この人。

ママとパパが現れて、リビングの空気は一気に緊迫した。動けないあたしと、あたしをじっと見つめるママとパパ。その傍らで、大家さんと漫月さんは、なにやらこそこそ話をしていた。最初は小声だったけれど、段々と大きな声になり、

「ですから先生。リオちゃんのご家族がいらしたので、今日のところは――」

「関係ない。入居者を観察できる場所に連れていけ。俺は体力のない漫画家。こんなところで長い時間、立っていられると思うなよ」

「仕方ありませんね。ここにいられても困りますから、物置に――」

「あたしが案内しますよ、大家さん」

ママがなにか言う前にあたしはリビングを出て、漫月さんを物置に連れてきたのだ。

みんなの部屋は二階にあるので、帰ってきたら必ず物置の前を通ることになる。

「小さな窓が一つあるだけ。電気をつけなければ薄暗くて、創作意欲が湧くな」

漫月さんは黒い羽織を脱ぐと、半開きにした物置のドアにかけた。次いで、物置の中

から顔を半分だけ覗かせる。

「入居者が帰ってきたら、こうやって観察させてもらおう。こっそりとな」

「どこがこっそりですか。羽織も目立ちます。ハンガーを持ってきましょうか」

「こちらに注目するように、敢《あ》えてここにかけたんだ。住み慣れた『我が家』に闖入者《ちんにゅうしゃ》がいるときの表情が見られていい。あとは一人で大丈夫だ。戻ってくれていいぞ」

「でも――」

「早く一人になりたい。さっさと行け」

本当に長生きしそうだな、この人！

気は重いけれど、覚悟を決めてリビングに戻ることにする。

「よくわからんがファイトだぞ、リオ。意地悪な母親に負けるな！」

こんなときに、なんでそんなことを叫ぶんだ？　無視してリビングに入ると、ママとパパはテーブルについていた。ママは丸眼鏡の向こうから、冷たい目を向けてくる。

「初対面の女性を意地悪な母親呼ばわりとは、独特のユーモアセンスをお持ちの方ね」

聞こえてたか！

「ファイト、ファイト！」

漫月さんの声がまだ聞こえてきて、さらに雰囲気が悪くなる。立ちすくんでいると、キッチンから「ピーッ」という薬缶《やかん》の音が響いてきた。火をとめる音に続いて、大家さんがカップを出したり、ポットにお湯を注いだりする音が聞こえてくる。あたしたち親子は言葉を交わさぬまま、その音に耳を澄ましていた。

「お待たせしました」

大家さんがキッチンのドアを開け、トレイに紅茶のカップを四つ載せて出てきた。ママは表情を変えぬまま、小さく首を傾げる。

「四つあるということは、あなたも同席するおつもりでしょうか」

「はい。ご挨拶が遅れましたが、この家の大家の大家です」

ややこしい自己紹介に目を白黒させるパパ。でも、ママの方はあっさりと、

「ご丁寧にありがとうございます。私は五月女リク。こちらは夫です。ただ、これは五月女家の問題。私は母親として、一刻も早くリオを連れ帰りたいのです。大家さんが大家であっても、同席はご遠慮ください」

「しかし私は、リオちゃんと賃貸契約をしています。出ていくのかどうか、気になるのですよ」

大家さんは、あたしに気を遣ってくれているんだろう。でもママは、いつものように指先で眼鏡をコンコンたたいた末に、

「なるほど。以降の家賃収入に影響が生じ、この家の維持管理に支障を来すおそれがあるわけですね。納得しました。もとはと言えば、私たちは急に押しかけてきた身。大家

さんには同席の権利があります。どうぞお座りください。勝手を言って、誠に申し訳ございませんでした」

ロボットが原稿を読み上げるように淀みなく言った。さすがの大家さんも、ちょっと戸惑い気味に、ママの向かい側の椅子に座る。

恥ずかしくて、耳たぶまで熱くなってしまう。

大家さんの隣に腰を下ろしながら、ママの顔をそっと覗き見る。

自分の母親ながら、若い。四十歳をすぎているのに、外見は三十歳前後だ。二歳年下のパパの方が、ずっと年上に見える。

五月女リク。子どものころから日本人離れしたプロポーションで、モデルとして活躍していた。当時のあだ名は「サイボーグモデル」。ただし本人は女優志望で、十八歳のときモデル卒業を宣言。最初のころは、ものすごく期待されていたらしい。

でも本人の意気込みとは裏腹に、女優の才能はかわいそうなほどなかった。ロボットみたいなしゃべり方しかできなかったのだから仕方がない。あまりの棒読み演技は世間のネタとなり、仕事は激減。二十四歳のときに「女性としての幸せを選びます」と、まだ学生だったパパと結婚して芸能界を引退した。

女性としての幸せなんて言い訳。自分の才能に見切りをつけただけで、我が子に夢を託した方がいいと判断したんだろう。

あたしのステージママと化したのが、その証拠だ。

気を落ち着かせたくて紅茶を一口すすったけれど、熱すぎて飲めたものじゃなかった。

「どうしてここがわかったの?」

「住民票を調べれば、転居先は簡単にわかるからね。元気そうでよかったよ」

穏やかに微笑むパパ。対してママは、まったく表情を変えず、

「私はリオがどこでなにをしようが、一切関知しないつもりでした。でもパパからシェアハウスで暮らしていると聞き、驚いて飛んできたのです。まさか、一人では家賃を払えない赤の他人同士が集団で暮らす場所に住んでいるとは」

「それはシェアハウスに対する偏見ですね」

大家さんが言う。

「シェアハウスは設備が整っている分、家賃が割高なところが多い。単身世帯が増えている我が国の、新しい住まいの形なのです」

「言われてみると、この家も随分きれいですものね。私の偏見を正していただいたことには、感謝申し上げます」

ママは、頭をきっかり三十度下げてから、

「が、『赤の他人同士が集団で暮らしている』という認識の方は間違っていないと思うのですが、いかがでしょうか」

「間違ってはいませんが、赤の他人でも、暮らしているうちに親しく……」

「親しくなっても、赤の他人であることに変わりはありませんよね」

「それは、まあ」

「では、リオ」

ママの吊り目が、あたしに向かってくる。

「『伴リオ』ともあろう者が、赤の他人と一緒に暮らしているとわかっては、ファンの夢を壊します。可及的速やかに、我が家に戻りなさい。大家さんにも、その意思を示すのです。必要な費用は、すべてママとパパが払います」

「なんであたしがシェアハウスに住んでたら、ファンの夢を壊すことになるの？」

「一般の人がシェアハウスに住む分には、なんら問題ありません。が、あなたは消えた子役扱いされている。この上、まだ一般的とは言い難い形態の住居に住んでいるとなれば、おもしろおかしく騒がれることは必至だからです」

飛躍だらけの論理なのに、冷静すぎる口調のせいで反論できない。このしゃべり方が、子役時代は頼もしくて、仕事がなくなってからは重荷だった。

なにも言えず、唇を噛みしめる。まさかチロリアンハウスで、こんなシリアスなことに……。

「ただいま！」

玄関から、葵ちゃんの声が聞こえてきた。

「お腹空《す》いたー。なにか食べるものない？」

ひょい、とリビングを覗いて葵ちゃん。今日は長い黒髪を、一本の三つ編みにまとめている。あたしたちを見て、即座に空気を察したらしい。ママとパパに「こんにちは」とにっこり微笑むと、「やっぱり先に宿題をやるね」と言い残し、リビングから出ていった。

「随分かわいい子だな……」

「ええ。美少女という言葉の見本のような少女ね。彼女はどういう子なの、リオ？」

「あ、あたしは、ここを出るつもりはないからね」

葵ちゃんから話を逸らしたい気持ちをエネルギーに、やっと自分の意思を口にする。

「リオさんは、入居者たちとも大変仲よくやっています。ファンに知られても、夢を壊すことはありませんよ」

大家さんも加勢してくれる。ママは、指先で眼鏡をコンコンたたき、

「では訊くけど、リオ。家賃はどうやって払っているの？」

「バイトだよ。レストランの厨房で働いてる」

「なんというお店？」

嫌な予感を抱きつつ、店の名前を答える。ママは、眼鏡をたたきながら、

「値段が安いこと以外は取り柄がないチェーン店よね。従業員を酷使するブラック企業としても知られている。『伴リオ』がそんなところで働いているなんて、やはりファンの夢を壊すことになります」

そのとおりだ。マニュアルから少しでもずれたことをしたら容赦なく怒鳴られるし、時給が高いわけでもない。

でも、こんな言われ方は腹が立つ。

「――レンタル家族だってやってるんだよ」

「レンタル家族?」

「そう。事情があって一時的に家族がほしい人のところに人材を派遣するサービス。これまで、萌えキャラの参考にするため妹になったり、シングルマザーの家でお姉ちゃんになったり、ご老人の隠し子になったりした。みんな喜んでくれたし、家賃も安くしてもらって……」

眉間にしわを寄せるママを見て、我に返った。しまった。この人が、自分の知らない仕事に理解を示すはずがない。

「家賃が安くなるということは、『大家さんがやらせている』という認識でよろしいでしょうか」

「ええ。社会貢献のために……」

「率直に申し上げて、私には理解できません。家族をレンタルするなど、いかがわしいことこの上ない。そんなサービスが社会貢献になるとも思えません」

「ママの頭じゃ理解できないだろうけど、依頼人の役に立ってるの！」

ママは、瞬《まばた》きすらせずあたしを見つめる。あたしはそれを、挑発的に見つめ返す。おろおろするパパの姿が、視界の片隅に見えた。

緊迫感に充ち満ちた沈黙は、たっぷり二分は続いただろうか。

「リオの言い分は、よくわかりました」

ママは、冷静な口調のまま続ける。

「他人の家族を演じる度胸があるなら、ヌードにもなれるわよね」

再び、耳たぶまで熱くなった。

「なんでいま、その話を持ち出すわけ？」

「そうだよ、リクさん。なにも大家さんの前で……」

「どうせ噂になっていたし、大家さんにも知っておいてもらった方がいいでしょう」

「そうだね、リクさんの言うとおりだ」

あっさり前言を翻すパパ。

ママに対しては、いつもこうだ。

「この子は女優の才能があるのですよ、大家さん。同世代の少女たちと較《くら》べると成長が少々遅くて『大人の演技ができない』とレッテルを貼られてしまいましたが、挽回《ばんかい》は充分可能。だからヌードの企画を進めたのです。大人の女優として認められる最後のチャンス。どうかわかってください。この子を、ここから出してやってください」

「あたしは、自分の意思で出ていかないと言ってるの！」

いつもの大家さんなら「ヌード？　リオちゃんが？　そんな色気がないものに商品価値があるとは思えませんねえ」などと笑いそうな場面なのに、黙っている。とても言える雰囲気ではないんだ。ああ、今度こそシリアスに……。

「ヌード？　リオさんが？　そんな色気のないものに商品価値があるとは思えんぞ」

振り返ると、陽之介さんがリビングの入口で呵々《かか》と笑っていた。

ママを相手にすることに頭が一杯で、帰ってきたことに気づかなかった。

「二十歳《はたち》とは思えんくらい、子どもっぽい外見をしておるからな。無理にヌードになることもあるまいて」

ああ、陽之介さん。

葵ちゃんですら空気を読んだのに、あなたって人は……。

大家さんは慌てて、

「陽之介さん、すぐ部屋に戻ってください。いま、大切な話をしているのですから」

「大切な話？　そこにいる人たちはどなた——うん？　もしや五月女リク？　棒読み演

技で有名な……あっ！」

　とどめに失言かよ。

　ママの顔が、ゆらりと陽之介さんに向けられる。さっき眉間に寄ったしわは、さらに深くなっていた。

「速やかに謝罪を要求します」

「す……すみませんでした。でも俺は、あんたの演技は味があってなかなか……」

「私にではない、娘への謝罪です。確かに外見だけを見れば、私の遺伝子を継いでいるとは思えないほど色気は皆無。しかしそんなものは、仕草や表情で充分にカバーできる。それを証明して、大人の女優に脱皮したことを世間に知らしめるためのヌードなのです。それを『商品価値がない』とは。娘を愚弄するにもほどがある！」

「も……申し訳なかった、リオさんっ」

　陽之介さんは必死に頭を下げて、リビングから逃げていった。

　大家さんが、あたしを見る。「愛されてますね、リオちゃん」と目が言っている。

「リオは、ママに愛されているんだよ」

　パパは、はっきりと口にする。そんなことはわかっているんだ。だからこそ……。

「私は愛していますが、リオにはそれが伝わっていないのでしょう。私がヌードの話をしたとき嘘泣きしたのが、その証拠です」

ああ、やっぱりこの人は――。

お風呂を覗かれたときや、無理やり水着を着せられそうになったときや、ヌードモデルになっているという噂について言われたときに思い出しそうになって、必死に封じ込めていた記憶が、まざまざと蘇る。

大家さんと会う、少し前のこと。

友だちの家を泊まり歩いていたあたしは、コンビニで偶然、週刊誌の記事を読んだ。ヤンキーになったあたしの写真を掲載し、ママのこともおもしろおかしく小バカにした記事だった。

このままじゃ、いけない。

迷った末に、金色に染めていた髪をばっさり切って黒く染め直し、久々に家に帰った。ママに話したいことはたくさんあった。

でも、あたしの顔を見るなり、ママは言ったのだ。

――仕事が入ったわ。ヌード写真集よ。恥ずかしがる必要はありません。絶対、話題になる。あなたが大人の女優に脱皮したことを、世間に知らしめてやりましょう。

それを聞いて、あたしは――。

「リオちゃんが嘘泣き、ですか」

「ええ。不良になったことはマスコミに知られたから、清純派女優としての再起は不可能。だから最後の切り札として、大手出版社にヌードの企画を持ち込み、話をまとめたのです。それに対するこの子の答えが、嘘泣きでした。泣く演技はお手の物ですから」

——五月女さんって、伴リオだろう？　号泣の演技、すごかったよ。

水季さんの声が蘇る。

——あなたの演技を見て、嘘泣きをする子が増えているんです。『リオる』と言われて、我が国ではちょっとした社会現象になってますのよ。

シーラ王女の声も蘇る。

そう。最初に出演したドラマの演技が評価されてから、あたしは泣く演技を得意にしてきた……。

「嘘泣きではなく、ヌードになるのが嫌で泣いたのではありませんか」

「いいえ。嫌なら嫌と、はっきり口にするよう教育してきました。私を信じてついてくるようあれほど言ったのに、嘘泣きで拒否するなんて——」

「うるさい！」

感情に火がついた。立ち上がった勢いで、椅子が倒れる。

「人の気も知らないで好き放題言って。さっさと帰れ。二度と顔を見せるな」

「リオ、ママは君のためを思って——」

「パパも黙って」

「反論できないと、怒って追い返す。愚かね。私の娘とは思えない」

「あたしも、あなたが母親とは思えない。『伴リオ』なんてふざけた芸名も、よさがわからない。オードリー・ヘップバーンと響きが似てるから？　全然似てないんだよ！」

「リオちゃん、少し落ち着きましょう」

大家さんの穏やかな声で、叫ぶのをやめた。倒れた椅子を立てて、座り直す。深呼吸を繰り返しながら見ると、パパは「どうしていいかわからない」という顔をして黙っていた。ママは、指先で眼鏡をコンコンたたいている。いつもよりたたくペースが速いし、あたしの方を見ようともしない。

——リオは天才よ。必ずオードリー・ヘップバーンのような、すばらしい女優になれる。ママを信じてついてくるのよ。

ママの興奮した声が、ふと蘇った。

重苦しい沈黙が落ちる。今度の今度こそ、シリアスに……。

「リオさんが、二人いる？」

マシュマロみたいにふわふわした声が、沈黙を破る。

リビングの入口に、真沙実さんが立っていた。「ただいま」も言わずに帰ってきたらしい。

……って、なにを言ってるんだ、この人？

真沙実さんは真剣な面持ちで近づいてくると、あたしとママを交互に見つめ、

「こっちはいつものリオさん、こっちは眼鏡をかけたリオさん……え？　どういうこと？　双子？」

「母です」

冗談かと思ったが、真沙実さんは大真面目な顔のまま「まあまあ」と両手をほおに当てて、深々と頭を下げた。

「娘さんには、いつも大変お世話になっております。こんないい子に育てるなんて、すばらしいお母さまだと常々思っていたのですよ。お会いできて光栄ですわ」

猫被ってるなあ、真沙実さん。ママはすっくと立ち上がり、頭を三十度下げる。

「こちらこそ、いつも娘が大変なご迷惑をおかけしていることと存じます」

「あらあら、ご丁寧にどうも――ああ、大家さん。今夜は私がみなさんのご飯をつくりますからね。もちろん、食材費は私持ちで」

真沙実さんは、普段は決して口にしない台詞を言うと、優雅な足取りでリビングから出ていった。

ママの表情は変わらない。でも「礼儀正しい人ね」という呟きは、心なしかやわらかくなっていた。見え透いたお世辞だけれど、怒気も毒気も少し抜かれたみたいだ。

その隙を突くように、大家さんが言う。

「一旦落ち着きましょう。よろしかったら、紅茶をお召し上がりください」

言われて気づいた。カップにいれられた紅茶は、すっかり冷めている。誰ともなく口をつける。無言のお茶会は微妙な緊張を孕んでいたけれど、あたしもママも、さっきよりは冷静になっていた。

「そういえば、漫月先生はどうしてますかね。もうみなさんが帰ってきたから、観察は終わったのではありませんか。リオちゃん、ちょっと行ってきてください」

「はい」

駆けるようにリビングから出る。偶然とはいえ、葵ちゃんたちがタイミングよく帰ってきてくれたおかげで、シリアスに呑まれずに済んだ。やっぱり、この家にそんな雰囲気は似合わない。漫月さんが戻ってくれれば、ママもバカバカしくなって、今日のところはおとなしく帰ってくれるかも。

物置のドアには、黒い羽織がかかったままになっていた。漫月さんの姿はない。

そのとき、ふと疑問が浮かんだ。

漫月さんが物置から覗いていれば、みんな、階段を上る前に気づくはず。黒い羽織がドアにかかっているから、そちらを見ないはずもないし。

なのに、どうして葵ちゃんたちは声一つ上げなかったんだろう？

廊下には、換気用の小さな窓がある。わずかに開いたその隙間から、冷たい風が舞い込む。黒い羽織が命を持っているかのように、微かに揺れている。漠然とした不安を抱きながら、「漫月さん」と呼びかけ、物置を覗き込む。

返事はなかった。

「漫月さん？」

室内に足を踏み入れた瞬間、息を呑む。奥に並んだカラーボックスの陰に、誰かが倒れている。

「漫月さん！」

カラーボックスの陰を覗き込んだあたしは見た――俯《うつぶ》せに倒れた漫月さんを。

背中の真ん中から、派手に出血している。

傍に転がっているのは、大振りのナイフ。

壁には、大家さんが描いた絵が貼られている。「ゴミの出し方や、お風呂の使い方をわかりやすく描きました」と胸を張っていたけれど、あまりに絵心がなくて不評で、物置に追いやられた絵だ。

それが、ナイフが抜かれたときの出血で、真っ赤に染まっていた。顔は見えないけれど、この出血だ。間違いない。

漫月さんは、死んでいる。

ふらふらと後ずさり、一人がけのソファに倒れ込む。スプリングが壊れているらしく、座面がべこりと凹《へこ》む。それでスイッチが入った。

「――――っ！」

あたしの悲鳴が、チロリアンハウスにこだました。

3

「ここから出ましょう！」

駆けつけた大家さんに言われて、リビングに連れてこられたことは覚えている。その後の記憶は曖昧だ。

気がつけば、あたしは椅子に座っていて、テーブルには冷たい水が入ったコップがあった。ママとパパだけじゃなく、葵ちゃんと陽之介さんの姿もある。

「真沙実さんはどうしました？」

大家さんが、葵ちゃんに訊ねる。

「ママ、帰ってるの？　部屋には来てないよ」

「失礼。トイレに行っていました」

そう言いながら、リビングに入ってくる真沙実さん。

「随分と騒がしいですが、なにかあったのですか」

「信じられないことですが、殺人事件が起こりました——この家の中で」

殺人事件——大家さんはそう言ったけれど、本当なの？　この家で？　人が死んだ？

シリアスなんて言葉じゃ生ぬるい、この上なく深刻な事態じゃないか。

「一刻も早く警察に通報すること。それが大家たるあなたの責務ではありませんか」

少し青ざめてはいるが、ママは冷静だった。

「それは待ってください」

大家さんが強ばった顔で、漫月さんのことと、物置で刺されていたことを話す。

「廊下の窓は開いていましたが換気用で、人が通れる大きさではありません。物置の窓も閉まっていました。玄関も鍵がかかっているから、出入りできるのはみなさんだけ。外部犯の可能性はない。犯人は、みなさんの中にいるとしか考えられないのです」

「凶器は？」

陽之介さんが、硬い顔をしながら訊ねる。

「ナイフです。少なくとも私は、見たことがないものでした」

「ならば、自殺の可能性もある。なぜ人様の家の物置で命を絶ったのかはわからんが、俺たちの誰かが犯人と考えるよりは、よほど腑《ふ》に落ちる」

「漫月先生は背中を刺された上に、ナイフを抜かれていたのです。一人でそんなことができるはずありませんし、する意味もない。自殺はありえない。そもそも物置には、ソファと空のカラーボックス以外なにもありませんでした。先生がナイフを隠し持っている様子もなかった。第三者がナイフを持ち込んだことは確実です」

「だが、俺と真沙実さん、葵ちゃんは、その漫月さんとやらに会ったこともないんだ。リオさんのご両親も同様だろう。リオさんと大家さんだって面識はあっても、彼を殺すほど恨んではいまい。我々には全員、動機がない」

「しかし犯行の機会があったのは、この家の中にいる者だけ。それもリオちゃん、葵ちゃん、陽之介さん、真沙実さんの四人に絞られる。これは厳然たる事実です」

「どうしてママとパパと、大家さんは除外されるの?」

まだ少し呆《ほう》けていたけれど、あたしは訊ねる。

「リオちゃんが漫月先生を物置に送って戻ってきたとき、ご両親はこの部屋にいましたよね。それから先生の死体が発見されるまで、ご両親は一歩も外に出ていない。私もキッチンに行っただけ」

「キッチンのドアを閉めとったんだろう? なら、こっそり抜け出たのかもしれん」

陽之介さんの指摘に、大家さんは首を横に振る。

「キッチンからは、リビングを通らないとどの部屋にも行けないでしょう」

確かにママとパパ、大家さんは白確定だ。

「共犯や、誰かが犯人を庇っている可能性は無視してよいでしょう。それなら死体をあんなところに置いておくはずがないし、外部犯に見せかける工夫をするはずですから」

ママが指先で眼鏡をコンコンたたき始める。それには構わず、大家さんはあたしたち四人を見回す。

「だから私は、警察に通報したくないのです。どうか自首してください。少しは罪が軽くなるはず」

「いつもみたいに推理すればいいじゃない」

「みなさんを告発するなんて、私にはできませんよ」

ようやく頭がはっきりしてきたあたしに、大家さんは重々しく言った。

なるほど。警察を呼ばないのは、そういうことか。

容疑者は、あたしを含む入居者四人。全員が一度は物置に近づいているから、誰もが犯行の機会があって、同じくらい怪しい。

子どものころ読んだ、アガサ・クリスティーの『ひらいたトランプ』と、ちょっと状況が似ている。

大家さんがよく物の出し入れをしているから、半開きになったドアに羽織がかかっていてもちらりと見るだけで、物置に入らなかったのだろう——犯人以外は。これは、そういうシチュエーション。

……なるほどね。

「どうでしょう？　自首してもらえま――」

「リオ、帰りますよ」

大家さんが言い終える前に、ママは言った。

「帰るもなにも、ここがあたしの家だから」

「あなたは昨日の時点で、退去していたことにします」

は？

「みなさんも、そういうことでお願いします。リオは、これから芸能界に復帰するんです。殺人事件の現場にいたことが知られ、よからぬ噂を立てられては迷惑千万。ご希望の金額をお支払い致しますので、後ほど請求なさってください」

「でもリクさん。警察に知られたら、却ってリオが疑われるよ。いっそ、リクさんが推理したらどうかな。頭がいいんだし」

「いくら私の頭脳が明晰《めいせき》でも、初対面の人たちの行動を推理するのは無理よ」

「あたしが真相を突きとめれば問題ないでしょう、ママ」

ママが、冷たい眼差しを向けてくる。

「これはゲームではないのよ」

「ゲームと同じだよ、あたしにとっては」

「リオちゃんの言うとおり、ゲームと考えないとやってられないよ」

「そうだな。ゲームと割り切るしかないな」

あたしに続いて言う葵ちゃんと陽之介さんに、ママは、珍しく驚いた顔をする。

あたしたちの気持ちなんて、きっとわからないだろう。

ただ一人、真沙実さんだけは無言でテーブルを見つめていた。「リオさんが退去していたことにすれば、いくらもらえるのかしら」と頭の中で計算しているのだろうか。

「この家の大家としては、あくまで自首してほしいのですが」

「でも誰も自首する気配がない。なら、あたしが推理するしかないでしょう」

「それはそうですが……」

「やめなさい、リオ。いますぐ帰ります」

「まず、あたしは犯人じゃありません」

ママを無視して言い切る。大家さんは不審そうに、

「なぜ、そう言えるのです?」

「ナイフを抜かれたせいで、物置には大量の血が飛び散っていました。当然、犯人も返り血を浴びたはず。あたしが物置に行ったのは、漫月さんを連れていったときと、死体を発見したときの二回。そのどちらも、返り血を拭う時間も、着替える時間もなかったからです」

「確かにそうですね」

白確定の大家さんが認めたことで、誰からも反論は出なかった。

これであたしも、白確定。

「リクさん、リオをとめなくていいのかい？」

「……本人がやりたいというなら、仕方ないでしょう」

ママは一転して、醒《さ》めた顔をしながら腕組みをする。

――ママなら、そう言うと思った。

「犯人じゃないことがはっきりしたから、あたしが探偵役をやっても構いませんね。じゃあ、みんなの話を聞かせて」

葵ちゃん、陽之介さん、真沙実さんに目を向ける。

「漫月さんは、自分の漫画の参考にするためにみんなのことを観察しようとしていました。物置から覗くと言っていたけれど、隠れる気がゼロだったから、階段を上る前に絶対に気づいたはず。今日、家に帰ってきたのは、葵ちゃん、陽之介さん、真沙実さんの順番です。時間はたぶん、五分おきくらい。誰が帰ってきたときに漫月さんがいなかったかがわかれば、その前に帰ってきた人が犯人ということになる」

「でも、ぼくが帰ってきたときには、誰もいなかったよ」

え？

「一番最初に帰ってきたのは、ぼく。そのとき物置のドアは開いていたけど、覗いている人なんていなかったよ。でも、その前に物置に行ったリオちゃんは犯人じゃない。もちろん、ぼくも犯人じゃないよ」

「陽之介さんのときは、どうでした?」

「誰もおらんかった。羽織がかかっているのを見て『なんだろう?』と思って物置の方を見たから、間違いない」

葵ちゃんも陽之介さんも、漫月さんを見ていない? 当然、真沙実さんも——。

「でも、私は見ましたよ。ふらふらしながら、こちらをじっと見ていました。面倒だから無視しましたけどね」

「ええっ?」

大家さんが、驚きの声を上げる。

「葵ちゃんと陽之介さんのことは観察しなかったのに、真沙実さんだけは観察した、ということですか? なにかの間違いではありませんか?」

「そう言われても、確かに誰かいましたから。それが漫月さんという人かどうかはわかりませんけれど。ちなみに、葵と陽之介さんではありませんでした」

「しかし……」

食い下がる大家さんに、真沙実さんは自信を持って、「間違いありません」。

……状況を整理してみよう。

A　あたしが物置を出たとき、漫月さんは生きていた。
B　葵ちゃんが帰ってきたとき、漫月さんは物置から覗いていなかった。
C　陽之介さんが帰ってきたときも、漫月さんは物置から覗いていなかった。
D　真沙実さんが帰ってきたとき、誰かが物置から覗いていた（漫月さんとは言い切れない）。
E　あたしが物置を覗いて、倒れている漫月さんを発見。悲鳴を上げた。

「メリットがないから、犯人以外は嘘をついてないと考えていいよね？」

あたしの言葉に頷くみんな。

Aの時点で漫月さんが生きていたことは確実。Bのときに覗いてなかったから、そのときにはもう死んでいたことになる。でもDで真沙実さんを覗いていたから、そのときには生きていた？　ということはEのときに殺されたことになるけれど、あたしは犯人じゃない。ということは、真沙実さんが犯人？　いや、葵ちゃんや陽之介さんが戻ってきて犯行に及んだ可能性も否定できないか。それに、BとCで葵ちゃんたちを観察していなかったことの説明もつかない……。

「お手上げかしら、リオ？」

ロボット口調でママ。真沙実さんは、場違いににっこり笑って、

「頭のよさそうなリオさんが、頭の悪そうなリオさんを責めてますね」

「誰が頭の悪そうなリオさんだ」

まだママにお世辞を言うつもりか。さすがに、そろそろ嫌味に――。

そのとき、ある可能性に気づいた。

もしも、この人があ、あ、あ、あ、あ、あ、なっているとしたら？　犯人にとっては予期せぬ偶然で……でも目的は？　考えられるとしたら、可能性は一つ。でも、それでいいのか？　いや、犯人の性格からして、それで終わりのはずがない。だとしたら……。

「大家さん、物置に連れていってください」

「女の子に死体を何度も見せるのは、ちょっと」

「死体は見ません。あることを確かめたいだけです。万が一にも、あたしが証拠を隠滅したりしないか、ちゃんと見張っていてくださいね」

ママがなにか言う前に、大家さんを引っ張って物置に行く。

「なにを確認したいのです？」

「ソファです」

大家さんの丸顔を見ながら、あたしはソファにゆっくりと腰を下ろす。スプリングが壊れた座面は、凹んだままになっていた。それを確認してから立ち上がる。

「少しだけ、自分の部屋で一人にさせてください」

「しかし……」

「いいでしょう？　あたしが犯人の可能性はないんだから」

「わかりました。ただし、部屋を出るときに声をかけてください。いくら犯人でないとはいえ、勝手にここに入って、現場を荒らされては困りますから」

「はい」

大家さんと階段で別れ、二階の部屋に行く。ベッドに横になり、考えをまとめる。たぶん間違いない。だとしたら……ああ、犯人のトリックは……。

犯人はずっと前から、入念に準備を進めていたんだ。

あたしはそうとも知らず、漫月さんを物置に残してしまった。

そっとドアを開け、部屋を出た。忍び足で廊下を歩き、階段を下りようと――。

「随分と静かに歩くのですね、リオちゃん」

「ぎゃっ！」

背後からの声に、思わず飛び上がる。振り返ると、大家さんが立っていた。

「部屋を出るときは声をかけてください、と言ったではありませんか。まるでこっそり物置に行こうとしていたようですよ」

「い……いつから二階に？」

「たったいまです」

本当か？　あたしが物置に入らないか、見張っていたんじゃないか？

まだ心臓がばくばくしていたけれど、深呼吸を一つして、

「大家さん、わかりましたよ。真相が」

「……どうしても、犯人を告発するのですか」

たちまち顔を曇らせる大家さんに、静かに、でも力強く頷いた。

4

大家さんと一緒にリビングに戻ったあたしは、テーブルについた葵ちゃん、陽之介さん、真沙実さんの三人を見回した。

同じくテーブルについているママとパパは、意識して視界に入れないようにする。

「真相がわかりました」

「いつもは、そういうのは大家さんの役割なのにな」

苦笑する陽之介さん。あたしは「そうですね」と、傍らに立つ大家さんを一瞥《いちべつ》してから、

「まず、前提の確認です。先ほど言ったように、なんのメリットもないから、犯人以外

は嘘をついていないはず。ただし本人にそのつもりはなくても、結果的に嘘を言っている人が一人だけいます」

真沙実さんを、真っ直ぐに見つめる。

「真沙実さん、あなたは漫月さんを見たと言いましたね。でも、本当は見ていない」

真沙実さんは瞬きすらせず、テーブルに視線を固定させている。

「漫月さんじゃないなら、ママは一体誰を見たの？」

「物置のドアにかかっていた、黒い羽織だよ。廊下の窓から入ってくる風で揺れていたでしょう。それを見た真沙実さんは、人間だと思ってしまったの」

「人間と羽織を見間違える者がどこにおる」

陽之介さんの指摘はもっともだ。

「普通ならそうですね。でも、いまの真沙実さんは、普通の状態ではないとしたら？」

陽之介さんは怪訝な顔をして、あたしと真沙実さんを交互に見遣る。それでも真沙実さんは微動だにしない。あたしは、真沙実さんの傍らに立って告げる。

「真沙実さん——あなた、酔ってますね」

「葵ちゃん、ママはお酒が強い？」

「すごく弱いよ。一口飲んだだけで酔っ払っちゃう」

やっぱり。いつも飲み会に行っても早く帰ってくるから、そうじゃないかと思った。

「真沙実さんは昼食会でお酒を飲んだ。それで泥酔して、帰りが遅くなったんです。弱いから、たいして飲んでいないのでしょう。だから、アルコールのにおいはしない。あたしとママを双子だと言ったのも、酔っていたから。ずっとトイレにこもっていたのは、酔って寝ないことを言ったのも、自分が食材費持ちで夕飯をつくるなんてらしくていたから――ですよね、真沙実さん？」

端《はな》から返事は期待していなかったけれど、やっぱり真沙実さんは無反応だった。

結構、限界だったらしい。

「酔って見間違えただけで、やっぱり漫月さんは覗いていなかったんです」

「葵ちゃんの前でこんなことを言うのもなんだが、漫月さんはやはり覗いていた、酔った勢いで刺してしまった……とも考えられんか？」

「いいえ。酔った勢いでの犯行なら、返り血を浴びた服を着替えることはできません」

その場で職場の同僚に電話して、真沙実さんがウーロン茶とウーロンハイを間違えて飲んで、様子がおかしくなったことを確認した。酔っているのは、芝居ではないということだ。これで真沙実さんは、白確定。

そのときにはもう、真沙実さんはテーブルに突っ伏していた。

「犯人は、葵ちゃんか陽之介さんとなりますか……」

大家さんは、強ばった顔のまま呟く。

「子どもの葵ちゃんに、人を刺すのは無理だろう」

自分が犯人だと確定してしまうのに、陽之介さんは言う。葵ちゃんは唇を尖らせて、

「漫月さんが油断していれば、子どもにだって刺せるかもしれないよ。リオちゃんだってきっと、ぼくが子どもだからって犯人からはずしたりしないよ」

「そうだね。そんなことをしなくても、純粋にロジックで真相を特定できるし。

前提として言ったとおり、メリットがないので、特別な事情がないかぎり、犯人以外は嘘をついていません。

もし葵ちゃんが犯人なら、漫月さんが覗いていなかったというのは嘘で、実は覗いていた。陽之介さんの言っていることは本当で、漫月さんは覗いていなかった。これは成立します。

もし葵ちゃんが犯人ではない、つまり、本当に漫月さんが覗いていなかったなら、陽之介さんが嘘を言っていて、漫月さんは覗いていたことになる。でも、これだと漫月さんは『葵ちゃんは覗かなかったけれど、陽之介さんは覗いた』ということになります。

漫月さんの行動パターンとしてありえませんから、成立しない。

ということは、陽之介さんは嘘を言っていない。白確定です」

「では、葵ちゃんが……？」

陽之介さんはひきつった顔で呟く。ママとパパも「こんな子どもが？」と戦慄《せんりつ》している。ただ一人、大家さんだけは石のように無表情だった。

「ぼくが犯人だって言いたいの、リオちゃん？」

愛くるしく首を傾げる葵ちゃん。（真沙実さんを除く）全員の視線が集まる中、あたしは、

「違うよ」

葵ちゃんが、ほっと息をつく。大家さんも安堵しつつ、でも怪訝そうに、

「なぜ、そう思うのです？　真沙実さんと陽之介さんが犯人でないのなら、葵ちゃんしか残っていないのに？」

「葵ちゃんが帰ってきたときには、もう漫月さんは死んでいたからです」

「根拠は？」

「ソファです。漫月さんが死んでいるのを見つけたとき、あたしは後ずさってそれに座り込んでしまったけど、スプリングが壊れているらしく、座面がぺこりと凹みました。さっき、もう一度物置で確認してみたけれど、座面は凹んだままでした」

「だから、なんだというのです？」

「漫月さんは自分のことを『体力のない漫画家』で、長い時間は立っていられないと言っていた。だから葵ちゃんたちが戻ってくるまで、ソファに座って待っていたはず。で

も、あたしが死体を見つけたとき、ソファの座面は引っ込んでいなかった。一度引っ込んだら、なかなかもとには戻らないはずなのに。

このことから、漫月さんはソファに座っていない。座る前に——つまり、あ、あ、あ、あたしが物置を出てすぐ殺されたことがわかります」

葵ちゃんが眉根を寄せる。

「それなら、ぼくは白確定だ。でもリオちゃんが物置を出てからぼくが帰ってくるまでの間、物置に近づいた人は誰もいないんじゃないの？」

「理論上は、一人だけ近づけた人がいる」

両目にありったけの力を込めて、その人物を見つめる。

「大家さん、あなたです」

「まさか、大家さんが犯人だと？」

「漫月さんが物置に行ってから死体となって発見されるまでの間、大家さんはリビングとキッチンにしかいなかったんだよね。物置には行けなかったはずだよ」

驚く陽之介さんと、的確な指摘をする葵ちゃん。大家さんは、大きく口の端を歪め、

「ですよねえ、葵ちゃん。まったくリオちゃんは、なにを言い出すのかと思えば」

あたしは一つ息をつき、その言葉を口にする。

「隠し通路」

みんなが呆気に取られる中、大家さんは、さらに口の端を歪めた。

「チロリアンハウスには隠し通路がある。大家さんはそれを使って、リビングを通ることなくキッチンと物置を行き来できたんです！」

『いやいやいや』

葵ちゃんと陽之介さんの声が重なった。

「そんなもの、あるはずないよ」

「しかも、トリックに隠し通路だ？　ミステリだったら、アンフェアだと怒られるぞ」

「でも注意深く観察していれば、隠し通路の存在に気づけたはずです」

大家さんから目を離さず応じる。

「この家は、外から見た印象より天井が低かったり、廊下が短かったりする。『ちょっとした設計ミス』らしいけど、大家さんがそれを許すなんて不自然です。頭がいいんだから、あの手この手を使って業者さんにやり直しさせると思いません？」

「買い被りですよ」

笑って首を振る大家さんには構わず、

「これはミスじゃない。隠し通路のために、敢えてこういう設計にしたんです。その証拠に、全然気配を感じなかったのに、廊下を曲がってきた大家さんとぶつかりそうになったことが何度かありました。さっきもそうです。あたしが隠し通路をさがすために忍び足で部屋から出ると、大家さんはいつの間にか後ろにいた。隠し通路を通って出てきたんでしょう。キッチンをくまなく調べれば、物置とつながっている通路が見つかるはずです」

「それが本当なら、犯行は可能だが」

「可能どころか、ソファのことがあるから、大家さんが犯人ってことになるよ」

「確かに。ナイフはキッチンに隠しておけばいいわけだし、返り血を浴びた服は、隠し通路で脱ぎ捨てればよいわけだし……」

　大家さんは「ふっふっふっ」と笑い、

「まさかリオちゃんが、隠し通路に気づいているとは思いませんでしたねえ」

　隠し通路の存在を認めた——。

「ええ、リオちゃんの言うとおりです。このチロリアンハウスには、隠し通路がいくつかあります。そのうちの一つは、キッチンから物置につながっているのです。私のアリバイは消えたも同然ですねえ」

「じゃあ、やっぱり大家さん、あんたが……？」

「そんなに驚かないでください、陽之介さん。私は漫月先生を——」

「殺してませんよ」

あたしに遮られ、大家さんの丸顔から笑みが消える。

「あたしがリビングに戻る直前、漫月さんは『ファイトだぞ』と叫んでいました。この時点で、漫月さんは生きていたことになる。その後で漫月さんが『ファイト、ファイト！』と叫んでいる間は、キッチンからお湯の沸く音と火をとめる音、それから、紅茶をいれる音が聞こえてきた。つまり大家さんは、キッチンにいたんです。隠し通路を使ったところで、漫月さんを殺す時間はない」

「そっか」と納得する葵ちゃんの横で、陽之介さんは首を横に振る。

「リオさんたちは、大家さんの姿を見たわけではあるまい。録音していた音を流したのかもしれんぞ。その間に漫月さんを殺害。素知らぬ顔で戻ってきたのかもしれん」

「いいえ。大家さんの紅茶は、最初、熱すぎてとても飲めませんでした。リビングから出てくる直前にいれたということ。つまり、録音じゃなくて、本当に紅茶をいれていたんです。よって白確定——大家さんも、そう言いたかったんでしょ？」

大家さんはしばらく固まっていたが、「ええ、まあ……そうですね、はい……」と、しょんぼり言った。

「というわけで、大家さんも白確定です」

「ちょっと待て。リオさんは、大家さんが犯人だと言ったじゃないか」

「隠し通路を使って行き来できると言っただけであって、犯人とは言ってませんよ」

「ならば、なぜ隠し通路のことを持ち出した？」

「大家さんに犯行が可能かどうか検証するためです。不可能だとわかってよかったですね、大家さん」

「……はい」

肩を落とす大家さんに、陽之介さんは不審そうに、

「大家さんでもないとすると、犯人がいなくなってしまうぞ」

外部からの侵入者はなし。入居者にも、隠し通路を使える大家さんにも、犯行は不可能。自殺でないことは証明済み。事故の可能性は論外。

「そうですね。だからこう考えるしかないんです——事件そのものが存在しない」

ぽかんと口を開ける葵ちゃんと陽之介さん。大家さんが、両手で口を覆う。でも、もう遅い。

笑っているのが、見えてしまった。

「これは大家さんと漫月さんのお芝居。推理ゲームなんですよね」

「すばらしいぞ、リオ」

リビングの入口に、漫月さんが現れた。あたしたちの視線が集まると、「ご覧のとおり、俺は元気に生きている」と言って、その場でくるりと一回転。血まみれの背中に、

一瞬、驚いたけれど、

「それ、血のりですよね」

「当然だ。こんなに出血した人間が、立っていられるはずがないだろう」

当然の格好をしていない人に、そんなことを言われても困る。

「ぼくの思ったとおりだ」

「まあ、そうだよな」

「え？　お二人とも、気づいていたのですか？」

驚く大家さんに、あっさり頷く葵ちゃんと陽之介さん。

「誰かが大家さんとグルで、犯人役をやるんだとは思ってたけどね」

「俺もだ。が、漫月さんが死んだとは思っていなかった」

だから、あたしたちはみんな、これをゲームと割り切ったのだ。

「大家さんは隠し通路を使って物置に行き、ナイフと血のりを漫月さんに渡すと、すぐキッチンに戻ってきた。刺されたように見せる工作は、全部漫月さんがやったんですよね。羽織をドアにかけるなんて不自然なことをしたのは、みんなを物置に注目させるため。あたしを急いで物置から連れ出したのは、漫月さんが死体のふりをしていたから。警察を呼ばなかったのもゲームだから。でしょう？」

「むむ、危機感ゼロだったとは……」

悔しそうにうめく大家さんに、あたしはため息をつく。

「これをやるために、わざわざ漫月さんを呼んだの？」

「そうです。ソファの手がかりから、『漫月先生は物置に入ってすぐに殺された』と推理させる手筈《てはず》でした。隠し通路には気づかないだろうと思ってもっとヒントを出すつもりだったのですが、やりますねえ、リオちゃん」

だから物置に、これまで見たことのないソファがあったのか。

「真沙実さんが『漫月先生を見た』と言い出したときはびっくりしましたよ。まさか、酔っ払っていたとは。でも、それ以外は計算どおりに進んでいたのに。『犯人は隠し通路を使った大家さん』と指摘されてから、漫月先生が叫んでいたことを持ち出し、『私には犯行の時間がなかった』と反論して、種明かしするつもりだったのに」

あそこで漫月さんが「意地悪な母親」だの「ファイト」だのと叫んだのは、大家さんにアリバイがあることを証明するためか。

さすがの漫月さんも、ママに聞こえるようにあんなことを叫ぶはずがなかった。

「私が反論することがわかっていて、敢えて隠し通路のことを推理したのですか」

「ええ。こんなドッキリをしかけてきたお返しに、がっかりさせてやろうと思ったんです。残念でしたね、大家さん。このゲームは、あたしたちの完全勝利――」

ドン

ママが握りしめた拳を、テーブルにたたきつけた。丸眼鏡の向こうにある双眸《そうぼう》には、冷たい炎が燃え上がっている。

「なにが『完全勝利』です。こんなところで突発的に殺人ごっこを行うなど、不謹慎にもほどがある」

「でも、あたしたちは最初から『漫月さんが殺されたはずない』とわかっていた。だから真沙実さんも緊張感ゼロで、酔いが醒めなかったんじゃない」

その真沙実さんは、机に突っ伏したままいびきをかいている。ママは、冷たい炎を滾《たぎ》らせたまま、

「なぜ、ゲームだとわかったの？」

漫月さんが鼻で笑う。

「自宅で赤の他人が死んでいるなどというシチュエーションが、日常的にあるはずないからだろう。もっと現実を見たらどうだね？」

「漫月さんは黙ってて！」

本格ミステリを全否定するようなことを言うなってば。

「外部犯の可能性はないから、犯人はあたしたちの中の誰か。でも、あたしたちの中に人殺しがいるはずがない。だから『漫月さんが殺されたはずがない＝《イコール》これはゲーム』と考えるしかなかったの」

今度はママが、鼻で笑った。

「そんな感情的な理由なの？」

「感情的かもしれないけれど、ちゃんとした理由だよ。みんなとの間には、信頼関係があるからね。あたしたち家族にはなかった、信頼関係が」

「赤の他人が一つ屋根の下でちょっと暮らしたくらいで、家族よりも強い信頼関係ができたとでも？」

「少なくとも、五月女家よりはね」

「リオ、それはちょっと言いすぎ――」

「ママが、ヌードの話を持ってきたとき」

パパを無視して言う。

「あたしはね、うれしかったんだよ……ヌードになることが」

しばしの沈黙。

そして、

「リオちゃん、脱ぎたかったのですか？」

「嘘だよね、リオちゃん？」

「そんなものに商品価値があるとは……いや、人の好みによるが」

「では、今度ヌードモデルになってもらおうか」

口々に喚《わめ》くチロリアンハウス関係者＋《プラス》部外者一名とは対照的に、ママとパパは絶句している。

「自分で言うのもなんだけれど、あたしはプロ意識が高い。必要なら、喜んで脱ぐよ」

ママが、ぎこちなく口を開く。

「……じゃあ、あのとき泣いたのは？」

「嘘泣きじゃない。うれし泣きだよ」

心を入れ替えて、家に帰った。そうしたらママが、新しい仕事を用意してくれていた。消えた子役とたたかれて、ぐれていることをマスコミで報じられた、あたしのために、どれだけ方々に頭を下げて取ってきた仕事だろう。

だから感激して、泣いた。

なのにママは、嘘泣きと決めつけた。

あのときの悔しさを思い出したくなくて、必死に記憶を封じ込めてきた。

「自分で企画しておきながら、ヌードにさせるのが後ろめたかったんでしょ。だから、嘘泣きだと決めつけたんだ」

「……やめなさい」

「漫月さんが『死んだ』後あたしを無理やり連れ帰ろうとしたのも、あたしが殺したかもしれないと思ったからでしょ。でも、返り血がないことであたしが犯人ではないと証明されたから、とりあえず推理させることにしたんだよね」

「………やめなさい」

「実の娘が人を殺したかもしれないと思ったわけ？　葵ちゃんたちはあたしを信じていたのに。どこに信頼関係があるの？　あなたとなんて、もう家族なんかじゃない――」

「やめなさい！」

ママが声を荒らげ、勢いよく立ち上がった。あたしに迫り、高々と右手を上げる。思わず目を閉じたけれど、

「リクさん、やめるんだ」

パパが、ママの手をつかんだ。

「この子が悪いでしょ！」

「そうじゃない、リクさんの言うとおりじゃない。悪いのは僕らだ！」

自分の怒鳴り声で我に返ったのか、ママが反応を示す前にパパは「あ」と声を上げ、慌てて手を放した。

「これはね、その……ええと……うん、なんと言ったらいいのかな……」

しどろもどろになるパパの前で、ママは顔を真っ赤にしている。

見たことがない、ママだった。

パパは「ま……まあ、そういうことだよ」と強引にごまかし、あたしに顔を向ける。

「すまなかったね、リオ。でも僕たちが嘘泣きだと誤解したときに、ちゃんと言ってくれてもよかったんじゃないか。そうしたら、こんなにこじれることはなかったはずだ」

そんなことはわかっている。でも、

「悔しかったんだよ、あたしのプロ意識を、ママが信じてくれなかったことが。自分のことは信じるように言ったくせに」

初めてすなおに、本音を口にした。


「今日のところは引き上げよう。リクさんもリオも、少し頭を冷やした方がいい」

パパはそう言って、無言無表情になったママを連れて帰っていった。

嵐が去ったリビングで、あたしはみんなに頭を下げる。

「うちの家族が、ご迷惑をおかけしました」

「気にするな。おもしろいものを見せてもらった。漫画の参考になる」

偉そうに漫月さん。まったく、この人は……。

でも、

「漫月さんには、感謝もしています。急遽、大家さんと推理ゲームをやってくれて」

「そこまで気づいてましたか」

苦笑いする大家さん。

「葵ちゃんたちがいつ帰ってくるかわからないから、みんながばらばらに、一度ずつ物置に近づくとはかぎらない。出題者側からすると、結構な綱渡りですよね。しかも、隠し通路のヒントは明確にはなかった。大家さんらしくない」

昨日の夜いきなり廊下から出てきたのも、さっき、忍び足で廊下を歩き、階段を下りようとしたあたしの後ろから現れたのも、隠し通路のヒントだったのだろう。でも、それだけじゃ全然足りない。もっとわかりやすいヒントが必要だったはず。だから、

「推理ゲームをやるのは、本当は今日じゃなかったんですよね」

漫月さんは肩をすくめる。

「大家さんは、この推理ゲームをクリスマスパーティーでやるつもりだった。今日は、その打ち合わせに来たんだ。俺に頼んだのは、記念すべき最初のレンタル家族の依頼人だから。が、リオの両親が押しかけてきて、緊迫した雰囲気になってしまった。そうしたら大家さんが『リオちゃんを助けるために、いまからやりましょう』と言い出したんだ」

ママとパパが現れたとき、こそこそとそんな話をしていたのか。

「大家さんは、ママがあたしを信用していないことを証明するために、推理ゲームを前倒ししてやってくれたんですよね。ママの本性を、一目で見抜いたってことか。ありがとうございます」

「──いまは、そう思ってくれるだけで充分ですよ」

謎めいた一言について訊ねる前に、葵ちゃんが抱きついてきた。

「なんでもいいよ。リオちゃんが出ていかなくてよかった!」

「いまは、ご両親と一つ屋根の下で暮らしてもうまくいかんと思うぞ。しばらくは、ここですごした方がいいかもしれんな」

「私としても、リオちゃんがいなくなっては社会貢献ができなくなりますからねえ」

「リオさん……夕ご飯おごって……朝ご飯も、一つなんとか……」

真沙実さんの寝言はともかく、みんなの言葉はうれしかった。

ママとパパより、ずっと強い絆を感じる──。

インターホンが鳴った。大家さんが「はーい」と応じながらリビングを出ていく。その後ろ姿を見ながら思う。

あたしに睨まれてあたふたすることはあるけれど、基本的には泰然自若としていて、頭の回転が速く、事件が起こっても最後には丸く収める、とっても頼りになる大家さん。

本当に、一体何者なんだろう?

「ちょっと。逃げないでよ」

女性の声と、廊下を走る音が、同時に聞こえてきた。大家さんが慌てふためいた顔で、リビングに戻ってくる。そのまま、キッチンに駆け込んでしまった。

「……大家さん？

「少し太ったようだけど、相変わらず逃げ足は速いのね」

次いでリビングに現れた女性が、ぴしゃりと言う。黒いパンツスーツを着た、背の高い女性だった。聡明《そうめい》そうな額が印象的で、見るからにキャリアウーマン然としている。

戸惑うあたしたちの前を通り、女性はキッチンのドアを開けようとする。でも大家さんが中からテーブルで塞いだらしく、びくともしない。女性は、ドアノブをガチャガチャさせながら、

「私の話を聞きなさい。でないと、このシェアハウスは取り壊しよ」

はあ？

第六話　人はそれを家族と呼ぶ

1

チロリアンハウスの大家の大家さん。（あたしが睨んだとき以外は）ちょっとやそっとのことでは動じなくて、どんな事件もばっさり解決。最後にはすべてを丸く収めてくれる。発想がせこいのは残念だけれど、とっても頼りになる人。

そんなイメージが、いままさに、目の前で覆されている。

「早く開けなさい」

「断る。さっさと帰れ！」

キッチンのドアの向こうから、大家さんは吐き捨てた。

「よくこんな態度で、シェアハウスの大家なんてできるものだわ」

女性はわざとらしくため息をつくと、あたしたちに視線で同意を求めてきた。大きな身体と鋭い眼差しに、葵ちゃん、陽之介さんと顔を見合わせる（真沙実さんは、まだ爆睡中)。

こんなの、いつもの大家さんじゃない。しゃべり方といい、言葉遣いといい、まるで漫月さんみたいにぶっきらぼう——。

あれ? そういえば漫月さんは? きょろきょろしていると、玄関から「ガチャリ」と音がした。慌てて玄関まで走ってドアを開けると、遠ざかっていく漫月さんの後ろ姿が見えた。

「漫月さん、帰るんですか」

「ああ」

「事情はわからないけど、大家さんがピンチなんです。助けてくれませんか」

「断る。一刻も早く、先ほどの件をモデルに漫画を描かなくては。傑作誕生の予感で満ちている!」

漫月さんは早口に言うと、一度も振り返らずに去っていった。

このタイミングで帰るとは……おそるべきマイペース!

でも、あの人はいるだけで話がややこしくなるから、いなくなってもらった方がいい。もしこれが小説で、あたしが作者なら、強引でもなんでも、こうやって漫月さんを退場させるな、うん。

リビングに戻ると、女性は再びドア越しに、大家さんに呼びかけていた。

「とにかく開けなさい。このシェアハウスが取り壊しになってもいいの？」

「ここは俺のシェアハウスだ。お前に取り壊す権利などない！」

大家さんの一人称が「俺」になってる……。それに取り壊し？　この女性は誰？

「ぼくが事情を訊いてもいいけど、子どもだと相手にされないよね」

葵ちゃんが、ひそひそ声で言う。

「そうだね。じゃあ、ここは年長者の陽之介さんが――」

「いや。女性から訊いた方が、彼女も話しやすかろう。リオさん、任せたぞ」

重々しい口調とは裏腹に、陽之介さんは数歩後ずさっていた。

「あの人がこわいんですね、陽之介さん」

「べ、別にそれとこれとは関係ないぞ！」

「あるでしょ！」

言い争っても仕方がない。「すみません」と女性の方に進み出たあたしは、自分たちのことを手短に紹介してから、

「あなたは、大家さんとどういう関係なんでしょうか？」

「失礼。こういうものです」

女性が慣れた手つきで差し出してきた名刺には、こう書かれていた。

『オーヤホテルグループ専務　大家沙羅《さら》』

オーヤホテル……日本最大のホテルグループだ。庶民でも、ほんの少し無理すれば手が届く絶妙のお値段で、高級ホテル並のおもてなしをしてくれることで有名。海外セレブからも人気が高い。オーナー一族の名字は「大家」……あれ？　ということは……。

「まさか、大家さんは？」

「ノゾム兄さんは、私の兄です。『希望』の『望』と書いて、望兄《のぞむ》さん」

大家さんが、日本を代表するホテルグループの御曹司？　ぽかんと口を開けるあたしの横から名刺を覗き込んだ陽之介さんは、顔を真っ赤にして、

「ちょ……超お金持ちじゃないか！」

「大家さんの名前って、『望』だったんだ！」

葵ちゃんには、そっちの方が一大事らしい。

かく言うあたしも、いま初めて知ったけれど。

「誰が超お金持ちなのですか？」

むくりと顔を上げる真沙実さん……って、反応するのはそこか？

「それよりママ。大家さんの名前が『望』だったんだよ」

「その望さんがお金持ちなのね。どうやって現金を騙し取るか考えましょうね、葵」

「まだ酔ってるんですか、真沙実さん。少し黙ってて。葵ちゃんも、力強く頷くんじゃありません」

「真沙実さんは、素面《しらふ》でもそういうことを言いそうだが」

「あなたたち、本当にここの住人？」

沙羅さんは鋭い目を大きくして、あたしたちをまじまじと見つめている。なんとなく、あたしが代表して、

「そうですけど」

「望兄さんが、こんな騒がしい人たちと一緒に暮らしているなんて信じられない。ものすごく偏屈なのに」

「騒がしい」という評価にむっとしたけれど、それより、

「偏屈って、大家さんが？」

「ええ。少なくとも、十五年前はね」

オーヤホテルのルーツは、江戸時代に開業した旅籠《はたご》屋に遡《さかのぼ》る。以来、細々と営業していたが、四十年前、社長に就任した大家広臣《ひろおみ》さんが「庶民にもぎりぎり手が届く高級路線」を打ち出し、一躍、人気ホテルになる。二十年前には全都道府県に、十七年前には海外に進出を果たした。

環境事業にも力を入れて、企業イメージもアップ。名実ともに、日本を代表するホテルブランドになった。

でも順調な経営とは裏腹に、大家さんこと、望と家族との関係は冷え切っていた。

広臣さんは望を後継者にしようとしたけれど、子どものころから身体が弱く、田舎《いなか》で療養していた望は、ホテル経営にまったく興味を示さなかった。お金の話より、部屋にこもって作曲したり、絵を描いたりする方が好きだし得意。たまに療養先から帰ってきても、その度に家族と喧嘩になり、段々と自己中心的で、偏屈な性格になっていく。

そして十五年前、とうとう家出。広臣さんは「手切れ金代わりに」と私有財産の古い家を譲って、今後、二度と大家一家にかかわらないよう命じた。事実上の勘当だ。

「去年、その家をリフォームしてシェアハウスにしたことは噂に聞いていたけど、まさか、あなたたちのような人を入居させていたなんて。兄さんらしくない」

沙羅さんは首を横に振ったものの、すぐに見透かしたような笑みを浮かべ、

「ずっと一人で暮らしてきたから、さすがに家族が恋しくなった。でも戻れないから、擬似家族と賑やかな生活をしたかった――そんなところかしら」

「お前は昔からそうだ。俺のことを、自分の物差しで測って決めつける」

刺々《とげとげ》しい声が、キッチンのドア越しに飛んできた。とても大家さんの声とは思えず立ちすくんでいると、沙羅さんは、小バカにするように笑い、

「簡単に測れるんだもの。せっかく本物の家族が会いにきたのよ。開けてよ。シェアハウスが取り壊しになったら困るでしょう」

「さっきも言っただろう。お前に取り壊す権利などない。俺が親父にもらった家だ」

「その父さんが取り壊すと言ってるの。土地の名義は、父さんなんでしょう」

「なぜ、いまさら?」

「私も、うんざりしてる」

沙羅さんがそう言っている途中で、スマホの着信音がした。

「噂をすれば、父さんからよ」

取り出したスマホの通話ボタンを押す沙羅さん。ディスプレイに初老の男性が映った。

この白髪頭と面長は、ニュースサイトやテレビで何度も見たことがある。

オーヤホテルの社長、大家広臣だ。

広臣さんは、いかにも好々爺《こうこうや》という言葉がぴったりの、穏やかな口調で、

〈望は?〉

「キッチンに立てこもり中よ」

〈望、お前だけが頼りなんだ。私が毒を盛られたことを証明してほしい〉

「毒なんて、父さんの妄想よ」

〈いいや、絶対に毒だ。十五年間離れていた望なら、客観的に――〉

「客観的に見ても妄想でしょう。誰も毒を盛る機会なんて――」

〈お前たちの誰かが、巧妙なトリックを――〉

「ミステリの読みすぎなんじゃ――」

互いに相手が言い終わる前にしゃべって、しかも、その間隔がどんどん短くなっていく。見兼ねて「人の話は最後まで聞きましょうよ」と割って入ったけれど、

〈事実は小説より奇な――〉

「現実を見たら――」

広臣さんたちはとまらない。

「人の話を聞けと言ってるだろうが。学校で習わなかったのかよ！」

思わずヤンチャ時代の口調になっても二人はとまらず、そのせいで理解するのに時間がかかったけれど、だいたい、こういう事情らしい。

2

広臣さんは、妻の由巳子《ゆみこ》さん、娘の沙羅さん、十年前に離婚して戻ってきた弟の次郎《じろう》さんの四人暮らしだ。

もともとたいしてよくなかった家族仲が決定的に悪化したのは、オーヤホテルの業績が二年続けてマイナスになり、広臣さんに社長退任を迫る動きが出てきたことがきっかけだった。

沙羅さんと次郎さんは、互いに「自分こそが次期社長にふさわしい」といがみ合い、

由巳子さんは「あなたたちがそんなことだから、広臣さんはいつまで経っても引退できない」と嘆き、広臣さんは「業績悪化の原因は不景気。引退するつもりはない」と苛立っている。

だったら別々に暮らせばいいのに、と思うけれど、既に大家さんを勘当している上に家族がばらばらになっては、ホテルのイメージが悪くなる。

表向きは仲よし、裏ではぎすぎすした毎日を送る中、広臣さんは、頻繁にお腹を壊すようになった。

最初は、年を取って胃腸が弱くなったのかと思っていたけれど、どうもおかしい。家で食事をしたときにかぎって、やたらトイレが近くなる。

まさか社長の座を狙って、誰かが毒を盛っているのでは？

半ば本気で疑う中、広臣さんの女性秘書、斎藤《さいとう》さんの結婚式の日を迎えた。

斎藤さんは、大家一家の不協和音を知る数少ない人物。広臣さんの計らいでオーヤホテルの式場が格安で提供され、盛大に披露宴が執《と》り行われることになった。

「斎藤くんの門出とあれば、久々にスペインビールをがぶがぶ飲ませてもらいますよ。酔いつぶれるまでね」

広臣さんは上機嫌だった。

でも当日。

広臣さんのテーブルについたのは、由巳子さん、沙羅さん、次郎さんの三人。会話らしい会話はなく、その一角だけお通夜のように静まり返っていた。広臣さんは、毒が塗られている可能性に備えて事前にテーブルに並べられた食器を自分のハンカチで拭い、さらに、三人が運ばれてきた料理に毒を盛らないか、目を皿にしていた。スピーチでテーブルを離れている間も、警戒を怠らなかった。

広臣さんのスピーチが終わると、ウエーターがテーブルの真ん中に置かれたクーラーからシャンパンを取り出し、コルク栓を抜いて乾杯。それから後も、運ばれてくる料理を食べつつ、人目を気にして必要最低限の会話だけを交わした。斎藤さんには悪いけれど、一刻も早くこの場を離れたいと思った。

広臣さんの願いは、思わぬ形で実現した。

式が始まって三十分ほどすると、突然、腹痛に襲われたのだ。

斎藤さんは「社長もお年なのですから、あまり無理をなさらないでください」と、広臣さんの体調を気遣ってくれている。だから最初は我慢した。でも一度トイレに駆け込むと、それから何度も走ることになり、遂には途中退席して医務室でぐったりするはめになった。

全然酔ってないから、アルコールのせいではない。最初は、食中毒だと思った。だとしたら、ホテルの一大事だ。でも広臣さん以外に、腹痛を訴えている人はいない。由巳子さんたちも、問題なく披露宴に参加している。

朦朧《もうろう》とする意識の中で、広臣さんは確信した。

やはり家族の誰かが毒を盛ったに違いない。最近お腹を壊すのも、それが原因。そうまでして、自分を社長の座から引きずり下ろしたいとは。このままではいずれ、殺されるかもしれない。

なんとかしなくては。

＊

広臣さんと沙羅さんから話を聞き終えるなり、

「つまり誰かが広臣さんの隙を突いて、料理に毒を混ぜたわけですね。食べ物に、なんて罰当たりな！」

真沙実さんは微妙にポイントがずれたことを叫んで、拳を握りしめた。でも沙羅さんは、首を横に振る。

「最初は父さんもそう主張して、警察に届けようとしたわ。でも病院で調べても、毒は検出されなかった」

〈毒は微量だから、私が病院に行くころには体外に排出されていたのでしょう〉

「そうは言うけど、父さんは披露宴の間ずっと警戒して、料理からも飲み物からも目を離さなかったじゃない。誰にも毒を盛るチャンスなんてなかった」

〈まあ、それは認めざるをえませんな〉

不服そうにしながらも言う広臣さんに、陽之介さんは、

「ならば、厨房の誰かを買収して、広臣さんの料理に毒を盛ったんだろう」

「いいえ。当日は、各テーブルの料理の減り具合を見て、少なくなったところから配膳されていました。出席者は約二百人。どこのテーブルにどの料理を運ぶかは、誰にもコントロールできない」

〈まあ、それも認めざるをえませんな〉

「では、披露宴が始まる前に食べたものの中に盛ったんだ」

〈披露宴でたらふく食べようと思っていたので、その日は水しか飲んどりません。ちゃんと安全が確認された水です〉

テーブルに並ぶ前にも、並べられた後にも、料理や飲み物に毒を盛ることは不可能。披露宴前に盛られたわけでもない。だったら……。

「おじいちゃんの思い込みなんじゃないの？」

「私たちも、そう思っているわ」

葵ちゃんの言葉に、大きく頷く沙羅さん。広臣さんは、首を激しく横に振り、

〈そんなはずはありません。前々から、うちの誰かが私に毒を盛っておったんですよ。

披露宴でも同じことをしたに決まってます〉
「それも父さんの思い込みなのよ。いい機会だから社長の座は私に譲って引退して、ゆっくりしたら？」
〈お前に社長を譲ったら、次郎と大喧嘩になってオーヤホテルはおしまいだ〉
「被害妄想に囚《とら》われていては、職務をまっとうなさるのは難しいのではなくて？」
他人行儀な言い方に、広臣さんは目を逸らしたが、すぐに開き直ったように、
〈そこで望、お前の出番です。ずっと離れているお前なら、事態を客観的に見ることができるはず。誰がどうやって毒を盛ったのか、推理しておくれ〉
「そんなことより、一度、病院で健康診断を受けた方がいいんじゃないですか？」
思わず口を挟むあたし。沙羅さんの言うとおり、どう考えても被害妄想だ。でも広臣さんは、温厚そうな見た目とは裏腹に強い口調で、
〈誰かが毒を盛ったに決まっとります――望、必ずそれを証明しなさい。できなければ、土地を取り上げる。そのシェアハウスは取り壊しです〉
む……。
『無茶言うなぁ！』
一斉に叫ぶあたしたちに、広臣さんは至極当然といった顔で、
〈望も被害妄想だと言うのなら、私のことをわかっていないということ。そんな奴に土

地を貸しておく理由などございません〉

好々爺にしか見えないのに、なんて強引な。

誰かが毒を盛ったトリックを解明できなければ、チロリアンハウスはつぶされる。話を聞くかぎり、どうやったって毒を盛ることは不可能なのに。「存在しない犯人とトリックを解明しろ」と言っているようなものじゃないか。しかも、

〈明日、沙羅たちを集めて話を聞かせてやる。家に帰ってきなさい、望〉

「俺とあんたたちは、もう赤の他人だ！」

大家さんは、キッチンのドアを開けようともしない。

謎の理不尽さといい、探偵のやる気のなさといい、これまでで一番のピンチ……というより、もうゲームオーバーじゃないの、この状況？

「なら、ぼくが話を聞きにいく！」

でも葵ちゃんが、小さな手を真っ直ぐあげた。真沙実さんも葵ちゃんの両肩に手を置き、

「私も一緒に行くわ、葵。確かめたいこともあるしね」

「俺も行こう。大家さんの力を借りるまでもないかもしれん」

「もしかして、みんな、なにか考えがあるの？」

驚くあたしに、自信ありげな笑みを浮かべて頷く三人。

沙羅さんは、右手で口許を覆った。瞳の形から見て、冷笑を隠したんだろう。

「だそうよ、父さん。どうする？」

〈私は構わん。ぜひ、悪魔の如《ごと》きおそろしい犯人のトリックを暴いてください〉

九九・九パーセント単なる体調不良なのに、悲劇のヒロインもかくやというほど悲愴な顔をして広臣さん。

「任せてよ」「お任せくださいな」「任せることだ」

胸を張る葵ちゃんたち。

ねえ、本当に大丈夫なの？

3

次の日。あたしたちは、大家一家の家にいた。場所は、東京の一等地。日本を代表するホテルの経営者一族が住む家だからさぞ立派だろう、と思っていたけれど、それほどでもなかった。二階建ての白い家は「かわいらしい」という表現がぴったり来る。

玄関に現れた沙羅さんにそう言うと、こともなげに一言、

「豪華なのは職場《ホテル》で慣れてるから、家では質素に暮らしたいじゃない」

住む世界が、違いすぎる。

通されたリビングでは、広臣さんがソファに腰を下ろしていた。両隣は空いているのに、離れたソファに女性が一人、別の部屋から持ってきたらしい椅子に男性が一人座っている。

「ようこそ、おいでくださいました」

女性が立ち上がって頭を下げる。小さくて、少女みたいな人だった。でも、年齢は広臣さんと同じくらい。広臣さんの奥さん、由巳子さんだ。

「こんな人たちが来たところで、なんになるんだ」

男性は座ったまま、不機嫌そうに鼻を鳴らす。大柄で恰幅もよく、全体的に角張った印象。この人は広臣さんの弟、次郎さん。

「さあ、どうぞお座りください」

広臣さんに言われるがまま、向かいのソファに並んで座る、あたし、葵ちゃん、真沙実さん、陽之介さんの四人。

大家さんは、来ていない。

昨日、沙羅さんが帰った後は、いつもの大家さんに戻った。でも大家一家のことは頑なに語らず、今日も「家にいます」と外に出ようとしなかったのだ。

広臣さんの無茶な「謎」を解かなければ、チロリアンハウスは取り壊しなのに。それに広臣さんたちは、大家さんの近況を訊いてくるだろう。なんて答えたら――。

「みなさんの推理に期待しています。なんなりとお訊ねください」

でも広臣さんは、いきなり本題に入った。沙羅さんは、やっぱり広臣さんから離れた椅子に座ると、長い脚を組み、

「推理なら、私がさんざん聞かせてあげたじゃない。父さんの被害妄想。以上」

「お前のは推理なんて大層なものじゃない。兄さんが被害妄想に駆られていることは、誰にでもわかる」

前屈《まえかが》みに座った次郎さんが、ぶっきらぼうに言う。沙羅さんは大きく肩をすくめ、

「誰にも毒を盛れないことを論理的に解説したのよ。そんなこともわからない叔父さんに、お客さまの気持ちを理解できるとは思えない。社長にふさわしくない」

「いまはそんなこと関係ないし、お前はロジック一辺倒でいかん。お客さまのためには、もっとエモーショナルな部分も大事にするべきだ」

「あなたたちがそんなことだから、広臣さんはいつまでも引退できないんじゃない」

「ああ、一体どんな狡猾《こうかつ》なトリックが使われたのでしょう！」

この人たち、家族の話を全然聞こうとしない。そのくせ、

「さっきも言ったでしょう。父さんの被害妄想よ」

「兄さんは、昔から胃腸が弱かっただろう。年を取って悪化したんだ」

「このままあなたが社長をしていたのでは、オーヤホテルの将来が心配ねえ」

広臣さんを否定するときだけ仲がいい！

「トリックを考える前に、一つ、確認させていただけますでしょうか」

真沙実さんが、ほわほわした声で言う。

「披露宴では、お料理もお飲み物も、ランダムに配膳されていた。それらに毒を盛ったとしても、広臣さんのテーブルに運ぶことはできなかった。テーブルに運ばれた後も、広臣さんは毒を盛られないよう警戒していた――ですよね？」

「昨日、私が説明したじゃないですか」

沙羅さんはそう言った後、腕時計にわざとらしく視線を落とした。

「まあまあ、すみません」

マシュマロみたいなほおに手を当てつつ、頭を下げる真沙実さん。でも、あたしは見た。その直前、真沙実さんの目が吊り上がるのを。「生意気な女め！」という罵声《ばせい》が聞こえてしまったあたしは、慌てて、

「当日のお話を、もう一度聞かせてください。奥さんと弟さんから、新しい情報が出てくるかもしれないし」

でも結論から言うと、無駄だった。

「スペインビールで乾杯するのが楽しみで――」

「兄さんはスピーチ中もワシらばかり見て――」

「私たちはなんともなく披露宴も最後まで――」

「どうせなら披露宴であなたが引退宣言を――」

四人が四人とも、誰かが言い終わる前に話し出してしまう。話が終わるまで昨日の倍以上かかったけれど、得られた情報は皆無だった。

「大家さんご一家は、仲がよろしくないようですねえ」

今日はもう猫を被るのをやめたらしい真沙実さんが、ずけずけと言う。

「新婦の斎藤さんは、みなさんの関係をご存じなのでしょう。なのに一緒のテーブルにするなんて、気遣いがありませんわ」

「ホテル関係者が多く出席するので、斎藤くんにはテーブルを部門ごとにするようお願いしたのですが――」

「いまさらそんなことを言っても仕方ないでしょう、父さん。私だって嫌――」

「あなたも沙羅も、私の顔に免じてくれると約束したのに――」

「そもそもワシは――」

「ふふふ。本当に仲が悪い」

真沙実さんは、やたら楽しそうに笑ってから、

「昨日も気になったのですけど、シャンパンは式が始まる前にクーラーに入っていたのですよね。だから広臣さんのスピーチが終わると、ウエーターがすぐに取り出した。で

も普通は、乾杯の直前に運ばれてくるものではありませんか？」

「ホテルのシャンパンではないから」

沙羅さんが答える。

「斎藤さんが父と初めて仕事をしたときに仕入れに成功した、思い出のシャンパンなの。ぜひ彼女の披露宴で飲みたい、と私が頼んだのだけど、値段が高くて、出席者全員の分は用意できない。だから私が個人的に買って、クーラーに入れておいた——ああ、言っておくけど、ウエーターが抜くまで、コルク栓は閉まっていたからね。それにシャンパンは、私たち全員が飲んだ。でも父さん以外、誰も具合が悪くなっていない」

「広臣さん以外、具合が悪くなっていない。その説明は、何度もいただいていますわ」

ほわほわと微笑む真沙実さんを、険しい目で睨む沙羅さん。

いまにもゴングが鳴りそうだ。

「広臣さんは、お酒が好きなのですかな」

訊ねたのは、陽之介さんだった。

「弱いので、あまり飲みません。日本酒はまだいけるのですが、炭酸系はどうにも苦手で。でも『コルティングレス』だけはまろやかな喉越しで、大好物です」

「ほほう、弱い。そうですか……。ちなみに『コルティングレス』とは聞かぬ名ですが、どういったお酒ですかな？」

「スペインビールです。仕入れはレストラン部門担当の次郎に任せているのですが、残念ながらあまり優秀とは言えませんな。肝心なときにミスをする」

苦々しげな広臣さんに、次郎さんが鼻を鳴らす。

「アルコールに関しては、ワシは兄さんより優秀だよ。兄さんは弱いのにつき合いで飲まなきゃいけないから、腹がおかしくなったんだろう。いい加減、現実を見ろよ」

「いやあ、そうでもないかもしれませんぞ」

陽之介さんの思わせぶりな一言に、次郎さんは唇をへの字に曲げた。

「いい年してシェアハウスなんぞに入っている輩《やから》に、なにがわかるというんだ」

脅すような言い方に、いつものように怯える陽之介さん……と思ったら、

「シェアハウスと年齢は関係あるまい。それを言ったら、離婚後、経済力もあるのに兄の家に転がり込んだそちらの方が、『いい年して』だぞ」

「仕事の効率がいいから一緒に住んでいるまで。知ったようなことを言わんでもらおうか」

「失敬。が、あんたも、俺やチロリアンハウスのことをなにも知らんのに、知ったようなことを言わんでもらいたい」

陽之介さんと次郎さん、白髪頭の二人の視線の間に、火花が飛び散るのが見えた。

「披露宴のビデオとか写真が見たいな」

真沙実さんと沙羅さん、陽之介さんと次郎さんの空気が緊迫する中、葵ちゃんが美少女顔をにっこりさせて言う。

「それを見たら、なにかわかるかもしれないもの」

「ええ、そうね」

応じたのは、由巳子さんだった。生まれたての子猫を愛《め》でるような目で葵ちゃんを見つめつつ、隣の部屋からビデオカメラとデジタル一眼レフカメラを持ってくる。

ビデオの方は新郎新婦を断続的に映しているだけで、手がかりになりそうなものはなかった。一眼レフも新郎新婦の写真が中心だけれど、たまに大家一家のテーブルが写っている。

誰もが、判で押したように仏頂面だった。

「これ、不思議な形だね」

葵ちゃんが指差したのは、テーブルの真ん中に置かれたシャンパンクーラーだった。クーラー自体は銀色の盃《さかずき》型で、特に珍しくはない。でも白い台に置かれて、周りを赤や紫、ピンクの花と、大きな葉で囲まれていた。

テーブルに座った人たちに迫ってくるほど迫力があるのに、圧迫感は少しもない、不思議なデザインだ。

由巳子さんが、顔をほころばせる。

「いいところに目をつけたわね。これ、おばあちゃんがデザインしたフラワーアレンジメントなのよ。斎藤さんの門出だから、気合いを入れてつくったの」

「ふうん」

葵ちゃんは人差し指を唇に当てて、液晶モニターの花をじっと見つめる。そんな葵ちゃんに、由巳子さんは目を細める。

一見、仲のいい祖母と孫だけれど、なぜだか緊張を孕んでいるようにも見えた。

「ほかの写真も見る？」

由巳子さんが液晶モニターに、写真を次々と表示させる。広臣さんがいなくなった後も、テーブルの雰囲気は変わらず。三人とも、広臣さんがいたとき以上に仏頂面だ。照明が落ちて暗い写真が多いせいか、披露宴じゃなくて、お葬式に参列しているみたい。

せっかくの料理にも、ほとんど手をつけていない。

本当に毒を盛った人がいるなら、少しは成功を喜んでいそうな気がするけれど……。

「ありがとう、おばあちゃん」

お辞儀をする葵ちゃんは、白いほおをほのかに赤くしていた。

沙羅さんは、腕組みしながら顎を上げる。

「で、どうなの？　父さんの言うトリックとやらがわかったの？」

「時間をください。あと少しで、完全にわかる気がします」

真沙実さんがおっとり口調ながらも言い切ると、

「俺もだ。あと何点か確認してから話をしたい」

「ぼくも。もうちょっと考えたい」

なんと、陽之介さんと葵ちゃんも続いた。

驚いたのは、あたしだけではない。沙羅さんたち三人が、そろって目を大きくする。

「そうですか。そう言ってくださる方が三人もいるなんて。これは心強い！」

ただ一人、広臣さんだけは立ち上がると、真沙実さんたちの手を握りしめて回った。

「それで、あなたはいかがですかな」

広臣さんは、あたしにも訊ねてくる。

「誰かが毒を盛ったのか、私の被害妄想なのか。どちらだと思っているんですか」

そう言われても、なにかが引っかかって、考える気になれなかった。でも、なにに引っかかっているのかがわからない。「ええと」と変に口ごもったせいで、却ってみんなの注目を集めてしまう。半ば破れかぶれで、

「みなさん、大家さん……望さんのことは、お訊きにならないんですね」

ああ。

そんな、声ともため息ともつかない音が、大家一家から聞こえてきた。

「すっかり忘れておりました。元気ですか」

「はい。いつも明るくて、社会貢献のためにがんばってます」

　妙な顔をする広臣さんに、レンタル家族のことと、あたしたちがその縁でチロリアンハウスに入居したことを説明する。話をしているうちに、広臣さんたちの顔はどんどん不審そうになっていった。

「とても信じられませんな。あの子は、社会貢献なんぞに興味はなかった」

「でも、確かに兄さんは雰囲気が変わっていたわ。ちょっとふっくらしていた。しゃべり方は、昔のままだったけれど」

「いつもは、あんなしゃべり方じゃないんです」

　普段の大家さんについて話すと、大家一家はますます不審そうな顔をした。

「そんな風になったなんて……一度、ちゃんと会ってみたいわ」

「私には昔のままだったわよ、母さん。経営しているシェアハウスは立派だったから、もし戻ってきたら、私の高級路線を支持してくれそうだけどね」

「十五年も外の空気を吸っていたなら、庶民感覚がわかって、ワシの主張に賛同する」

「望は関係ない。現在の路線を続けるぞ。来年度は、必ずプラス成長に転じる」

　大家さんそっちのけで、経営方針について話し始める広臣さんたちを見ながら思う。

　大家さんは、昔の自分と訣別《けつべつ》したくて、全然違う人格を装っていたのかもしれない。だとしたら、無理に引っ張り出すのはかわいそうだ。でも、あの人の力なしに、この

「謎」を解くなんて……。

「では、タイムリミットは三日ということで」

その一言が、あたしを物思いから引きずり戻した。

「三日後に、私に毒を盛った犯人とトリックを教えてください。それができないなら、希望から土地を取り上げます。あなた方も、引っ越しして新生活を始めてください」

ちょっと待て！　あたしが抗議する前に、

「三日は短すぎよ。せめて、一週間くらい待ってあげたら？」

意外にも味方してくれたのは、沙羅さんだった。でも広臣さんは、首を横に振る。

「いいや、三日です。それ以上は待てん」

『それで充分』

あたしや沙羅さんの心配をよそに、口をそろえる真沙実さんたち。

ねえ、本当に大丈夫なの？

4

三日後。あたしたちは再び、大家家のリビングにいた。全員、三日前と同じ場所に座っている。

でも、今日は大家さんの姿もある。

三日前チロリアンハウスに戻ってから、大家さんを捕まえて、大家一家のことを話した。

「というわけなんですけど、なにか推理はあります？」

「あの人たちには、かかわりたくありません」

「この家が取り壊しになるかもしれないんですよ」

「真沙実さんたちが、なんとかしてくれるんじゃないですか」

大家さんはそう言うと、そそくさと部屋に戻っていった。

それから三日間ほとんど出歩いていたけれど、さすがに心配になったらしい。「気が進みませんが」と言いつつ、あたしたちについてきてくれた——帽子を深々と被って、俯きがちに。

大家さんとは裏腹に、真沙実さんたちは自信満々だ。推理の内容をいくら訊いても、三人とも「三日後にわかるから」と、詳しいことは教えてくれなかった。でも、それぞれ、こんな言葉を口にしていた。

真沙実さんは「やっぱりシャンパンですね、シャンパン」。

陽之介さんは「ビールに着目すれば、真相は自《おの》ずと見えるというものさ」。

葵ちゃんは「鍵を握っているのは、シャンパンクーラーだと思うんだ」。

みんなバラバラかよ！　少なくとも二人は絶対に間違えてるじゃないか！

いつも見事な推理を披露してくれる大家さんはやる気がなくて、探偵役を買って出た三人の推理はバラバラ——不安で、昨日の夜は一睡もできなかった。

「久しぶりだな、望」

入口の傍に立ちすくむ大家さんに、広臣さんは声をかける。大家さんは、小さく頭を下げた。

「沙羅の言ったとおり、少し太ったかな」

「まあ、そこそこ」

家族らしい会話が交わされた、と思ったけれど、これで終わりだった。

「で、早くしてもらえます？　どうせ父さんの被害妄想なんだから」

腕組みをした沙羅さんが切り出す。広臣さんは眉をひそめ、

「せっかく来てくださったみなさんに失礼だろう。そんなことでは——」

「だって、誰も父さんに毒を盛れない——」

「犯人はあなたですわ、沙羅さん」

父娘《おやこ》喧嘩を遮って沙羅さんを指差したのは、真沙実さんだった。いつの間にか立ち上がり、勝ち誇った笑みを浮かべている。

沙羅さんは、三日前と同じように、わざとらしく腕時計に目を落としてから、

「的はずれな話につき合っている暇はないんですけど」

「でもシャンパンに毒を盛ることができたのは、あなただけなのです」

「シャンパンに毒？　無理です。この前も言ったけど、ウエーターが抜くまでコルク栓は閉まっていたし、父以外も飲んだのよ」

「関係ありません。注《つ》ぎ口に毒を塗ればよいのですから」

注ぎ口？

「事前にシャンパンを用意したあなたは、コルク栓のすぐ下、注ぎ口に微量の毒を塗っておいたのです。

スピーチが終わると、ウエーターがコルク栓を抜いてみなさんのグラスにシャンパンを注ぐ。最初に注がれるのは、年長者であり、社長でもある広臣さんです。レディーファーストで女性に先を譲る殿方もいらっしゃいますが、あなた方の家族仲からしてそれはありえません。

コルク栓を抜いたら、シャンパンは泡が出る。その泡と毒が混じり合い、毒入りシャンパンのできあがり。それが広臣さんのグラスに注がれたのです。毒は微量ですからきれいに洗い流され、ほかの人が毒を飲むことはない。

これこそ、あなたがしかけたトリック――〝シャンパントリック〟。

このために、あなたは披露宴で思い出のシャンパンを飲もうとしたのですよ！」

バーン！　という効果音が聞こえてきそうなほど、堂々と胸を張る真沙実さん。

筋は通る。シャンパントリック……これが真相だったのか。すごいぞ、真沙実さん！

「広臣さん、沙羅さんがシャンパンを箱から出すところは、ご覧になりました？」

「見とりません。私が会場に着いたときは、もうシャンパンはクーラーに入っておりました。ですが――」

「やっぱり時間の無駄だったわね」

沙羅さんは、広臣さんが言い終わる前に肩をすくめた。真沙実さんは「ふふふ」と含み笑いをして、

「私の推理には証拠がない、と言いたいのでしょう。ええ、それは認めます。でも、毒を盛れることとは証明されました。これで、広臣さんの被害妄想とは言い切れなくなった――」

「証拠以前に的はずれよ。ねえ、父さん？」

「そうだな――すみません、真沙実さん。最初にシャンパンを飲んだのは、私ではないのです」

広臣さんが、申し訳なさそうに言った。

「三日前、お話ししたと思いますが、私は炭酸系が苦手なのです」

真沙実さんの両目が、珍しく大きくなる。

——日本酒はまだいけるのですが、炭酸系はどうにも苦手で。

広臣さんの言葉を思い出す。言うまでもなく、シャンパンは炭酸が含まれる飲み物だ。

ということは……。

「コルク栓を抜いた直後のシュワシュワしたシャンパンなど、私にはとても飲めません。だからウエーターには、一番最後にグラスに注がせました」

「おわかりいただけた?」

沙羅さんは、見下すように顎を上げ、

「ちなみに一番最初にシャンパンをグラスに注がせたのは、この私。だからシャンパントリックとやらが実行されたなら、毒を飲んだのは私ということになる。でも私はなんともない。ほらね、的はずれだったでしょう? ああ、謝らなくてもいいわよ。時間を無駄にしたと思っているだけだから」

真沙実さんは、両目を丸くしたまま立ち尽くしている。

「ま……真沙実さん、大丈夫?」

あたしがおそるおそる声をかけると、真沙実さんは唐突に、ほわほわした笑顔になった。

「ですが、広臣さんの前で箱から出さなかったということは、事前にシャンパンに細工する機会はあったということですわね」

「ええ、そうね。だからなんです？」

「いいえ、別に。ただ、『怪しいな』と思っただけですわ」

「往生際が悪い。機会があったところで、なにもできないでしょう」

「そのとおりだぞ、真沙実さん」

颯爽と立ち上がったのは、陽之介さんだった。

自信ありげに唇を歪めているところ悪いけれど、これほど期待できない探偵役も珍しい。あたしと葵ちゃんだけでなく、たったいま推理をはずした真沙実さんまで、醒めた目をしながらソファに腰を下ろす。

それでも陽之介さんは、堂々と腕組みをして、

「シャンパンに目をつけたのはおもしろい。が、ならば広臣さんが炭酸は苦手ということに気づくべきだったな。そうすれば、真相がわかったのに」

「御託はいいから、さっさと話したらどうだ？」

挑発する次郎さんを、陽之介さんは悠然と眺める。

「焦る気持ちはわかるよ。あんたが犯人なのだから」

真沙実さんとは違う推理が出た。

「ワシが犯人？　どうやって毒を盛ったというんだ？」

「あんたは直接手を下していない。毒を盛ったのは、広臣さん自身だ」

意味がわからなかったけれど、陽之介さんは、次郎さんを見据えたまま、

「炭酸が苦手な広臣さんだが、『コルティングレス』という喉越しまろやかなスペインビールは大好物で、次郎さんに仕入れをさせている。そいつを利用したのさ」

「ちょっと待て。『コルティングレス』は――」

なにか言いかけた次郎さんを、陽之介さんは右手を上げて制する。

「毒を盛る機会などなかった、と言うんだろう？　それはそうだ。ウエーターは、テーブルで栓を開けただろうからな。が、いま言ったように、ビールに毒を盛ったのは広臣さん自身なんだ」

「私はそんなことしとりませんよ。だって――」

「もちろん広臣さん、あなたに毒を盛ったという自覚がないのは当然です。次郎さんの巧妙な罠に嵌まってしまったのですからな」

今日の陽之介さん、なんだか貫禄《かんろく》があるぞ。

もしかしたら、いけるんじゃ？

「次郎さんは離婚後、この家に転がり込みました。『仕事の効率がいいから』と言っとりましたが、そんなものは建前。広臣さんの食事に毒を盛ることが目的だったのです。

これで広臣さんは、体調に不安を覚える。そうしたら披露宴では、ビールをゆっくりしか飲まなくなる。ただでさえ、アルコールに弱いのですからな。ゆっくり飲んだら、ビ、ビ、ビ、ビールは炭酸が抜けてまずくなる。いくら炭酸が苦手な広臣さんとはいえ、そんなビールは飲めたもんじゃなかったはず」

炭酸が抜けたビール――確かに世の中に、これほどまずい飲み物はない！（と思う）

「そんなまずくなったビールを復活させる、魔法のアイテムがこれだ」

なにか言いたそうにしている大家一家には構わず、陽之介さんがズボンのポケットから取り出したのは――割箸だった。

「炭酸が抜けたビールに割箸を入れてかき混ぜると泡立ち、炭酸が蘇る。この裏技は、あまりにも有名！」

陽之介さんの言うとおりだ。おいしいビールを飲みたい人なら知らないはずがない！（と思う）

「オーヤホテルは、環境事業に力を入れている。当然、披露宴で使われたのは割箸ではなく、高級木材でできた洗い箸だろう。が、ホテルに割箸が一本もないことなどありえん。まずいビールを飲んでいられなくなった広臣さんは、スタッフに割箸を持ってくるよう命じる。その割箸に――おそらくスタッフが手をつけそうな割箸すべてに、毒を塗っておいたんだ。次郎さんはレストラン部門担当。その辺りの作業を怪しまれずにやることは充分可能。

以上が、広臣さんに毒を盛った方法――〝ビールトリック〟の全容だ！」

初めて陽之介さんが頼もしく見えた。

ビールトリック。穴はない。これで決まりだ！

「残念ながら、証拠の割箸は既に処分されとるだろう。それでも、このトリックを使えば毒を盛ることができる。広臣さんの被害妄想ではないことが証明されましたな」

「言いたいことは、それだけか」

次郎さんが、大きな肩を揺さぶって笑い出した。

「なんともユニークなトリックだ。前提からして大間違いだがな」

「次郎は発注ミスで、『コルティングレス』を仕入れていなかったのです」

次郎さんに続いて、広臣さんが苦々しげに言った。

「は？」

陽之介さんの口が、ぽかんと開く。

「弟は、残念ながらあまり優秀とは言えない。だから、肝心なときにミスをする」

――仕入れはレストラン部門担当の次郎に任せているのですが、残念ながらあまり優秀とは言えませんな。肝心なときにミスをする。

広臣さんの言葉が蘇る。

「肝心なとき」というのは、斎藤さんの披露宴のことだったのか！

「そ……そんな大事なこと、どうして教えてくれなかったんだ」

「てっきり、言ったものだとばかり」

あれだけ話している途中で誰かに遮られては、広臣さんがそう思うのも無理はない。

それに、そうだ。広臣さんはお腹が痛くなったとき、「全然酔ってないから、アルコールのせいではない」と思ったんだった。「斎藤くんの門出とあれば、久々にスペインビールをがぶがぶ飲ませてもらいますよ。酔いつぶれるまでね」と言っていたのに。

つまり披露宴では、ビールを飲まなかったということ。

次郎さんは、鼻で笑って続ける。

「間違っている前提が、もう一つ。割箸は間伐材でできているから、使ったところで環境破壊にはならん。オーヤホテルでも普通に使っておる。披露宴のテーブルにも、洗い箸ではなく割箸を置いておいた」

「だ……だが、あんたは発注ミスをしたんだな」

「だからなんだ？」

「この、ドジめ」

「ドジでいいさ。犯人じゃないことが証明されたからな」

高齢者とは思えない会話だけれど、次郎さんの言い分が正しい。「ぐぬぬ……」と割箸を嚙む陽之介さんに、沙羅さんは大きなため息をついた。

「本当に時間の無駄ね。そろそろあきらめたら？」

「さっきから失礼よ、沙羅。この人たちだって、住む場所がなくなってしまうかもしれなくて必死なんだから」

「なら、すなおに本当のことを話してよ、おばあちゃん」

葵ちゃんが、とろけそうな笑顔で言った。由巳子さんが首を傾げる。

「本当のことって？」

「おばあちゃんが犯人なんでしょう？」


思いがけず飛び出した単語に、みんなの視線が一斉に、小さな探偵に集まる。

……いや、「みんな」じゃなかった。大家さんだけは、俯いたままだ。

「おばあちゃんはシャンパンクーラーを使って、おじいちゃんに毒を盛ったんだ」

由巳子さんは、少女のように首を傾げる。

「どういうことかしら、葵ちゃん？」

「シャンパンクーラーの周りのフラワーアレンジメントは、おばあちゃんがつくったんだよね。それを聞いたときに、ぴんと来たの。おばあちゃんが、おじいちゃんに毒を盛るためにつくったんだ、って」

「うーん。おばあちゃん、よくわからないわ。もっと詳しく説明して」

「おばあちゃんはアレンジメントをつくりながら、シャンパンクーラーの外側に毒を塗っておいたんだよ。それが、おじいちゃんの料理に入ったんだ」

「クーラーに塗った毒が、どうやって入るの？」

「結露だよ」

結露——冷たくなった物質の表面に水滴が生じる現象のことだ。確かにシャンパンを冷やしていれば、クーラーは結露する。毒を塗っていたなら、生じた水滴に混じるだろうけれど……。

「それは無理があるんじゃないかな、葵ちゃん」

かわいそうだけれど、あたしが言う。

「クーラーの水滴が、広臣さんの料理に落ちたと言いたいんだよね。水滴はクーラーの表面を伝うだけだから、そんなに都合よく狙ったところに落ちないよ」

「だからフラワーアレンジメントをつくったんだよ。三日前に見た写真を思い出して。シャンパンクーラーは白い台に置かれていて、お花と葉っぱに囲まれていたでしょう。テーブルに座った人たちに迫ってくるほど、迫力があった。おばあちゃんはそれを利用して、水滴がクーラーから植物を伝って、おじいちゃんの料理に落ちるようにしたの」

ええっ？

「おばあちゃんは事前に、クーラーに毒を塗っておいた。披露宴の最中、クーラーは結露して、毒入りの水滴ができる。その水滴はクーラーを伝って植物に落ちる。そのまま、今度は植物を伝っておじいちゃんのところまで行ったんだ。お皿が置かれる位置は、だいたい決まっているしね。うまくいくように、何度もデザインを直したと思う。

これが真相。犯人はおばあちゃんで、使われたのは〝結露トリック〟だったんだ！」

結露トリック――あまりに奇想天外だ。クーラーはもう洗われているし、アレンジメントに使われた植物も捨てられているだろうから、証拠もない。

それでも、否定はできない。

「すごいわ、葵。さすが私の子ども！」

「葵ちゃんはできる子だと信じておったぞ！」

大人二人の称賛に、照れくさそうにしながらも胸を張る葵ちゃん。もしかして、今度こそ……。

「ごめんなさいねえ、葵ちゃん。おばあちゃんは、そんなことしてないのよ」

でも由巳子さんは、申し訳なさそうに言った。葵ちゃんは、唇を尖らせて、

「おばあちゃんはそう言うけど、おじいちゃんは信じると思うよ」

「由巳子の言うとおり、そのトリックは使われておりません」

葵ちゃんの言葉とは裏腹に、広臣さんは断言した。

「当日、急遽テーブルが替わったのです」

え？

「斎藤くんは私たちに気を遣って、ホテルの部門ごとにテーブルを分けていました。しかし、沙羅のテーブルの出席者たちが急な仕事で来られなくなりましてなあ」

「沙羅が一人になってしまうから、かわいそうに思って私たちのテーブルに呼ぶことにしたんですよ」

由巳子さんが続く。

「それで、どうせなら一家で一緒に座ろうと私が提案して、次郎さんも同じテーブルにしてもらったの。本来なら、そうするのが自然だものねえ。ぎすぎすして、斎藤さんには却って悪いことをしたけど」

「ちなみにテーブル変更にあたっては、どのテーブルにするか、私が自分で選びました。なにかしかけがされていては困りますからな。シャンパンクーラーは新しいものを用意させ、フラワーアレンジメントも、ほかのテーブルのものと交換させました」

「そんな……」

「落ち込むことはないのよ、葵。直前にテーブルが替わったことを教えてくれなかった、こいつらが悪いんだから」

葵ちゃんの頭を撫でながら、広臣さんたちを無遠慮に指差して「こいつら」呼ばわり

する真沙実さん。広臣さんは眉間にしわを寄せ、

「お話ししてませんでしたかなあ？」

「していません。あなたたちの説明の悪さが、葵の推理を誤らせたのです」

「いいよ、ママ。間違いは間違いだもの。そうか……テーブル、替わってたんだ……」

しょんぼりする葵ちゃんの推理も、間違いが確定してしまった。ということは……。

「もう終わり？　じゃあ、お開きね。真相は、父さんの被害妄想で決定」

口火を切った沙羅さんに、次郎さんと由巳子さんも頷く。

「兄さんも、認めるしかないだろう」

「これまでずっとがんばってきたんだもの。もう引退しましょうよ。ね、あなた？」

「望はどうだ？　やはり私の被害妄想だと思うか？」

あたし、真沙実さん、陽之介さん、葵ちゃんが一斉に、救いを求めて大家さんを見遣る。

「被害妄想だろ」

でも大家さんは、低い声で呟いただけだった。沙羅さんたち三人は安堵の、あたしたち四人は落胆のため息をつく。広臣さんは、面長の顔を辛そうに歪め、

「お前すらも、私のことをわかってくれんとは……仕方がない。予告どおり、土地は取り上げる」

「待ってくださいっ」

あたしが叫んでも、大家さんは聞く耳持たない。

「親父の好きにしろよ」

「待ってと言ってるだろうが！」

大家さんの傍に駆け寄り、背伸びして顎をつかむ。

「いつもみたいに推理してみせろよ。このままだと、あたしたちは住む家がなくなっちゃうんだぞ。自分のところの入居者も救えないで、なにが社会貢献だよ？」

あたしの手を、大家さんは冷たく振り払い、再び俯いた。

「真沙実さんたちの推理を、よく思い出してください。全部だめだったでしょう。沙羅も、母さんも、叔父さんも毒を盛っていない。いまさら私が考えたところで無駄です」

「毒を盛ってないと決まったわけじゃないだろ。沙羅さんはシャンパンに細工できたんだし――」

そこまで言ったところで、あたしの言葉はとまった。

真沙実さんたちの推理が、フラッシュバックのように蘇る。

信じられないけれど……でも、これなら確実に、広臣さんに毒を盛ることができる。

「もういいですか、リオちゃん。早く帰りま――」

「もういいですけど、まだ帰りません」

振り返り、広臣さんたちのところに戻る。

「真相が、わかりました」


戸惑いと疑念の眼差しを一身に受けながら、あたしは口を開く。

「テーブルを替えようと言い出したのは由巳子さん、あなたでしたよね。当日にテーブル変更なんて、相当無理を言ったんじゃないですか」

「そうですね。でも会場は、うちのホテルですから。スタッフにがんばってもらいました。沙羅がずっと一人なんて、かわいそうですからね」

「それは広臣さんに自由にテーブルを選んでもらい、テーブルになんのしかけもないと思ってもらうための口実だったんじゃないですか。沙羅さんと同じテーブルの人たちには、最初から出席しないようにお願いしておいたんです」

「では、私に毒を盛ったのは由巳子か？」

「落ち着いてよ、あなた。披露宴の最中、私には毒を盛れなかったでしょう――リオさん、私が沙羅を口実に使ったとして、だからなんなのです？」

「その前に」

あたしは、次郎さんに目を向ける。

「次郎さんは披露宴のとき、『コルティングレス』を発注し忘れていたんですよね。でも、それは不自然です」

「ワシだって人間だ。ミスくらいはする」

「普段はミスしていないような言い方をするな」

「兄さんが言うほどはミスしていない」

「ほら、やっぱり」

始まりかけた兄弟喧嘩をとめる。

「次郎さんは、普段からミスばかりと決めつけられている。広臣さんの秘書の披露宴では、絶対ミスしないように気をつけるはず。本当は目的があって、わざと発注しなかったんでしょう」

「くだらん。発注ミスをして、なにができるというんだ?」

「広臣さんに、確実にシャンパンを飲ませることができます」

次郎さんの顔に、微かに動揺が走った。

「広臣さんは、もともとアルコールに弱いし、最近は体調も悪い。披露宴ではビールだけにして、シャンパンは飲まないと言い出すかもしれない。それを防ぐために、わざと『コルティングレス』を発注しなかったんです」

「叔父さんがシャンパンに毒を盛ったと言いたいようね。でも、無理よ」

沙羅さんが、あきれ顔で首を振る。

「当日まで、シャンパンは私が持っていた。叔父さんは指一本触れていない。披露宴の間に毒を入れることもできない」

「わかってます。だからシャンパンに毒を盛ったのは、沙羅さんです。披露宴が始まったときには、もう毒は盛られていた」

「本当に時間の無駄ね。コルク栓がしてあるのに、どうやって毒を盛ったのよ」

「長い注射針をコルク栓に刺したんです。コルク栓にできる穴はよく見なければわからないほど小さいから、炭酸も抜けません」

「なるほど、いい方法ね。でも、そんなことをしたら父だけじゃなく、あたしたち全員が毒を飲んでしまう」

「ええ。ですから、みなさん、毒を飲んだんです」

沙羅さん、次郎さん、由巳子さんの表情に、ひびが走る。

「披露宴で毒を飲んだのは、広臣さんだけじゃない、テーブルにいた全員。沙羅さんたちは、お腹が痛くても我慢していた。これが真相なんです！」

「広臣さんがいなくなった後の写真で、沙羅さんたちはそれまで以上に仏頂面になっていたし、料理にも手をつけていなかった。お腹が痛いのを我慢していたからだったんです。顔色も悪くなっていたでしょうけど、照明が落ちていたからわからなかった」

「……つまり全員で共謀して、私に毒を飲ませたということですかな?」

かすれ声の広臣さんに、頷く。

「広臣さんは、最近、腹痛に悩まされていましたよね。あれは、沙羅さんたちが密かに食事に毒を混ぜていたからだったんです。体調に不安を覚えれば広臣さんが引退すると思っていたけど、全然その気配がないので業を煮やし、披露宴で毒を盛った。一見、誰にも毒が盛れない状況ですから、広臣さんがいくら疑っても『年を取って体調が弱っているだけ』と主張できる。沙羅さんたちは、シャンパンをあまり飲まなかったのだと思います。だから、なんとか我慢できた」

「な……なんたることだ。辻褄《つじつま》が合う……」

そう、辻褄は合う。でも、

「——なんとくだらんトリックだ」

ぼそり、と陽之介さんが呟いたとおりだ。

本当にくだらない! 身体を張るにもほどがある!

「……だからみんな、誰かが話し終わる前に話し出してたんだね」

茫然とする葵ちゃんに、頷く。

「あたしたちを混乱させて、正確な情報を与えないようにしていたんだよ」

そのせいで真沙実さんたちは、次から次へと後出しジャンケンのように情報を出されて、推理を否定されることになった。

「こんなトリックを見破るなんて。リオさんも、この人たちと同レベルというわけですわねえ」

「違いますっ」

さりげなく失礼なことを言う真沙実さんに、声を大にする。

「それに、あたし一人じゃわからなかったよ。みんなのおかげ」

真沙実さんのおかげで、沙羅さんがシャンパンに細工する機会があったことが。

陽之介さんのおかげで、次郎さんがスペインビールの発注ミスをしたことが。

葵ちゃんのおかげで、テーブルが披露宴の開始直前に替わったことが――わかった。

その積み重ねで、真相を見抜くことができたんだ。

そう話しているうちに、自然と笑みが浮かんできた。

「ありがとう、みんな」

あたしを見つめ返す真沙実さん、陽之介さん、葵ちゃん。みんな、あたたかな顔をして――。

「なんだか大団円みたいになってるけれど、証拠はないでしょう」

沙羅さんが、胸ぐらをつかまんばかりの勢いで迫ってくる。あたしは怯《ひる》まずに、

「オーヤホテルは環境事業に力を入れているから、ウエーターはコルク栓を回収してい

るはずです。シャンパンのコルク栓に穴が開いていれば、注射針を刺した決定的な証拠になる。三日前、沙羅さんは『一週間くらい待ってあげたら？』と言いましたよね。あたしたちのためじゃなくて、一週間経ったら業者が取りにきて、証拠が完全になくなるから言ったんでしょう。つまりシャンパンのコルク栓は、まだホテルにある。それとも、業者が来る前に回収しました？　だったら、どうしてそんなことをしたんです？」

歯ぎしりして後ずさる沙羅さん。

「――決まりだな。私に毒を盛ったのは、三人全員」

広臣さんが、静かだけれど威圧感のある声で呟く。

由巳子さんたち三人の身体が、一斉に硬くなった。

「そうまでして、この私を引退させたかったのか」

「……当然よ」

沙羅さんが、顔を歪めながら頷く。

「父さんの時代は終わったの。このまま社長の座に居座られたら、オーヤホテルはだめになる。お客さまにも、従業員にも迷惑がかかる。これしか方法はなかった」

「斎藤くんは、このことを知っているのかな？」

「ええ。彼女も、父さんにそろそろ引退してほしいと思っていたから。いつも父さんの体調を気遣っていたでしょう」

「ほほう」

広臣さんが、ゆらりと立ち上がった。沙羅さんたちだけでなく、あたしたちまで身をすくめてしまう。

「ならばよし！」

え？

「斎藤くんの記念すべき日に、彼女に無許可でこんなことをしたのなら絶対に許せんかったが、ちゃんと断ったのならばよし！」

「本当に、それでいいの？」

「いいに決まっているではありませんか」

呆気に取られるあたしに、広臣さんは、顔をほころばせた。

「由巳子たちは、自分一人の力では私を辞めさせられないから、仲が悪いのに手を組んで、身体を張ったトリックを敢行したのですよ。称賛に値します。それを見抜けなかったなんて、確かに私の時代は終わったのかもしれませんなあ」

「あなた、それじゃ……」

「父さん、まさか……」

「兄さん、遂に……」

ぱあ、と顔が明るくなる由巳子さんたちを見つめて、広臣さんは大きく頷く。

「もう一度、私の時代を始めるためにあと十年はがんばるから、その後はよろしく頼むよ。あ、今度こんなことをしたら会社を追い出すから、そのつもりでいておくれ」

…………。

…………。

…………。

沈黙は、何秒も続いたが、

「あなたもいい年なんだから、十年もがんばらないで――」

「父さんは時代遅れよ。お客さまは、より一層の高級路線を――」

「兄さんは庶民感覚を忘れている。このままでは――」

「ところでリオさん」

口々に喚く家族を無視して、広臣さんはあたしの両手を握りしめた。

「このことは世間さまには黙っていてくれますね。仮にしゃべったら、チロリアンハウスは取り壊します」

「もちろん、誰にも言いませんよ」

さりげない脅しにたじろぎながらも頷くと、広臣さんは満面の笑みを浮かべて、

「交渉成立ですな。それからもう一つ。うちのホテルで、働いてください」

今度は虚を衝《つ》かれ、頷けなかった。

「私の被害妄想ではないことを、見事に証明してくれたのです。その賢さがあれば、必ずや、すばらしいホテルウーマンになれます」

「賢いだけなら、あたしより大家さんの方が——」

ドアの方を見て、言葉がとまる。

いつの間にか、大家さんが消えていた。

「望より、あなたの方が向いている。ぜひ、オーヤホテルに！」

「でも、沙羅さんたちが嫌がりますよ」

「悔しいけれど、私たちのトリックを見破ったその頭脳、認めないわけにはいかない」

「よく言った、沙羅。由巳子と次郎も異存はないはず。なんの問題もありません」

「あたしに異存があるの！」

真沙実さんたちが協力してくれたけれど、広臣さんに手を放してもらうのに、かなりの時間がかかった。

5

クリスマスイブの夜。あたしは一人、チロリアンハウスのリビングにいた。

今夜はクリスマスパーティーだった。

あたしがキッチンから料理を運んでくると、葵ちゃんはサンタのコスプレをした大家さんに、大喜びでまとわりついた。

「すごいよ、大家さん。プレゼントは？」

「私のプレゼントは、葵ちゃんに夢を与えること。葵ちゃんがほしいものは、後で本物のサンタさんが持ってきてくれますよ」

「はいはい、チキンができたよ」

「遠慮なく葵にプレゼントをあげてくださいな、大家さん。夜のサンタさんは、陽之介さんにお願いしてありますから」

「任せておけ……って、子どもの夢を壊すな」

「大丈夫。ぼくはサンタさんがいると信じてることになっているから。その方が大人のウケがいいって、ママが言ってた」

「みなさんの前でこんなことを言ってしまう無邪気な葵に、どうかプレゼントを」

「ねえ、チキン」

「子どもの無邪気さを汚している気がしますが」

「まったくだ。いいか、葵ちゃん。サンタはおるぞ」

「子どもに嘘を教えないでくださいな」

「教えた方がいい嘘も――」

「チキンだと言ってるだろうが。あたし一人で食べちゃうぞ！」

「いい風景だ。漫画のネタになる。そうだ、リオ。食べる前に、そのチキンを床にたたきつけてみろ」

「嫌だ！　というか、なんで漫月さんまでいるんです!?」

「記念すべき最初の依頼人であり、死体役までやったからに決まってる」

そんな風に賑やかだったのが嘘のように、いまは静まり返っている。真沙実さんたちはそれぞれの部屋に戻って、漫月さんは帰っていった。

蛍光灯を消した室内に、赤やオレンジ、黄色のクリスマスツリーの明かりが華やかに灯《とも》る。テーブルにほお杖《づえ》をついてそれを眺めていたけれど、気配を感じて振り返った。

「やっぱり来てくれましたね」

ドアの前に立った大家さんは、もうコスプレはやめて、カジュアルなジャケットとスラックス姿になっていた。

「リオちゃんが、なにか話したそうにしてましたからねえ。なんのご用でしょう？」

「まずは、お礼をさせてください」

大家さんが座ってから、あたしは頭を下げる。

「大家さんは、沙羅さんたちのトリックを見破っていたんですよね。だから、みんなの推理がはずれた後で、あたしにヒントをくれた」

――真沙実さんたちの推理を、よく思い出してください。

あの一言で、あたしは無意識のうちにみんなの推理を振り返り、真相にたどり着くことができた。

大家さんは、丸顔をにっこりさせる。

「本当は、もっとヒントを出すつもりだったのですよ。あんなに早く気づくとは思いませんでした」

「何度も大家さんの推理を見て、鍛えられましたから。どうして、自分で推理を披露しなかったんです?」

「あの人たちと仲が悪いから、できるだけ話したくなかったんですよ――という答えでは、満足していただけないようですねえ」

「はい」

最初は自分の思いつきが信じられなかったけれど、間違いなく、これが真実。

「広臣さんに推理するように言われても、あたしはなにかが引っかかって、考える気になれませんでした。それがなにか、やっとわかった――大家さん、あなたのことです。沙羅さんが訪ねてきたとき、大家さんはキッチンに立てこもりましたよね。広臣さんたちとも、まともに話そうとしなかった。大家さんらしくない。普段の大家さんの話をしたら、広臣さんたちは『望とは思えない』と驚いていましたよ」

「昔の自分と訣別したくて、全然違う人格を目指していたのですよ」

「あたしもそうだと思っていました。でも、違ったんです」

テーブルの下で、膝の上に置いたそれを握りしめる。

「大家さんは、大家望じゃない」

大家さんの表情に変化はない。でも、あたしの話を最後まで聞くつもりでいることはわかった。

「本物の大家望じゃないから、沙羅さんが訪ねてきたとき、キッチンに逃げ込んだんです。いくら昔から田舎で療養していることが多くて、十五年離れていても、じっくり話したら別人だとばれてしまうから。大家家に行ったとき、帽子を目深に被って俯いていたのも、自分で推理を披露しなかったのも、同じ理由」

「別人扱いは心外ですよ」

「決定的なのは、絵です」

白《しら》を切ろうとする大家さんに突きつける。

「望さんはホテル経営にまったく興味がなくて、お金の話より、部屋にこもって作曲をしたり、絵を描いたりする方が好きだし、得意だったそうです。でも大家さんは、絵が下手《へた》ですよね」

大家さんが漫月さんとしかけた推理ゲームのとき、「出血」で真っ赤に染まった物置の絵。大家さんが「ゴミの出し方や、お風呂の使い方をわかりやすく」描いたものだ。あの絵は、あまりに絵心がなくて不評で、物置に追いやられていた。

「絵が得意だった望さんが、あんな下手くそな絵を描くはずがない。別人としか考えられません」

大家さんは、背もたれにゆったり全身を預ける。あたしの話を楽しんでいるようだ。

「私が大家望でないのなら、本物の彼はどこに？」

「ずっとこの家にいました。

殺したんですよ、大家さんが」

「ほほう」

大家さんは、悠然と微笑んだが、

「……え？」

丸顔が、ひきつる。

「殺したんですよ。大家さん、あなたが」

あたしは繰り返してから、潤んだ両目に力を込める。

「大家望になりすまし、この土地を乗っ取るために。家をリフォームしたのは、死体を隠すため。隠し通路でしか行けない場所に地下室があって、そこに死体を埋めたんです。

だから、この家を取り壊されるわけにはいかなかったんですよ！」

「ちょ……ちょっと待って！」

大家さんの両手両脚、さらに首までが、まとめてばたばた動く。

「なんでそうなるんですか。私は大家望を……いや、誰も殺してませんよ！」

「冗談ですよ、冗談。あんまり余裕綽々だから、ちょっと動揺させたかっただけです」

「お……脅かさないでください！」

肩で大きく息をする大家さん。あたしは、内心でぺろりと舌を出し、

「正直、大家さんが本物の大家望を殺している可能性も考えました。でも、大家望は生きてますから」

「……そんな可能性を考えていたとは思いもよりませんでしたが、そこまで言うからには、全部わかっているようですね」

大きく頷いて、あたしは真相を口にする。

「漫月さんが本物の大家望なんですよね」

「い、い、い、いや、い」

「おもしろいぞ、リオ」

突然の声に驚いて振り返ると、リビングのドアに軽く背を預け、漫月さんが腕組みしていた。

「か……帰ったんじゃなかったんですか」

「そのふりをして、こっそり戻ってきた。家康《いえやす》が、愉快なものが見られるかもしれない、と言ったのでな」

「家康？」

「その男の本名だよ。佐藤《さとう》家康」

珍しいのか珍しくないのか、判断に困る名前だ。

「そんなことより、なぜこの俺が、本物の大家望だと思った？　聞かせてみろ」

「ちょっと偉そうすぎないか、望」

「構うことはない」

「いや、あるよ」

「……随分と仲がよさそうですね、大家さん」

本当は佐藤家康さんらしいけど、つい、「大家さん」と呼んでしまう。大家さんもそれを汲《く》んでくれたのか、あたしに笑みを浮かべて、

「望——いえ、漫月先生は、私の親友ですから」

大家望さんのことを、敢えて「漫月先生」と呼んでくれる。大家さんの隣に腰を下ろした漫月さんは「お前がそう呼ぶなら構わない」と肩をすくめ、

「それで？　リオの推理は？　それによっては、俺が大家望であることを否定させても

らおう」

「家出した漫月さんは、絵心を活《い》かして漫画家デビューしました。でもオーヤホテルの関係者だと知られたら困るから、覆面作家としてやっていくことにした。その際につけたペンネームの『漫月』は、本名の『望』という字が『満月』を意味するところから来ているんですよね」

「望《ぼう》」は陰暦十五日の異名でもあり、満月を意味する言葉。辞書で調べたら、そう書いてあった。

「それに漫月さんは、妹はかわいげがないと言っていた。沙羅さんは、まさにそういう妹でしょう。その沙羅さんがここに来たとき、漫月さんが急いで帰ったのは、顔を合わせないようにするため。直接話をしたら、自分の方が兄だとばれてしまうから」

さすがの漫月さんも、あのタイミングで帰るほどマイペースじゃなかった。「もしこれが小説で、あたしが作者なら、強引でもなんでも、こうやって漫月さんを退場させる」なんて思ってしまったけれど、なにか事情があると考えるべきだった。

「しかも漫月さんの『フォーチュン・ファミリー』で殺し合う家族は五人。大家一家も、自分を合わせて五人。自分の家族をモデルにしたんです」

「根拠が弱いな」

「いいじゃないか」

大家さんが言っても、漫月さんは首を横に振る。

「でも大家さんが解決した事件のうち、漫月さんの事件だけ浮いてますよね」

大家さんと漫月さんの眉が、そろってぴくりと上がった。

「あのとき、大家さんは真相を見抜くのに随分悩みました。ほかのときは、全部あっさり解決したのに。漫月さんから、ドローンを使ったことや、思いがけずあたしが犯人にされそうになっていることを知らされていたんですよね。それを悟られないために、わざと悩んだふりをした。プライドが高そうな漫月さんがあっさり大家さんの推理を認めたのも、出来レース」

チロリアンハウスから漫月邸まで歩いて二十分程度なのに、大家さんが現れるまで一時間もかかったのは、コスプレをしていたからじゃない。漫月さんと話し合っていたからだったんだ。

「それだけじゃない。漫月さんは真沙実さんたちと違って、ここに入居していません。大家さんは、入居しそうな人の依頼だけを受けていたんじゃありませんか。だから先島さんの依頼を『主義とは違う』と言ったり、入居しそうにない人の依頼を断ったりしていたんですよね」

「情況証拠にすぎん」

「往生際が悪いなあ」

あきれ顔の大家さんの横で、漫月さんは傲然と顎を上げている。あたしは一つ頷き、

「でもシーラ王女に頼んだら、物証が見つかります」

漫月さんに、先月会った、イリダル国の王女のことを話す。

「王女は、イリダル国の名にかけて力になると言ってくれました。あの国の技術なら唾液からＤＮＡ型鑑定できて、しかも数分で結果が出る。漫月さんが広臣さんの息子であることが、はっきりするはずですよ」

「俺が唾液を提供せねば調べようがあるまい。そんなものに協力するつもりは――」

「もう、もらってます」

膝の上に載せていたそれ――ビニール袋を、テーブルに置く。中身は、

「さっきのパーティーで、漫月さんが使っていたお箸です。唾液を回収するために、洗わずに残しておきました。広臣さんはあたしのことを気に入ってくれたから、頼めば必ず唾液を提供してくれますよ。漫月さんと広臣さんのＤＮＡを調べたら、親子だという決定的な証拠になるはずです」

「しかしだな――」

「もう認めようよ、漫月先生」

大家さんが肩に手を置くと、漫月さんは、

「……ま、仕方あるまい」

渋々ながらも、ようやく頷いた。

あたしは、大きく息をつく。

「よく入れ替わろうなんて思いましたね」

「漫月先生はほおがこけているからわかりにくいですが、私と雰囲気が似てますから」

――よく見ると、漫月先生と顔つきが似ている……高貴な美しさが感じられるわ……。

そういえばストーカー女の香さんも、そう言っていたっけ。

大家さんは丸顔だ。だから大家さんを見た広臣さんたちは「少し太った」と言っていたのだろう。

漫月さんも口を開く。

「それに家康――リオが言うところの大家さんは、役者だからな。うまく化けてくれると思っていた」

「大家さん、役者だったんですか？」

「ええ。『ミルキーチルドレン』という劇団をやっていました。とっくに解散してますけどね」

だからやたら見た目を大事にしたり、たくさん衣装を持っていたりしたのか、と納得しかけたけれど、

「でも、国家機密の流出を防いだんじゃなかったんですか？」

「たまたま友人が海外にいて、その縁で偶然、防げただけ。それを先島さんが、大袈裟にほめてくれたんです」

　本当に「大袈裟」だったなんて。

「広臣さんが指定したタイムリミットまでの三日間、大家さんは、漫月さんに会うために出歩いていたんですか」

「そうです。完全に大家望を演じるために、家族の情報や、大家望の癖、仕草などを可能なかぎり教えてもらいました」

「そこまでして入れ替わった理由はなんです？　どうして大家さんは『大家望』のふりをしてレンタル家族を始めたんですか？　とても社会貢献とは思えませんよ？」

「さて、帰るとするか」

　話の流れをぶった切って、漫月さんは唐突に立ち上がった。

「あとは頼んだぞ、家康。リオとの話がどうなろうと、チロリアンハウスは引き続き任せる」

「まだ話は終わってないでしょ！」

　慌てるあたしとは対照的に、大家さんも「お疲れさま」と平気な顔をして見送る。呆気に取られているうちに、漫月さんはチロリアンハウスから出ていった。

「どうして帰しちゃうんですか」

「照れくさいんですよ、あいつは。だからなかなか、リオちゃんの推理を認めようとしなかった」

大家さんは慈しむように微笑む。納得できなかったけれど、

「『頼んだ』と言われたので、私がすべてお話ししましょう。まずは、レンタル家族の目的からいきましょうか」

大家さんはゆっくりと立ち上がると、クリスマスツリーの傍まで行った。枝にぶら下がった家の飾りを見つめながら、

「社会貢献も、大事な目的でしたよ。家族をほしがっている人のために、なにかしたかったんです」

「じゃあ、どうして依頼を断ることがあったんですか」

「リオちゃんたちは住む家がないか、なくなりそうだったでしょう？」

そのとおりだ。

あたしは不動産屋を回ってもいい物件が見つからなかったし、真沙実さんと葵ちゃんはアパートを追い出されそうだった。陽之介さんもほとんど文なしで、孫との同居がうまくいかなかったら、住む場所を失っていた。

「ほかの依頼人は、住む家がありそうでしたからね。今回はご遠慮いただいたのです」

「だったら、漫月さんの依頼を受けた理由は？」

「あいつが次回作の構想で悩んでいたのは事実だからです。この家を借りている以上、断るわけにはいきませんでした」

　そういうことか。でも、まだわからないことがある。

「『社会貢献も』ということは、ほかにも目的があったんですよね」

「ええ。漫月先生のためです。あいつは、家族のことでも悩んでましたから」

「それは悩むでしょうね。漫月さんに、あんなに無関心なんだから」

「いえ。自分に無関心なあの人たちを嫌いになれなくて、悩んでいたのです」

　予想外の一言だった。

「広臣さんたちは、オーヤホテルのことしか考えていない。逆に言えばオーヤホテルのことに関するかぎり、あの人たちは奇妙な連帯感があるでしょう。かなり特殊な家族ではあるし、自分と気が合わない連中なのは間違いない。それでも漫月先生は、彼らを嫌いになれなかったのです」

「とてもそうは思えませんけど」

「そんなことはありませんよ。だから家族をテーマにした『フォーチュン・ファミリー』を十年間も描いていたし、かわいい妹と暮らす兄がドキドキな毎日を送るラブコメを描き始めたんじゃありませんか」

　ああ――！

「自分の家族を受け入れるために、いろいろな形の家族を見てみたい。そのために、あいつは最初、自分でレンタル家族を始めようとしたのです。が、あの性格でうまくいくはずがない。そこで、私に白羽の矢を立てました。同時に、『大家望』を演じ、血のつながりのない人たちと一つ屋根の下で暮らしてほしい、とも頼んできたのです。『大家望』が赤の他人と家族のような関係を築く様をモデルにすれば、自分も家族への接し方が見つかるかもしれない、と思ったのですよ。あいつは漫画のネタを考えるとき、参考のためにモデルを使いますからね。それを実生活にも応用しようとしたのです」

そのためのレンタル家族。

家族がほしかった漫月さんは、「家族」をレンタルするのではなく、「漫月さん自身」を大家さんにレンタルしていたんだ——！

「あいつは偏屈な上に、すなおじゃありませんからね。こんなややこしいことをしないと、前に進めなかったのです。親友としては、背中を押してやらないわけにはいきませんでした。おかげで漫月先生は、大家一家を受け入れることができたそうです——リオちゃんたちを見て、大切なことに気づいて」

苦笑いしながらも、大家さんは満足そうだった。

この人の正体が、やっとわかった。

ものすごく頭の回転が速い、友だち思い。

「さあ、これで全部です。漫月先生は満足しましたが、リオちゃんは怒っているんじゃないですか」

それはそうだ。何ヵ月もの間、騙されてきたのだから。もっと言えば、漫月さんのために利用されてきたのだから。

でも――。

胸に、そっと両手を当てる。

うん。やっぱり、そうだ。

「怒ってませんよ。やっと大家さんの正体がわかったんだし。それに、親友に頼まれたんでしょう？　だったら、仕方ありません」

「本当に？」

「大家さんだから、許せます。これが真沙実さんでも、葵ちゃんでも、陽之介さんでも、きっと許せる――許せてしまう」

あたしは微笑む。

「推理ゲームをやった後で大家さんが言っていたのは、こういうことだったんですね」

「ええ。そういうことです」

大家さんも微笑む。ほんの少し、さみしさをたたえて。

きっとあたしも、似たような顔をしていることだろう。

6

次の日。

あたしは三階建ての、四角い、ビルみたいな家の前にいた。外壁の色は黒。「汚れが目立たないように」とママが業者さんに言って、この色にしたのだ。

あたしのお金で建てた家なのに、帰ってくるのは久しぶりだった。鍵は持っている。拳で胸をたたいてから、勢いよくドアを開ける。

「ただいまー」

「どうしたんだい、リオ」

玄関に駆けてきたパパは、あたしを見て目を丸くした。

「どうしたもなにも、ここはあたしの家でしょ」

「もちろん、そうだけど……」

「もう家族なんかじゃない。あなたがそう発言したのは、私の記憶違いではないはずですが」

無表情のママが、指先で丸眼鏡をコンコンたたきながら現れた。それには答えず、にっこり笑う。

「この前、ママが『あたしが漫月さんを殺したかもしれない』と疑ったのは、信用してなかったからじゃない。慌てていたからだよね」

ママの指が、とまった。

「娘が殺人にかかわってるかもしれないんだもの。慌てて当然だよ。だから、とにかく連れ帰ろうとしたんでしょう？」

パパがママを見る。ママは、どうでもよさそうに、

「いまごろ気づいたの？　あの場であなたがそう言えば、私も声を荒らげずに済んだものを」

「ママが、自分で言えばよかったじゃない」

「私は、そのような非合理的なことを口にするほど愚かではありません」

「口にできなかったのは、そんな理由じゃない。あたしが、嘘泣きじゃなくて、うれし泣きだと言えなかった理由と同じ——悔しかったからでしょう？　あたしがママを、信じなかったことが」

丸眼鏡の向こうにあるママの目が、大きく見開かれた。

あたしは、微苦笑して、

「傍から見たら、あたしもママも、くだらないことで意地を張っているように見えると思う。でも、それって家族だからだよね。家族だから、些細《ささい》なことで腹が立ったり、許

せなかったり、大切なことを伝えられなかったりする。あたしたちがいまこういう関係になっていることが、あたしたちが家族である、なによりの証《あかし》」

きっと、漫月さんも同じなんだと思う。

それが、あの人の気づいた「大切なこと」。

——いまは、そう思ってくれるだけで充分ですよ。

推理ゲームをやった後で大家さんが口にした言葉の、裏にあったもの。

「だから『家族なんかじゃない』は、取り消す」

「リオ……じゃあ、帰ってきてくれるんだね……」

「それとこれとは別」

涙を滲ませるパパに、笑って首を振る。

「お互いのために、もう少し時間をおいた方がいいよ——じゃあ、もう行くね」

「どこに？」

「チロリアンハウスに決まってるじゃない」

家族のようだけれど、まだ家族ではない、大切な人たちが住む家に。

あたしは、戻る。

「行ってらっしゃい」

玄関のドアを閉める直前、ママの小さな声が聞こえてきた。

＊

チロリアンハウスへの帰り道。空は、青く晴れ渡っていた。空気もやわらかくて、なんだか春みたい。あたしの気持ちも、こんな風に穏やかだった。

みんな、大家さんのおかげだ。

昨日の夜、あたしが部屋に戻る前に、大家さんはおずおずと言った。

「さんざん騙しておいてなんですが、これからも社会貢献のためにレンタル家族を手伝ってくれないでしょうか」

もちろんOKした。家族のことで悩んでいる誰かのために、今度はあたしがなにかしてあげたい——。

「リオさん」

後ろからの声に振り返る。

香さんだった。

「ちょうどよかったわ。これからチロリアンハウスに行くつもりだったのよ……って、なぜ足早に去っていくの？」

「いえ、別に」

言葉とは裏腹に、すばやく脚を動かしながら応じる。

せっかくの穏やかな気分がぶち壊しだ。昨日のパーティーに現れなかったから、安心していたのに。

香さんは「待ちなさい」と言いながら追いかけてくる。初めて会ったときと同じように、脚の長さが違うのですぐに追いつかれてしまった。

「なんの用ですか」

「クリスマスイブが終わって油断している……じゃない、一息ついている大家さんのところに押しかけて、婚姻届にサインさせるつもりだったのよ」

「それ、法律的に絶対アウトですよ」

「私の愛は法律を超えるの。でも、それどころではなくなったわ。リオさん、大家さんは何者なの?」

「何者、と言われましても……」

あの人が「佐藤家康」であることは、まだ真沙実さんたちにも話していない。適当にごまかそうとした矢先、

「この数日、大家さんのすべてが知りたくて、あっちこっちから情報を集めたわ。結果、大家さんの本名が『佐藤家康』で、漫月先生の親友で、ミルキーチルドレンという劇団をやっていたことを突きとめた。大家さんが出演してたなら、ぜひチェックしなくちゃ、と思って、ミルキーチルドレンが上演したお芝居も全部調べた。団員だった人たちにも

話を聞いて回ったわ」

「その調査力と行動力を別の方向に活かしたらどうですか！」

「そうしたら、思いがけないことがわかったの」

あたしのツッコミを無視して、香さんは言う。


「佐、佐、佐藤家康は別にいた」


足が、とまった。

「どういうことです？」

「佐藤家康というまったくの別人が、劇団にいたの。向こうは大家さんのことなんて知らないと言っていたわ。さっき漫月先生を問い詰めたけど、『佐藤家康じゃなかったのか？』と驚いていた」

ということは？

「大家さんは、漫月先生も騙していたことになる。一体何者――」

香さんの言葉が終わる前に、あたしは全速力で駆け出した。

「ちょっと！　リオさん！」

香さんが叫びながら走ってくるのがわかったけれど、今度は追いつかれない。

ものすごく頭の回転が速い、友だち思い。それで一件落着だと思ったのに……あたしだけじゃない、親友の漫月さんまで騙してたなんて……ああ、もう！　なにが社会貢献だ！

「結局あんたは何者なんだよ、大家さん！」

遠くに見えてきたチロリアンハウスに向かって、あたしはありったけの声で叫んだ。

〔初出誌〕
「月刊ジェイ・ノベル」二〇一六年二月号～二〇一七年一月号掲載
本作品はフィクションです。
実在の人物、団体、事件等とは一切関係がありません。

実業之日本社文庫　最新刊

青柳碧人
彩菊あやかし算法帖
算法大好き少女が一癖ある妖怪たちと対決！「浜村渚の計算ノート」シリーズ著者が贈る、数学の知識がなくても夢中になれる「時代×数学」ミステリー！
あ16 1

赤川次郎
四次元の花嫁
ブライダルフェアを訪れた亜由美が出会ったのは、ドレスも式の日程も全て一人で決めてしまう奇妙な新郎。その花嫁、まさか…妄想⁉（解説・山前 譲）
あ1 13

梓 林太郎
爆裂火口　東京・上高地殺人ルート
深夜の警察署に突如現れた男は、頭部から血を流しながら自らの殺人を告白した。事件の手がかりは「カズコ」という謎の女の名前だけ…傑作警察ミステリー！
あ3 11

安達 瑶
悪徳探偵　忖度したいの
探偵＆悩殺美女が、町おこしでスキャンダル勃発！甘い誘惑と、謎の組織の影が――エロス、ユーモア、サスペンスと三拍子揃ったシリーズ第三弾！
あ8 3

天祢 涼
探偵ファミリーズ
このシェアハウスに集う「家族」は全員探偵⁉ 元・美少女子役のリオは格安家賃の見返りに大家の「レンタル家族」業を手伝うことに。衝撃本格ミステリ！
あ17 1

鯨 統一郎
歴女美人探偵アルキメデス 大河伝説殺人紀行
石狩川、利根川、信濃川で奇怪な殺人事件が。犯人は伝説の魔神⁉ 美人歴史学者たちの推理はなぜか露天風呂でひらめく⁉ 傑作トラベル歴史ミステリー。
く1 4

実業之日本社文庫　最新刊

七尾与史
歯科女探偵
スタッフ全員が女性のデンタルオフィスで働く美人歯科医&衛生士が、日常の謎や殺人事件に挑む。現役医師が描く歯科医療ミステリー。（解説・関根亨）
な41

西村京太郎
十津川警部　八月十四日夜の殺人
十年ごとに起きる「八月十五日の殺人」の真相とは！　謎を解く鍵は終戦記念日にある？　知られざる歴史の闇に十津川警部が挑む！（解説・郷原宏）
に116

南英男
特命警部　札束
多摩川河川敷のホームレス殺人の裏で謎の大金が動いていた――事件に隠された陰謀とは!?　覆面刑事が闇に葬られた弱者を弔い巨悪を叩くシリーズ最終巻。

み77

森詠
遠野魔斬剣　走れ、半兵衛〈四〉
神々や魔物が棲む遠野郷で若い娘が大量失踪。半兵衛と同じ流派の酔剣を遣う天狗が悪行を重ねているらしい。天狗退治のため遠野へ向かった半兵衛の運命は!?

も64

芥川龍之介、谷崎潤一郎ほか／末國善己編
文豪エロティカル
文豪の独創的な表現が、想像力をかきたてる。川端康成、太宰治、坂口安吾など、近代文学の流れを作った十人の文豪によるエロティカル小説集。五感を刺激！

ん42

実業之日本社文庫　好評既刊

赤川次郎
死者におくる入院案内
殺して、隠して、騙して、消して――悪は死んでも治らない？「名医」赤川次郎がおくる、劇薬級ブラックユーモア！　傑作ミステリ短編集。（解説・杉江松恋）
あ1 8

赤川次郎
恋愛届を忘れずに
憧れの上司から託された重要書類がまさかの盗難！新人ＯＬ・恭子は奪還を試みるのだけれど――。名手がおくる痛快ブラックユーモアミステリー。
あ1 10

赤川次郎
忙しい花嫁
この「花嫁」は本物じゃない…謎の言葉を残した花婿がハネムーン先で失踪。日本でも謎の殺人が!? 超ロングランシリーズの大原点！（解説・郷原 宏）
あ1 12

有栖川有栖
幻想運河
水の都、大阪とアムステルダム。遠き運河の彼方から静かな謎が流れ来る――。バラバラ死体と狂気の幻想が織りなす傑作長編ミステリー。（解説・関根亨）
あ15 1

有栖川有栖
ジュリエットの悲鳴
密室、アリバイ、どんでん返し……。有栖川有栖から読者諸君へ、12の挑戦状をおくる！　驚愕と嗤い溢れる傑作＆異色ミステリ短編集。（解説・井上雅彦）
あ15 2

五十嵐貴久
年下の男の子
37歳、独身ＯＬのわたし。23歳、契約社員の彼。14歳差のふたりの恋はどうなるの？　ハートウォーミング・ラブストーリーの傑作！（解説・大浪由華子）
い3 1

実業之日本社文庫　好評既刊

伽古屋圭市
からくり探偵・百栗柿三郎
「よろず探偵承り」珍妙な看板を掲げる発明家・柿三郎が、不思議な発明品で事件を解明⁉ “大正モダン”な本格ミステリー。（解説・香山二三郎）
か41

伽古屋圭市
からくり探偵・百栗柿三郎　櫻の中の記憶
大正時代を舞台に、発明家探偵が難〈怪〉事件に挑む。密室、暗号……本格ミステリーファン感嘆のシリーズ第2弾！（解説・千街晶之）
か42

周木律
不死症《アンデッド》
ある研究所の瓦礫の下で目を覚ました夏樹は全ての記憶を失っていた。彼女の前に現れたのは人肉を貪る異形の者たちで⁉ サバイバルミステリー。
し21

周木律
幻屍症　インビジブル
絶海の孤島に建つ孤児院・四水園――。閉鎖的空間で起こる恐るべき連続怪死事件に特殊能力「幻屍症」を持った少年が挑む！　驚愕ホラーミステリー。
し22

知念実希人
仮面病棟
拳銃で撃たれた女を連れて、ピエロ男が病院に籠城。怒濤のドンデン返しの連続。一気読み必至の医療サスペンス、文庫書き下ろし！（解説・法月綸太郎）
ち11

知念実希人
時限病棟
目覚めると、ベッドで点滴を受けていた。なぜこんな場所にいるのか？　ピエロからのミッション、ふたつの死の謎…。『仮面病棟』を凌ぐ衝撃、書き下ろし！
ち12

実業之日本社文庫　好評既刊

西澤保彦
腕貫探偵
いまどき〝腕貫〟着用の冴えない市役所職員が、舞い込む事件の謎を次々に解明する痛快ミステリー。安楽椅子探偵に新ヒーロー誕生！（解説・間室道子）
に2 1

西澤保彦
探偵が腕貫を外すとき　腕貫探偵、巡回中
神出鬼没な公務員探偵〝腕貫さん〟と女子大生・ユリエが怪事件を鮮やかに解決！　単行本未収録の一編を加えた大人気シリーズ最新刊！（解説・千街晶之）
に2 8

東川篤哉
放課後はミステリーとともに
鯉ケ窪学園の放課後は謎の事件でいっぱい。探偵部副部長・霧ケ峰涼のギャグは冴えるが推理は五里霧中。果たして謎を解くのは誰？（解説・三島政幸）
ひ4 1

東川篤哉
探偵部への挑戦状　放課後はミステリーとともに
美少女ライバル・大金うるるが霧ケ峰涼の前に現れた——探偵部対ミステリ研究会、名探偵は『ミスコン』＝ミステリ・コンテストで大暴れ!?（解説・関根亨）
ひ4 2

東野圭吾
白銀ジャック
ゲレンデの下に爆弾が埋まっている——圧倒的な疾走感で読者を翻弄する、痛快サスペンス！　発売直後に100万部突破の、いきなり文庫化作品。
ひ1 1

東野圭吾
疾風ロンド
生物兵器を雪山に埋めた犯人からの手がかりは、スキー場らしき場所で撮られたテディベアの写真のみ。ラスト1頁まで気が抜けない娯楽快作、文庫書き下ろし！
ひ1 2

実業之日本社文庫　好評既刊

東野圭吾
雪煙チェイス
殺人の容疑をかけられた青年が、アリバイを証明できる唯一の人物──謎の美人スノーボーダーを追う。どんでん返し連続の痛快ノンストップ・ミステリー！
ひ13

誉田哲也
主よ、永遠の休息を
静かな狂気に呑みこまれていく若き事件記者の彷徨。驚愕の結末。快進撃中の人気作家が描く哀切のクライム・エンターテインメント！（解説・大矢博子）
ほ11

木宮条太郎
水族館ガール
かわいい！だけじゃ働けない──新米イルカ飼育員の成長と淡い恋模様をコミカルに描くお仕事青春小説。水族館の舞台裏がわかる！（解説・大矢博子）
も41

木宮条太郎
水族館ガール2
水族館の裏側は大変だ！　イルカ飼育員・由香の恋と仕事に奮闘する姿を描く感動のお仕事ノベル。イルカはもちろんアシカ、ペンギンたち人気者も登場！
も42

木宮条太郎
水族館ガール3
赤ん坊ラッコが危機一髪──恋人・梶の長期出張で再びすれ違いの日々のイルカ飼育員・由香にトラブル続発!?　テレビドラマ化で大人気お仕事ノベル！
も43

連城三紀彦
顔のない肖像画
本物か、贋作か──美術オークションに隠された真実とは。読み継がれるべき叙述ミステリの傑作、待望の復刊。表題作ほか全7編収録。（解説・法月綸太郎）
れ11

実業之日本社文庫 あ17 1

探偵《たんてい》ファミリーズ

2017年8月15日　初版第1刷発行

著　者　天祢《あまね》 涼《りょう》

発行者　岩野裕一
発行所　株式会社実業之日本社
〒153-0044　東京都目黒区大橋 1-5-1
クロスエアタワー 8 階
電話 [編集]03(6809)0473 [販売]03(6809)0495
ホームページ　http://www.j-n.co.jp/
ＤＴＰ　ラッシュ
印刷所　大日本印刷株式会社
製本所　大日本印刷株式会社

フォーマットデザイン　鈴木正道(Suzuki Design)

ISBN978-4-408-55373-3（第二文芸）